SV

Band 293 der Bibliothek Suhrkamp

Djuna Barnes

Nachtgewächs

Roman

Deutsch
von Wolfgang Hildesheimer

Suhrkamp Verlag

Titel der englischen Originalausgabe: Nightwood
Erste Auflage 1936. Dritte Auflage 1958
Faber & Faber, London
Erste deutsche Ausgabe: Pfullingen 1959. Alle Rechte
an der deutschen Ausgabe sind auf den Suhrkamp Verlag
übergegangen.

7. und 8. Tausend 1978

Druck: Nomos Verlagsgesellschaft, Baden-Baden
Printed in Germany.

Einleitung von T. S. Eliot

Wenn die Frage sich erhebt, eine Einleitung zu einem Buch schöpferischer Art zu schreiben, so habe ich immer das Gefühl, daß es sich bei den wenigen Büchern, die einer Einleitung wert sind, genau um jene handelt, welche einzuleiten eine Anmaßung ist. Ich habe mich schon zweier solcher Anmaßungen schuldig gemacht, dies ist die dritte, und wenn sie nicht die letzte ist, so wird niemand mehr erstaunt sein als ich selbst. Ich kann dieses Vorwort nur folgendermaßen rechtfertigen: man neigt dazu, von anderen Leuten zu erwarten, daß sie beim ersten Lesen eines Buches all das wahrnehmen, was man selbst erst im Laufe einer wachsenden Vertrautheit mit dem Buch zu erkennen gelernt hat. Ich habe *Nightwood* mehrere Male gelesen, im Manuskript, als Probedruck und nach der Veröffentlichung. Was man für den anderen Leser tun kann – in der Annahme, daß, wenn überhaupt, er dieses Vorwort zuerst liest – ist, die bedeutsameren Phasen der eigenen Wertung des Werkes zurückzuverfolgen. Denn bei diesem Buch hat es einige Zeit gedauert, bis ich zur Erkenntnis seiner Bedeutung als Ganzes gelangt bin.

In einer Beschreibung von *Nightwood*, die den Leser auf die englische Ausgabe aufmerksam machen sollte, sagte ich, daß dieses Buch ›vor allem bei Lesern von Lyrik Anklang finden‹ würde. Für den knappen Rahmen der Anzeige mag das hingehen, aber nun ergreife ich gern diese Gelegenheit, um diese Feststellung ein wenig zu erweitern. Ich wollte damit nicht sagen, daß die Bedeutung des Buches in erster Linie im verbalen Ausdruck liegt, und noch weniger, daß die erstaunliche Sprache eine inhaltliche Leere überdeckt.

Wenn der Begriff ›Roman‹ noch nicht zu abgegriffen ist, um hier Anwendung zu finden, und wenn er ein Buch bezeichnet, in welchem lebende Charaktere geschaffen und in genau dimensionierten Beziehungen zueinander gezeigt werden, so ist dieses Buch ein Roman. Auch meinte ich nicht, daß Miss Barnes' Stil ›lyrische Prosa‹ sei. Was ich aber meinte, ist, daß die meisten zeitgenössischen Romane nicht wirklich ›geschrieben‹ sind. Was sie an Realität aufzuweisen haben, erreichen sie größtenteils durch genaue Wiedergabe der Geräusche, die menschliche Wesen in ihrem simplen Tagesbedürfnis nach Verständigung zu machen gewohnt sind, und die Romanpassagen, die nicht aus diesen Geräuschen zusammengestellt sind, bestehen aus einer Prosa, die um nichts lebendiger ist als die eines braven Zeitungsschreibers oder eines Beamten. Eine Prosa, die wirklich lebendig ist, stellt an den Leser Anforderungen, die der gewöhnliche Romanleser zu erfüllen nicht gewillt ist. Die Feststellung, daß *Nightwood* vor allem bei Lesern von Lyrik Anklang finden würde, bedeutet nicht, daß es kein Roman ist, sondern daß es ein sehr guter Roman ist und nur eine an Lyrik geschulte Sensibilität das Buch völlig würdigen kann. Miss Barnes' Prosa hat den Prosarhythmus eines echten Prosastils und ihre musikalische Struktur ist nicht die Struktur des Verses. Dieser Prosarhythmus mag hier mehr und dort weniger verflochten oder ausgefeilt sein, je nach Absicht der Autorin, aber, ob einfach oder komplex, er ist es, der den Stoff der Fabel zu größtmöglicher Intensität erhebt.

Als ich das Buch zum erstenmal las, erschien mir die Introduktion recht langsam und schleppend, bis zum Auftreten des Doktors. Während der ersten Lektüre blieb der Eindruck, es sei der Doktor allein, der dem Buch seine Vitalität gäbe, und das Schlußkapitel hielt ich für überflüssig. Jetzt bin ich überzeugt, daß das Schlußkapitel wesentlich ist, sowohl dramatisch als auch musikalisch. Dennoch war es bemerkenswert, daß der Doktor keineswegs an Bedeutung verlor, auch als bei wiederholtem Lesen die anderen Charaktere vor mir lebendig wurden und der Brennpunkt sich verlagerte. Im Gegenteil, der Doktor gewann eine andere und tiefere Bedeutung, wenn man ihn als ein Element in einem großen Muster sah. Er war nicht mehr wie ein genialer Schauspieler in einem sonst wenig überzeugend aufgeführten Stück, auf dessen nächstes Auftreten man ungeduldig wartet. Und doch: im wirklichen Leben wäre er vermutlich eine dieser Personen, die das Gespräch an sich reißen, das Gegenüber ersticken und weniger expansive Figuren in den Schatten stellen; im Buch enthält seine Rolle nichts derartiges. Zuerst hört man den Doktor nur reden und versteht nicht, warum er eigentlich redet. Schrittweise erst kommt man zu der Einsicht, daß er neben seiner Ich-Bezogenheit und seiner Aufschneiderei – Dr. Matthew-Mächtig-cum grano salis Dante-O'Connor – auch ein Objekt verzweifelter Selbstlosigkeit und tiefer Demut ist. Seine Demut kommt nicht oft so stark zum Vorschein wie in der ungeheuerlichen Szene in der leeren Kirche, aber sie ist es, die ihm durchweg seine hilflose Macht unter den Hilflosen verleiht. Seine Monologe, brillant und geistreich als solche, sind nicht etwa Ausdruck der Gleichgültigkeit gegenüber anderen Menschen, sondern im Gegenteil: eine hypersensible Bewußtheit ihrer Existenz. Wenn Nora ihn in der Nacht besucht *(Wächter, was spricht die Nacht?)*, erkennt er sofort, daß das einzige, was er für sie tun kann *(er war völlig verstört, denn er hatte jemand anderen erwartet)* – der einzige Weg, ›die Situation zu retten‹ – ist, eine Redeflut von sich zu geben, und das, obgleich sie kaum etwas von seinen Worten aufnimmt, sondern immer wieder auf ihre Besessenheit zurückfällt. Es ist sein Widerwille dagegen, immer von anderen beansprucht zu werden, sich immer für andere verausgaben zu müssen, ohne seinerseits die geringste Belohnung dafür zu erhalten, der ihn am Ende rasend werden läßt. *Die Leute in meinem Leben, die mein Leben so jammervoll gemacht haben, kommen zu mir, um von Erniedrigung und von Nacht zu lernen.* Aber meistens redet er, um das stille kleine Klagen und Winseln der Menschheit zu ertränken, um ihre Schmach erträglicher und ihr Elend weniger erbärmlich zu machen.

Und eine solche Persönlichkeit wie Doktor O'Connor könnte nicht als Einziger in einer Galerie stummer Statisten zu Wirklichkeit werden. Eine solche Figur braucht andere reale, wenn auch weniger bewußte Personen, um ihre eigene Wirklichkeit zu verwirklichen. Mir fällt keine Gestalt aus dem Buch ein, die nicht in meinen Gedanken weiterlebt. Felix und sein Kind sind geradezu bedrückend lebenswahr. Manchmal springen die Personen in einer Redewendung so plötzlich zum Leben, daß es verblüfft; als habe man eine Wachsfigur berührt und in ihr einen lebendigen Polizisten entdeckt. Der Doktor sagt zu Nora: *Mir ging es ganz gut, bis du den Stein über mir umgestoßen hast, und darunter hervor kam ich, ganz Moos und Augen.* Robin Vote (die Rätselhafteste von allen, weil wir sie als völlig real erkennen, ohne ganz das Mittel zu verstehen, das die Autorin für sie angewandt hat) ist *die Erscheinung einer Antilope, sie kommt eine Waldschneise herab, bekränzt mit Orangenblüten und Brautschleiern, einen Huf erhoben in der Sparsamkeit der Furcht;* und später hat sie *Schläfen, wie die von jungem Wild, deren Hörner durchbrechen, als seien es Augen im Schlaf.* Manchmal wird auch eine Situation, die wir schon ungefähr erfaßt hatten, durch eine Formulierung zu grauenhafter Intensität zusammengefaßt; so wenn Nora den Doktor im Bett sieht und plötzlich denkt: *Mein Gott, Kinder wissen etwas, was sie nicht sagen können. Sie mögen Rotkäppchen und den Wolf im Bett!*

Das Buch ist nicht einfach eine Sammlung individueller Portraits. Die Charaktere sind, wie Leute im wirklichen Leben, alle miteinander verknüpft, mehr durch das, was wir Zufall nennen, als durch absichtliche Wahl gegenseitiger Gesellschaft. Es ist das Gesamtmuster, das sich aus ihnen ergibt, mehr als irgendeine individuelle Grundfigur, auf welches das Interesse sich konzentriert. Wir lernen sie kennen vermittels ihrer Wirkung aufeinander und durch das, was sie zueinander übereinander sagen. Und schließlich – es sollte überflüssig sein, dies anzumerken, aber vielleicht ist es für jemand, der das Buch zum erstenmal liest, nicht überflüssig –: das Buch ist keine Studie der Psychopathologie. Das Elend, das die Menschen durch ihre individuellen psychischen Anomalien erleiden, ist an der Oberfläche sichtbar. Das tiefer liegende Bild ist das des menschlichen Elends und menschlicher Unfreiheit, ein universales Bild. In einem normalen Leben ist dieses Elend zum größten Teil verborgen; oft ist gerade das Erbärmlichste dem Leidenden besser verborgen als dem Beobachter. Der Kranke weiß nicht, was ihm fehlt. Teils möchte er es wissen, aber größtenteils möchte er das Wissen vor sich selbst verbergen. In der puritanischen Sittenlehre, deren ich mich erinnere, herrschte stillschweigend die Theorie, daß, wer sparsam, unternehmend, intelligent, praktisch und vorsichtig genug sei, keine gesellschaftlichen Konventionen zu verletzen, ein glückliches und ›erfolgreiches‹ Leben haben müsse. Mißerfolg war auf eine dem Individuum eigentümliche Schwäche oder Verderbtheit zurückzuführen; aber der anständige Mensch brauche keine schlechten Träume zu fürchten. Heute ist die Annahme allgemeiner, daß alles persönliche Mißgeschick die Schuld der ›Gesellschaft‹ sei und durch Verbesserung von außen behoben werden könne. Im Grunde sind die beiden Philosophien, wie verschieden sie auch in der Praxis erscheinen mögen, die gleichen. Es scheint mir, daß wir alle, je nach dem Maße, wie weit wir uns an Dinge der Schöpfung klammern und unseren Willen vergänglichen Zwecken ausliefern, vom gleichen Wurm gefressen werden. So genommen, scheint uns *Nightwood* einen tieferen Sinn zu haben. In dieser Gruppe von Menschen ein grauenerregendes Varieté von Mißgestalten zu sehen, hieße nicht nur das Wesen der Sache verkennen, sondern auch unseren Willen verhärten und unsere Herzen in der eingefleischten Sünde des Hochmuts verharren lassen.

Ich hätte den vorangehenden Absatz für aufdringlich und vielleicht für zu anmaßend gehalten als Vorwort, das nichts als eine einfache Empfehlung für ein von mir sehr bewundertes Buch sein soll, wenn nicht (zumindest) eine Besprechung erschienen wäre, die, in der Absicht das Buch zu loben, in der Tat aber bewirkt, daß der Leser bereits mit dieser falschen Auffassung beginnt. Im allgemeinen dagegen läuft ja der Versuch, der Irreführung des Lesers vorzugreifen, oft Gefahr, irgendein anderes unvorhergesehenes Mißverständnis herauszufordern. *Nightwood* ist ein Werk schöpferischer Phantasie, keine philosophische Abhandlung. Wie ich am Anfang sagte, bin ich mir der Anmaßung, dieses Buch überhaupt einzuleiten, bewußt. Der Vorzug, ein Buch oft gelesen zu haben, ist noch keine hinreichende Voraussetzung, daß man es denen erklären kann, die es noch nicht gelesen haben. Ich möchte hiermit den Leser auf große Stilvollendung vorbereitet haben, auf Schönheit des Ausdrucks, Brillanz und Geist in der Charakterisierung und den Geschmack von Grauen und Untergang, der elisabethanischen Tragödie sehr nahe verwandt.

1937

Nachtgewächs

Für Peggy Guggenheim
und John Ferrar Holms

Unterwerfung

Trotz wohlbegründeter Zweifel, ob es ratsam sei, jene Rasse zu erhalten, die Gottes Einverständnis und der Menschen Mißbilligung erfährt, gebar im Frühjahr 1880, im Alter von fünfundvierzig Jahren, Hedwig Volkbein, eine Wienerin von großer Kraft und soldatischer Schönheit – hingestreckt unter Pfosten eines Himmelbetts von üppig theatralischem Karmin, hinter Behängen, auf denen Habsburgs gegabelte Schwingen prangten, unter Federdecken, deren Atlashülle in reichem indes erblindetem Goldfaden das Volkbeinsche Wappen schmückte –, ihr einziges Kind: einen Sohn; sieben Tage nach der vom Arzt vorausgesagten Stunde.

Auf diesem Schlachtfeld nun, dröhnend im Getrappel morgendlicher Pferdehufe von der Straße drunten, wandte sie sich um: mit der großartigen Geste eines Fahnen salutierenden Generals nannte sie ihn Felix, stieß ihn von sich und verschied.

Des Kindes Vater war sechs Monate zuvor gestorben, Opfer eines Fiebers. Guido Volkbein, Jude italienischer Abkunft, Gourmet und Dandy, war in der Öffentlichkeit niemals erschienen ohne das Band einer völlig unbekannten Auszeichnung, ein diskretes Fädchen, das dem Knopfloch Farbe verlieh. Er war klein gewesen, rundlich, und auf überhebliche Weise scheu. Ein vorstehender Bauch, jäh aufwärts strebend, hob die Knöpfe der Weste und Hose hervor und wies somit genau auf die Körpermitte, mit einer Nabellinie, wie man sie auf Früchten sieht – die unvermeidliche Wölbung, Resultat mächtiger Runden von Burgunder, Schlagsahne und Bier.

Den Herbst, der ihn wie keine andere Jahreszeit in rassische Erinnerungen hüllte, Jahreszeit der Sehnsucht und des

Grauens – ihn hatte er sein Wetter genannt. Dann, beim Gang durch den Prater, war er gesehen worden, in geballter Faust offen zur Schau getragen das kostbare Taschentuch aus gelbschwarzem Leinen, Aufschrei gegen den Erlaß von 1468, Erlaß eines gewissen Pietro Barbo: mit einem Strick um den Nacken laufe Guidos Rasse, zum Ergötzen der christlichen Bevölkerung, den Corso entlang, während Damen vornehmer Herkunft auf ihren Wirbelsäulen saßen, zu edel zum Anlehnen, sich von den Sitzen erhoben und zusammen mit den rotwallenden Kardinälen und den Monsignori Beifall spendeten; mit jener kalten aber hysterischen Hingabe eines Volkes, ungerecht und glücklich zugleich. Ja, selbst den Papst schüttelte Gelächter von seinem Halt im Himmel herab, Gelächter eines Mannes, der seine Engel hintergeht, um zum Tier zurückzufinden. Diese Erinnerung also und das zu ihr gehörige Taschentuch hatten Guido – gleich gewissen Blumen, die, zu üppiger Ekstase hochgezüchtet, ihre besondere Eigenart erst im Verblühen entfalten – zur Summe dessen gemacht, was ein Jude ist. Er lief umher, heiß, unbedacht und verdammt; die Lider zitterten über dicken Augäpfeln, schwarz vom Schmerz einer Zugehörigkeit, die ihn nach vier Jahrhunderten noch zum Opfer machte; und in seiner eigenen Kehle spürte er das Echo jenes Rufes, wie er vor langer Zeit über die *Piazza Montanara* gehallt hatte: *›roba vecchia!‹* – die Demütigung, mit welcher sein Volk das Überleben bezahlte.

Kinderlos mit neunundfünfzig, hatte Guido aus seinem Herzen ein Herz für das kommende Kind geformt, nach dem Modell der eigenen Wahnidee: unbedingte Huldigung vor dem Adel, Kniebeuge des gehetzten Körpers in muskulärem Krampf, Hinsinken vor dem Drohenden, dem Unerreichbaren, wie vor der großen Hitzeplage. Es hatte Guido – und dies würde auch für den Sohn gelten – schwer gemacht vor unerlaubtem Blut.

Und kinderlos war er gestorben, wenn auch an Hedwigs christlichem Gürtel das Versprechen hing. Guido hatte gelebt wie alle Juden es tun, die – durch Zufall oder durch eigene Wahl von ihrem Voik abgeschnitten – sich in einer Welt zurechtfinden müssen, deren Elemente, da sie ihnen fremd sind, den Geist zur Niederlage vor einem imaginären Pöbel zwingen. Der Jude, der an einer christlichen Brust stirbt, stirbt am Pfahl! Hedwig, trotz ihrer Seelenqual, weinte über einem Ausgestoßenen. Ihr Körper wurde in diesem Augenblick zur Schranke, und gegen die Wand starb Guido. Im Leben hatte er alles getan, um die Kluft des Unmöglichen zu überbrücken; der traurigste und vergeblichste aller seiner Versuche war die Vorspiegelung der Baronswürde gewesen. Er hatte das Zeichen des Kreuzes angenommen, hatte behauptet, ein Österreicher aus altem, beinahe erloschenem Geschlecht zu sein, und um seine Geschichte zu belegen, hatte er die erstaunlichsten und unsachlichsten Beweise erbracht: ein Wappen, auf das er kein Recht hatte, ein Register von Vorfahren – einschließlich ihrer Vornamen –, die niemals existiert hatten. Als Hedwig auf seine schwarz-gelben Taschentücher stieß, sagte er, sie dienten der Erinnerung: ein Zweig seiner Familie habe in Rom geblüht.

Er hatte versucht, eins mit ihr zu sein, indem er sie anbetete, ihren gänsemarsch-artigen Schritt nachahmte, einen Schritt, der bei ihm verrenkt wirkte und komisch. Sie hätte ebensoviel für ihn getan; aber sie witterte in ihm das Gespür für Lästerung und Verlassenheit und nahm den Schlag so, wie es die Nichtjüdin tun muß: im Rückzug schlug sie sich zu ihm. Sie hatte alles geglaubt, was er ihr erzählte, aber wie oft hatte sie sich gefragt: ›Was hat er?‹ – dieser immerwährende Vorwurf, als immerwährender Appell an ihre Liebe gedacht. Er lief durch sein Leben wie eine Stimme der Anklage. Der Drang, ehrerbietig von gekrönten Häuptern zu sprechen, war zur Folter geworden; er ließ Lobeshymnen hervorsprudeln, wie der Strahl eines durch Daumendruck verstärkten Rinnsals. In Gegenwart von Leuten geringeren Standes lachte er zu herzhaft, als könne er sie durch seine Umgänglichkeit zu erträumten Rängen erheben. Konfrontiert mit nichts Schlimmerem als etwa einem General, in krachendem Leder, mit leichtem Abwehrreflex in der Bewegung, so wie sie Soldaten zu eigen ist, die tief aus dem Innern zu atmen scheinen, nach Schießpulver und Pferdefleisch riechen, stur und dennoch stets bereit, an einem noch zu planenden Krieg teilzunehmen – ein Typ übrigens, für den Hedwig viel übrig hatte –, wurde Guido von ungesehenem Zittern befallen. Er sah, daß Hedwig die gleiche Haltung hatte, dieselbe – wenn auch gedrängtere – packende Kraft der Hand, nur eben von einer kleineren Gußform geprägt, in ihrer Verkleinerung so gespenstisch wie ein Puppenhaus. Die Feder an ihrem Hut war messerblank und stets in Schwingung, wie von heraldischem Wind bewegt. Sie war eine Frau, wie sie der Natur als Modell gilt: präzise, schwerbrüstig und fröhlich. Er sah die beiden an und war beschämt, als habe jemand ihn gerügt; nicht etwa der Offizier, sondern seine Frau.

Wenn sie tanzte, leicht erhitzt vom Wein, wurde der Tanzboden zum taktischen Manöver: ihre Absätze prasselten, *staccato*, wohl im Training; die Schultern bis in die Spitzen voller Selbstgefühl, gleich jenen, welche die Tressen und Quasten der Beförderung tragen; die Richtung des Kopfes beschrieb den kaltstirnigen Blick eines Postens, dessen Wache nicht ganz gefahrlos ist. Und doch hatte Hedwig getan, was sie konnte. Wenn es jemals so etwas gegeben hat wie einen *chic* des Massiven – sie hatte ihn verkörpert. Dennoch lauerte irgendwo Unruhe. Die Sache, der sie nachgespürt hatte – freilich erreichte dies nie ihr Bewußtsein –, war Guidos Beteuerung, er sei Baron. Sie hatte es geglaubt, wie ein

Soldat einen Befehl ›glaubt‹. Etwas in ihrem Vermögen, Zwielichtiges zu erahnen – und sie selbst hätte diesem ›Etwas‹ keinen Wert beigemessen –, hatte sie schon längst eines viel besseren belehrt. Hedwig war Baronin geworden, ohne Frage.

Im Wien von Volkbeins Tagen gab es wenige Berufe, in denen Juden willkommen waren. Dennoch war es ihm auf seine Weise gelungen – durch mannigfache Transaktionen von Mobiliar, diskretes Kaufen alter Meister, durch Erwerb von Erstausgaben und mit Geldwechsel –, für Hedwig ein Haus in der Innenstadt zu sichern, mit nördlicher Sicht auf den Prater, ein Haus, das – groß, dunkel und herrschaftlich – zum fantastischen Museum ihrer Begegnung wurde.

Eine Flucht von Rokokosälen, schwindlig vor Plüsch und Schnörkelgold, war mit römischem Bruch bevölkert, weiß und ohne Zusammenhang: das Bein eines Läufers, der eisig erstarrte halbumgewandte Kopf einer Matrone, die es über dem Busen erwischt hatte; in ihre blinden, kühnen Augenhöhlen warf jeder huschende Schatten eine Pupille, so daß die Sonne ihren Blick dirigierte. Der große Salon war Walnuß. Über dem Kamin hing das Wappenschild der Medici in prachtvoller Kopie und daneben der österreichische Vogel.

Drei massige Konzertflügel – Hedwig hatte die Walzer ihrer Zeit mit meisterhaft männlicher Fertigkeit gespielt, im Tempo ihres Blutes, zügig und wuchtig, dazu mit flinker Manierlichkeit des Anschlags, so bezeichnend für das Spiel der Wiener, die, wenn auch hingerissen von Zärtlichkeit zum Rhythmus, dennoch seine Forderungen nach den strengen Regeln des Zweikampfs befolgen – spreizten sich quer über den dicken drachenblutfarbenen Haufen Madrider Teppiche. Das Arbeitszimmer bot zwei weitschweifigen Schreibtischen Obdach: reichhaltiges, blutvolles Holz. Hedwig hatte die Dinge gern paarweise oder dreifach besessen. Die mittleren Bogen der Schreibtische waren mit Silbernägeln beschlagen, deren Umrisse einen Löwen, einen Bären, einen Widder, eine Taube und in ihrer Mitte eine Fakkel ergaben. Die Arbeit war unter Guidos Aufsicht ausgeführt worden, der den Entwurf, einer momentanen Eingebung folgend, als Volkbeinsche Heraldik ausgab, obgleich es sich als ein Wappen herausstellte, das unter päpstlichem Stirnrunzeln seit längerem im Erlöschen war. Eine ganze Fensterwand – die französische Note nach Guidos Geschmack – blickte auf den Park: Portieren aus tunesischen Webestoffen und Samt, Jalousien von jenem düsteren Rot, das die Österreicher so schätzen. Gegen die Eichentäfelung, die jenseits des länglichen Tisches zur Deckenwölbung ragte, hingen lebensgroße Bildnisse: Guidos Vater und Mutter, wie er behauptete. Die Dame: eine kostbare Florentinerin mit strahlenden, verschmitzten Augen und einem überdeutlichen Mund. Riesenärmel, gepufft und perlenbestickt, führten hinan zu einem vieleckigen Überwurf aus steifer Spitze; der Kopf darunter war konisch und zopfgeschmückt. Unergründliche Mengen Gewandes fielen um sie herab, sanftschwingende Schatten; die Schleppe, dick wie Teppich, wogte durch eine Allee primitiver Bäume. Sie sah aus, als erwarte sie einen Vogel. Der Herr dagegen saß auf einem Schlachtroß, in heikler Haltung. Er schien weniger das Tier erstiegen zu haben, als vielmehr im Begriff, sich zu ihm herabzulassen. Das Blau eines italienischen Himmels lag zwischen Sattel und lederfarbenem Reitersteiß. Das Pferd war vom Künstler bei der Ausführung eines fallenden Bogens eingefangen, die abstehende Mähne noch im ersterbenden Schwung, der Schwanz nach vorn fallend zwischen dünne, schräg angewinkelte Beine. Die Kleidung des Herrn war eine frappierende Mischung aus Romantik und Religion. Zwischen den Gelenken des linken

Armes hielt er, Krone nach außen, einen federgeschmückten Hut. Das gesamte Bild hätte der Auffassung nach ein Fastnachtsscherz sein können. Der Kopf des Herrn, im schrägen Winkel aufgesetzt, hatte bemerkenswerte Ähnlichkeit mit Guido Volkbein: die gleiche schwungvolle, kabbalistische Nasenkurve, die Gesichtszüge gereift und warm. Nur nicht dort, wo das jungfräuliche Blau der Augäpfel in der Wölbung des Lides verschwand; dort unter diesem Fleisch, schien außer der Sehkraft noch ein anderes Element seinen Standort bezogen zu haben. Dieser starre Blick, endlos und objektiv, kannte die Entspannung nicht. Die Ähnlichkeit indessen war zufällig. Hätte jemand sich die Mühe gemacht, der Sache nachzuforschen, so wären als Modelle dieser Gemälde zwei wackere Schauspieler von gestern zutage getreten. Guido hatte sie in einer vergessenen, verstaubten Ecke gefunden und sie erworben, als sich herausstellte, daß er ein Alibi für sein Blut brauchte.
An diesem Punkt endete die genaue Chronik für Felix, der dreißig Jahre später mit diesen Tatsachen, den beiden Bildnissen und sonst nichts, in der Welt auftauchte. Seine Tante – sie kämmte ihre Haarflechten mit einem Bernsteinkamm – erzählte ihm, was sie wußte, und dies waren ihre einzigen Kenntnisse seiner Vergangenheit gewesen. Was es war, das ihn vom Tag seiner Geburt bis zu seinem dreißigsten Lebensjahr geformt hatte, war der Welt unbekannt geblieben, denn der Schritt des wandernden Juden liegt in jedem Sohn. Wann und wo man ihn auch treffen mag: man fühlt, daß er irgendwoher kommt – wo auch immer dieses ›irgendwo‹ sei –, aus irgendeinem Land, in dem er nicht gelebt, sondern das er verschlungen hat, aus irgendeiner geheimen Gegend, die ihn ernährt hat, die er aber nicht erben kann; denn der Jude erscheint, wo er erscheint, von nirgendwo. Wurde der Name Felix erwähnt, so fanden sich sogleich drei oder mehr Personen, die darauf schworen, ihn die Woche zuvor

in drei verschiedenen Ländern gleichzeitig gesehen zu haben.
Felix nannte sich Baron Volkbein, wie es sein Vater vor ihm getan hatte. Wie Felix lebte, wie er zu seinem Geld kam – er wußte Zahlen wie ein Hund weiß, wo Wild ist und war ebenso unermüdlich auf ihrer Spur und der Jagd nach ihnen –, wie er sieben Sprachen meisterte und diese Kenntnisse weise verwaltete, das wußte niemand. Seine Figur und sein Gesicht waren vielen vertraut. Beliebt war er nicht, wenn auch das Maß posthumer Anerkennung, das sein Vater genoß, ihm in seinem Bekanntenkreis zumindest den eigenartig halbrunden Starrblick jener Leute einbrachte, die, zwar nicht gewillt, auf der Stufe irdischer Gleichberechtigung zu grüßen, dennoch dem lebenden Zweig (eingedenk des Todes und seiner Sanktionen) ein leichtes Kopfnicken spenden, ein erinnerndes Verzeihen zukünftiger Befürchtung, eine Verbeugung, die uns geläufig ist in Gegenwart dieses Volkes.
Felix war schwerer als sein Vater und größer. Sein Haar setzte zu weit hinter der Stirn an. Sein Gesicht, ein längliches, volles Oval, litt an einer fortschreitenden Schwermut. Ein einziger Zug nur sprach von Hedwig: der Mund. Obgleich so sinnlich vor Mangel an Verlangen wie der ihre vor Verleugnung, legte er sich mit allzu intimer Festigkeit über die knochige Zahnstruktur. Die weiteren Partien waren ein wenig schwer, das Kinn, die Nase und die Lider; in eines war sein Monokel geklemmt, ein rundes blindes Auge, das in der Sonne spiegelte.
Gewöhnlich sah man ihn allein spazierengehen oder fahren, in einer Aufmachung, als erwarte er, an einem großen Ereignis teilzunehmen, obgleich man nicht von ihm hätte sagen können, daß er für irgendeine Gelegenheit auf der Welt passend angezogen wäre. Er wünschte, allen Eventualitäten gerecht zu werden, und so war er auch ausstaffiert: teils für den Abend, teils für den Tag.

Mischung der Leidenschaften, aus denen seine Vergangenheit bestand, Mannigfalt des Geblüts, Mühsal tausender unmöglicher Situationen: all dies hatte Felix zum Einzelgänger gemacht, zu einem Beladenen; er war der Verlegene.
Seine Verlegenheit nahm die Form einer fixen Idee an; er nannte sie ›das alte Europa‹: es handelte sich um Aristokratie, Adel, um Herrscherhäuser. Sprach er von Titeln, so schaltete er Pausen ein: eine vor, eine nach dem Namen. Er wußte, daß Weitschweifigkeit sein einziger Kontakt war, und er bediente sich ihrer mit langem Atem und detaillierter Sachkenntnis. Mit dem wütenden Eifer des Fanatikers hetzte er den eigenen Mangel an Ebenbürtigkeit zu Tode, indem er Gebeine längst vergessener Kaiserhöfe wieder zusammensetzte – bekanntlich können nur jene, deren man sich lang erinnert, Anspruch auf lange Vergessenheit erheben –, ging auf Beamte und Kustoden ein mit einer geradezu ungehörigen Beredtheit, aus Furcht, durch Unaufmerksamkeit auch nur einen Bruchteil seiner Auferstehung zu verwirken. Die große Vergangenheit, so wähnte er, könne wohl manches kleine Teilchen flicken; verneige er sich nur tief genug, gäbe er nur nach, in demütiger Huldigung.
Das Jahr neunzehnhundertzwanzig fand ihn in Paris – sein blindes Auge hatte ihn vor der Armee gerettet –, immer noch in Herrengamaschen, in seinem Cutaway; immer noch in Verbeugung, in pendelndem Lauf auf der Suche nach dem Richtigen, dem Tribut zu zollen wäre: der richtigen Straße, dem richtigen Café, dem richtigen Bauwerk, dem richtigen Ausblick. In Restaurants verbeugte er sich kaum merklich vor jedem, der aussah, als könne er ›Jemand‹ sein, beschrieb dabei eine solch unmerkliche Verneigung, daß sie vom erstaunten Empfänger auch als ein Zurechtrücken des Magens gedeutet werden mochte. Seine Räume hatte er gemietet, weil aus ihnen ein Bourbone zum Tode geführt worden war. Er hielt einen Diener und eine Köchin;

ihn, weil er aussah wie Ludwig der Vierzehnte; sie, weil sie der Königin Viktoria ähnelte; Viktoria aus anderem, billigerem Material, für arme Leute zugeschnitten.
Auf seiner Suche nach einer eigenen *Comédie humaine* war Felix auf das Abseitige gestoßen. Vertraut mit Gesetz und Verordnung, mit alter Sage und Ketzerei, Prüfer seltener Weine, Blätterer in noch selteneren Büchern und Altweibergeschichten – Geschichten von heiliggesprochenen Menschen und von fluchbeladenen Bestien –, bewandert in jedem Plan für Brücke oder Festung, in jedem Friedhof an allen Straßen Rast suchend, pedantischer Ergründer vieler Kirchen und Schlösser, widerhallte sein Geist – nebelhaft und ehrfurchtsvoll – von Madame de Sévigné, Goethe, Loyola und Brantôme. Loyola jedoch tönte am tiefsten, er war allein, abseits und vereinzelt. Eine Rasse, die ihre Generationen von Stadt zu Stadt jagen mußte, hat weder die nötige Ruhe gefunden, um jene Widerstandskraft zu erwerben, die sich in der Zote offenbart, noch genug Vergeßlichkeit, um in zwanzig Jahrhunderten Legende erstehen zu lassen, denn ihre Gedanken hat man gekreuzigt. Der Christ, der für immer dem Heil des Juden im Wege steht, muß die Schuld auf sich nehmen, muß aus ihren Tiefen jenen abergläubigen, phantastischen Zauber schöpfen, anhand dessen der langsam und unermüdlich mahlende Jude zum ›Sammler‹ seiner eigenen Vergangenheit wird. Sein Unglück trägt ihm nichts ein, bis ihm nicht irgendein *Goi* eine solche Gestalt verleiht, daß es nochmals dargeboten werden kann – als ein ›Zeichen‹. Des Juden Unglück ist nicht sein eigenes, es kommt von Gott; seine Rettung ist nicht seine eigene, sie kommt vom Christen. Der christliche Schleichhandel in Vergeltung hat des Juden Geschichte zur Ware gemacht. Sie ist das Mittel, das ihm im richtigen Augenblick das Serum seiner eigenen Vergangenheit zuspielt, welches er von neuem als sein Blut opfern kann. Auf

diese Art nahm Felix die Brust der Amme, deren Milch für ihn zwar sein Leben bedeutete, aber niemals sein Geburtsrecht werden konnte.
Schon früh war Felix in den Kulissenzauber von Zirkus und Theater geraten, gewissermaßen eine Station der Sehnsüchte auf dem Weg zu höherem, unerreichbarem Prunk der Könige und Königinnen. Die verträglicheren Schauspielerinnen von Prag, Wien, Ungarn, Deutschland, Frankreich und Italien, die Akrobaten und die Schwertschlucker hatten ihm hier und dort Zutritt gewährt: zu ihren Garderoben, diesen Salons einer Trugwelt, in welchen er sein Herz den Narren spielen ließ. Hier bedurfte er weder des Reizes der Fremdheit noch der Fähigkeit. Für kurze Zeit nahm er teil an ihrer glitzernden anrüchigen Herrlichkeit.
Die Gestalten dieser Welt, deren Wünsche den seinen sonst so entgegengesetzt waren, hatten sich ebenfalls Titel zugelegt. Da gab es eine Prinzessin Nadja, einen Baron Tink, eine Principessa Stasera y Stasero, einen König Buffo und eine Herzogin von Breitenrück: grelle, billige Stücke animalischen Lebens, ungeheuer versiert auf dem Gebiet der großen Ruhestörung, genannt Vergnügen. Sie setzten sich Titel auf, um den Vorstadtkavalier zu blenden, um ihr öffentliches Leben – ihr einziges – als geheimnisvoll und einmalig auszugeben, im Wissen, daß Wendigkeit nirgends so überrascht als dort, wo sie unerwartet auftritt. Felix dagegen klammerte sich an seinen Titel, um seine eigene Befremdnis zu täuschen. Dies brachte sie zusammen.
Unter diesen Leuten also – die Männer hatten ein schwächeres, die Frauen ein stärkeres Aroma als ihre gebändigten Bestien – überkam Felix ein Gefühl des Friedens, wie er es früher nur in Museen erfahren hatte. In demütiger Hysterie wandelte er unter bröckelndem Brokat, zwischen Spitzen des Carnavalet. Er liebte diesen alten, dokumentierten Zauber mit der Liebe etwa eines Löwen zu seinem

Dompteur; dieses von Schweiß beschlagene, von Flitter besäte Rätsel, welches, indem er das Tier gefügig machte, ihm eine Art Gesicht zuwandte, dem seinen ähnlich. Aber eigenartig und verwischt, wie es war, hatte es in seinem Gehirn den Herd des Wahns entdeckt und rottete ihn aus.
Nadja hatte Felix den Rücken zugewandt, der Gerechtigkeit seines Blickes so sicher, wie sie es gegenüber der linearen Gerechtigkeit eines Rops gewesen wäre. Sie wußte, daß Felix genau registrierte: die Spannkraft ihres Rückgrats mit seiner Peitschenkurve, wie sie im Schwung in den harten kompakten Spalt des Rumpfes zurückschnellte, böse und schön wie ihr augenfälligeres Beispiel: der Schwanz des Löwen.
Die Spirale des Gefühls für Zirkus, wie sie aufspringt aus dem Publikum in seiner unermeßlichen Ahnungslosigkeit, wie sie zurückprallt an ihrer grenzenlosen Hoffnung – sie war es, die in Felix Sehnsucht und Unruhe auslöste. Der Zirkus war ein geliebtes Ding, das er niemals berühren, daher niemals erkennen konnte. Die Leute von Bühne und Arena waren für ihn so theatralisch, so ungeheuerlich dazu, wie ein Warenangebot, zu dessen Abnehmern er nicht zählen durfte. Daß er ihnen so beharrlich nachstellte, wie er es tat, war Beweis für etwas in seiner Natur, das im Begriff stand, christlich zu werden.
Er war erstaunt, festzustellen, daß er sich ebenso stark zur Kirche hingezogen fühlte, aber diese Spannung würde sich leichter regeln lassen. Ihr Kampfplatz, so meinte er, sei durch das Herz bereits bedingt, umrissen.
Es war die Herzogin von Breitenrück – eine Frau Mann –, der Felix seine erste Audienz bei einer ›Erlauchten Persönlichkeit‹ verdankte. Frau Mann, damals in Berlin, erklärte, daß sie mit diesem Herrn ›früher einmal etwas gehabt‹ habe. Nur mit größter Mühe konnte er sich vorstellen, wie

sie mit irgendjemandem ›etwas haben‹ könne: ihre Koketterie war so muskulär, so lokalisiert. Ihr Metier – das Trapez – schien sie elastisch zu halten. In gewisser Weise gab es ihr sogar Charme. Ihre Beine hatten jene spezielle Spannkraft, die den Arbeitern der Luft zu eigen ist; etwas vom Reck war in ihren Handgelenken, in ihrem Schritt die braune Lohe der Arena; als sei die Luft so vollkommen schwerefrei, so völlig widerstandslos, daß sie zum überwindlichen Problem werde und ihren Körper trotz seiner Schlankheit, seiner Festigkeit, viel schwerer erscheinen lasse, als Körper von Frauen, die auf der Erde bleiben. Ihr Gesicht drückte die Spannung eines Organismus aus, der sich in einem fremden Element am Leben erhalten muß. Sie schien eine Haut zu haben, die das Muster ihres Kostüms war: ein Mieder mit Rauten, rot und gelb, im Rücken tief ausgeschnitten, über und unter den Armen angekraust, verblichen vom Dunst des dreimaltäglichen Trainings, rote Trikothosen, Schnürstiefel, die den Eindruck erweckten, als setzten sie sich in ihr fort, wie das Muster in den harten Lutschbonbons der Ferien; und die Wölbung der Leistengegend, dort, wo sie das Trapez nahm, den einen Fuß in die Spange der anderen Wade geklemmt, war so solide, abgerundet und poliert wie Eiche. Das Material des Trikots war eben keine Hülle mehr, es war sie selbst. Der hauteng anliegende Zwickel war so sehr ihr eigenes Fleisch, daß er sie geschlechtslos machte, wie eine Puppe. Die Nadel macht das eine zum Eigentum des Kindes, das andere zum Eigentum keines Mannes.

»Heute abend«, sagte Frau Mann und wandte sich Felix zu, »werden wir uns amüsieren. Manchmal ist doch Berlin bei Nacht sehr hübsch, finden Sie nicht? Und den Grafen muß man gesehen haben. Die Räume sind sehr stattlich, rot und blau, er hat es mit blau, Gott weiß warum, und er lädt gern unmögliche Leute ein, wir sind auch eingeladen« – der

Baron setzte seinen Fuß auf die Schwelle. »Vielleicht führt er sogar die Bilder vor.«
»Bilder?« sagte Felix.
»Die lebenden Bilder«, sagte sie, »er vergöttert sie geradezu«. Felix ließ seinen Hut fallen; er rollte und blieb liegen.
»Ist er Deutscher?« fragte er.
»O nein, Italiener, aber das macht nichts, er spricht sämtliche Sprachen. Ich glaube, er kommt nach Deutschland, um Geld zu wechseln – er kommt, er geht, und alles ist wie zuvor, außer daß die Leute etwas zu reden haben!«
»Wie, sagten Sie noch, war sein Name?«
»Ich habe zwar nichts gesagt, aber er nennt sich Graf Onatorio Altamonte, wahrscheinlich völlig zu Unrecht, er sagt, er sei mit jeder Nation verwandt – na, das sollte Ihnen doch gefallen. Wir werden das Diner einnehmen, wir werden Champagner trinken.« Die Art, wie sie ›Diner‹ sagte, wie sie ›Champagner‹ sagte, hob den genauen Unterschied zwischen Fleisch und Flüssigkeit hervor, als wolle ihr bahnbrecherisches Talent durch Überwindung zweier Elemente – Erde und Luft – sich den Weg zu den weiteren ebnen.
»Wird man gut unterhalten?« fragte er.
»Oh, tadellos.«
Sie beugte sich vor, sie begann, die Schminke zu entfernen, mit jener behenden technischen Glückseligkeit eines Malers, der die Palette reinigt. Sie sah auf den Baron mit Spott. »Wir setzen an dieser Stelle über den Fluß«, sagte sie.

Um einen Tisch, am Ende des riesigen Raumes, stand eine Gruppe von zehn Männern, alle in parlamentarischer Haltung. Sie sahen aus, als hätten sie über das Schicksal einer Nation zu entscheiden; neben ihnen eine einzige Frau. Als Felix und die Herzogin von Breitenrück eintraten, hörten sie soeben einem ›Medizinstudenten‹ mittleren Alters zu;

einem Mann mit buschigen Brauen, das Haar gleich einer überdimensionalen Witwenhaube spitz in die Stirn gewachsen, die Augen übergroß und dunkel, die Art zu stehen schwerfällig und apologetisch zugleich. Der Mann war Dr. Matthew O'Connor, ein Ire von der Barbary-Küste (Pacific Street, San Francisco), dessen gynaekologische Interessen ihn um die halbe Welt getrieben hatten. Er spielte die Rolle des Gastgebers – der Graf war noch nicht erschienen – und erzählte von sich, denn in sich selbst sah er der Natur amüsanteste Fehlleistung.

»Mögen wir alle die gekrönten Häupter der Schöpfung sein«, sagte er soeben, und die Erwähnung gekrönter Häupter ließ Felix aufleben, sowie ihn das Wort erreichte, wenn auch das Folgende ihn wieder in Zweifel versetzte; »aber nur denken Sie einmal an all die Geschichten, die sich im Sande verlaufen. Ich meine solche, die man vergessen hat – und das trotz all der Dinge, deren der Mensch sich erinnert (wenn er sich nicht gerade an sich selbst erinnert!) –, bloß weil sie nicht über den Weg der Ämter und Würden auf uns herabkommen – das ist es, was wir Legende nennen, und es ist das Beste, was ein armer Mann mit seinem Schicksal tun kann; das andere«, er machte eine Geste mit dem Arm, »nennen wir Geschichte: das Beste, was die hohen und mächtigen Herren mit dem *ihren* tun können. Legende ist ungekürzte Fassung, Geschichte aber ist, schon wegen ihrer Darsteller, Schändung. Jede Nation mit Humor ist eine verlorene Nation, und jede Frau mit Humor ist eine verlorene Frau. Die Juden sind das einzige Volk, das es noch versteht, den Humor in der Familie zu pflegen, ein Christ streut ihn über die ganze Welt.«

»Ja! das ist ganz richtig«, sagte die Herzogin laut, aber die Unterbrechung war völlig sinnlos. Hatte der Doktor einmal sein Publikum gewonnen – und er fesselte es mit dem simplen Kunstgriff, manche jener sumpfigen, bissigen Laute, wie sie in den früh-angelsächsischen Verben vorkommen, in höchstem Diskant hervorzustoßen (seine Stimme klang in diesen Momenten so gereizt und herrschsüchtig wie die einer tobenden Frau) –, dann konnte ihn nichts mehr aufhalten. Er stellte seine großen Augen auf die Dame ein, und nun erst nahm er sie in ihrer ganzen Aufmachung so recht in sich auf. Sofort rief die Erscheinung in seinem Gedächtnis etwas Vergessenes aber Vergleichbares wach; er brach in Gelächter aus und rief: »Ich muß schon sagen, Gott denkt an seltsame Wege, meine Erinnerung zu wecken. Jetzt muß ich an Nikka denken, den Nigger, der mit dem Bär kämpfte im *cirque de Paris*. Da war er, geduckt, stets auf dem Sprung über die ganze Arena, ohne eine Faser am Leib, außer einem schlechtverhohlenen Lendenschurz, der sich blähte wie nach einem Tiefseefang, tätowiert vom Scheitel bis zur Sohle, mit Rosenknöspchen und dem ganzen Tand des Teufels – es war schon ein toller Anblick. Dabei hätte er nicht das Geringste tun können (und ich weiß, wovon ich rede, trotz all der Dinge, die man immer über die schwarzen boys gesagt hat!) und hätte man ihn auch wochenlang mit Appreturmaschinen bearbeitet – übrigens in gedehntem Zustand (so sagt man) beschwor er Desdemona herauf. Na, über seinem Bauch war einer der Engel aus Chartres, an jeder Hinterbacke, halb öffentlich, halb privat, ein Zitat aus dem Zauberbuch, eine Bestätigung der jansenistischen Theorie – es tut mir leid, daß ich das erzählen muß, und dazu noch hier. Quer über die Knie – und darauf gebe ich Ihnen mein Wort –: ›Ich‹ auf dem einen, und auf dem anderen: ›kann‹; bitte kombinieren Sie selbst! Über dem Brustkasten, unter einer herrlichen Karavelle mit geblähten Segeln, zwei ineinandergreifende Hände, die Gelenke in Klöppelspitzen gefaßt; auf jeder Brust ein pfeilgespaltenes Herz mit verschiedenen Initialen aber dem gleichen Blutstropfen; und von den Armhöhlen abwärts,

die ganze Seite herab, las man jenes Wort, das Prinz Arthur Tudor, der Sohn König Heinrichs des Siebenten, sagte, als er während seiner Hochzeitsnacht nach einem Becher Wasser (war es auch wirklich Wasser?) verlangte. Sein Kammerherr, rätselratend über die Ursache solcher Trockenheit, äußerte Besorgnis, und ihm galt das eine Wort, welches ihn – so völlig epigrammatisch und in keiner Weise dem großen und noblen britischen Weltreich gemäß – erschaudern ließ. Und das ist alles, was wir je über diese Angelegenheit erfahren werden, es sei denn«, sagte der Doktor und schlug die Hand auf die Hüfte, »Sie können so gut raten wie Schwänzchen-klein.«
»Und die Beine?« fragte Felix, peinlich berührt.
»Die Beine«, sagte Dr. O'Connor, »waren ganz dem Rankenwerk gewidmet, gekrönt von der schwarzbraunen Kletterrose, einer Kopie der Mauerkappe des Hauses Rothschild, Hamburger Linie. Auf seinem *dos* – ob Sie es glauben oder nicht, und ich würde es an Ihrer Stelle *nicht* tun – ein bündiger Bericht in früher Mönchskalligraphie – die einen nennen es unanständig, die anderen gotisch – über die wirklich höchst beklagenswerten Zustände in Paris, bevor die Hygiene eingeführt wurde und man noch bis zum Knie in Natur watete. Und direkt über dem, was man nicht erwähnt, flog ein Vogel, Zettel im Schnabel, mit der Gravur *Garde tout!* Ich fragte ihn, wozu diese ganze Barbarei gut sei. Er antwortete, er liebe die Schönheit und wolle sie an sich selbst erfahren.«
»Kennen Sie Wien?« erkundigte sich Felix.
»Wien!« sagte der Doktor, »ein Bett: das niedere Volk klettert hinein, gefügig vor Mühsal, und der Adel entsteigt ihm, grimmig vor Würde. Ich erinnere mich daran, aber nicht so gut, als daß mir nicht noch einiges im Gedächtnis haften geblieben wäre. Ich entsinne mich kleiner österreichischer Knaben, sie gingen zur Schule, ein Zug von

Wachteln. Während der Pausen hockten sie in der Sonne, rosenwangig, funkeläugig, mit feuchten rosa Mündchen, nach Herdenkindheit duftend. Historische Tatsachen glitzerten in den kleinen Gehirnchen wie Sonnenlicht, um bald verloren, bald vergessen zu sein, zu Beweisen degradiert. Jugend ist Ursache, Wirkung ist Alter. Und daher: mit der Verdickung des Nackens verdichten sich in uns die Anhaltspunkte.«

»Ich dachte nicht an kleine Knaben, sondern an militärische Überlegenheit – an große Namen!« sagte Felix und fand, der Abend sei schon verloren: der Gastgeber noch nicht einmal aufgetreten, niemand schien davon Notiz zu nehmen oder sich etwa daran zu stoßen. Und so würde wohl die ganze Angelegenheit in die Hand dieser schwankenden Gestalt geraten, die sich da ›Doktor‹ nannte.

»Die Armee: die Familie des Ehelosen!« Der Doktor grinste. »Seine einzige Sicherheit!«

Die junge Dame – wohl in den späten Zwanzigern – löste sich von der Gruppe und näherte sich Felix und dem Doktor. Die Hände stützte sie hinter sich auf den Tisch. Sie schien verlegen. »Sagen Sie beide wirklich Ihre Meinung, oder reden Sie bloß so?« Ihre Worte machten sie selbst erröten, und eilig setzte sie hinzu: »Ich leite die Werbung für den Zirkus. Ich bin Nora Flood.«

Der Doktor fuhr herum, überrascht. »Ah«, sagte er. »Nora mißtraut der kalten unbedachten Melodie der Zeit, wie sie da schleicht; aber«, fuhr er fort, »ich habe erst angefangen!« Plötzlich schlug er sich mit der flachen Hand auf den Schenkel. »Flood Nora! Ja du mein holder Gott! Ich, mein Kind, ich habe geholfen, dich zur Welt zu bringen!«

Bei der Wendung von der schleichenden Zeit wurde Felix unruhig, als erwarte man von ihm, daß er ›etwas unternehme‹ – wie von einem Gast erwartet wird, daß er wegen eines umgestürzten Glases, dessen Inhalt sich sogleich über die Tischkante und in den Schoß einer Dame ergießen wird, etwas unternimmt –, und so brach er in hysterisches Gelächter aus. Obgleich ihn dieser Vorfall für den Rest seines Lebens beunruhigen sollte, hatte er ihn sich niemals erklären können. Die Gäste verstummten nicht etwa – sie taten, als sei nichts geschehen. Zwei oder drei jüngere Herren sprachen von einem Skandal, die ›Herzogin‹ in ihrer lauten, leeren Stimme erzählte einem Mann von großem Leibesumfang etwas über die lebenden Bilder. Dies trug noch zu den Qualen des Barons bei. Er begann, zu gestikulieren, hilflos abzuwinken, er rief dabei: »O bitte – bitte!« und wurde plötzlich gewahr, daß sein Lachen gar kein Lachen sei, sondern viel Schlimmeres; dennoch wiederholte er bei sich: ›Ich lache, lache wirklich, was sollte es sonst sein!‹ Er flatterte mit den Armen in Abwehr, er rief »Bitte, bitte!« und starrte dabei auf den Fußboden, in tiefer Scham über sein Tun.

Aber plötzlich setzte er sich auf, legte die Hände auf die Lehnen und starrte den Doktor unverwandt an. Dieser beugte sich vor und zog seinen Stuhl heran, bis er Felix direkt gegenüber saß. »Ja«, sagte er, er lächelte, »Sie werden enttäuscht! *In questa tomba oscura* – oh, über die Untreue! Ich bin kein Kräuterheilkundiger, kein Ruteboeuf. Ich weiß keine Wunderkur, bin kein Quacksalber, das heißt: ich will und kann mich nicht auf den Kopf stellen. Ich bin auch kein Akrobat, bin weder Klosterbruder noch eine Salome des dreizehnten Jahrhunderts, die, Arsch nach oben, auf einem Paar Toledanerklingen ihren Tanz vollführt. Versuchen Sie übrigens einmal, heutzutage irgendein liebestolles Mädchen – sei es nun männlich oder weiblich – zu so etwas zu bewegen! Wenn Sie aber nicht glauben, daß es solche Dinge einmal gab auf diesem langen Rückgrat der Vergangenheit, dann studieren Sie gefälligst die Manuskripte im Britischen Museum, oder besuchen Sie die Kathedrale

von Clermont-Ferrand, mir soll es egal sein! Werden Sie wie die reichen Muselmanen von Tunis, die sich blöde Weiber mieten, um ihre Stunde auf ein Mindestmaß an Sinn zu reduzieren. Aber eine Heilkur ist das immer noch nicht, denn das gibt es nicht, zumindest keine, die in jedem Mann überall zugleich wirkt. Wissen Sie denn, was der Mann wirklich begehrt?« fragte der Doktor prüfend und grinste in das unbewegte Gesicht des Barons. »Eins von zwei Dingen: eine zu finden, die so dumm ist, daß er sie belügen kann, oder eine, die er so lieben kann, daß sie ihn belügen darf.«
»Ich habe überhaupt nicht an Frauen gedacht«, sagte der Baron. Er versuchte aufzustehen.
»Ich erst recht nicht«, sagte der Doktor. »Setzen Sie sich!« Er füllte sein Glas auf. »Übrigens, der *fine* ist ausgezeichnet«, sagte er.
Felix antwortete: »Danke. Ich trinke nicht.«
»Sie werden noch auf den Geschmack kommen«, sagte der Doktor. »Jetzt wollen wir die Sache einmal von der anderen Seite betrachten. Nehmen wir die lutherische oder protestantische Kirche auf der einen, die katholische auf der anderen Seite. Die katholische ist das Mädchen, welches wir so lieben, daß es uns belügen darf, die protestantische das Mädchen, welches uns so liebt, daß wir sie belügen und ihr manches einreden können, was wir gar nicht empfinden. Luther – und ich hoffe, ich trete Ihnen nicht zu nahe, wenn ich es so sage – war ein solch unflätiger alter Bock, wie nur je einer das Stroh des eigenen Stalls getrampelt hat. Die ›Ablaß‹-Kasse für das gesamte Sündenregister der Leute war ihm einfach aus der Hand gerissen worden, und damals belief sich das immerhin auf etwa die Hälfte all ihrer Habe: das war es also, worüber der alte Mönch aus Wittenberg hatte disponieren wollen, und zwar auf die ihm eigene Weise! Versteht sich, daß er schließlich rabiat wurde. Er schimpfte wie ein Affe im Baum und löste etwas aus, was

er niemals beabsichtigt hatte (so zumindest sollte man der Schrift auf *seiner* Seite des Frühstückstisches entnehmen dürfen): einen obszönen Größenwahn, und wenn der auch etwas Unheimliches ist, etwas Wildes und Verheerendes, so müßte er doch als etwas Reines, Klares und Großes über uns kommen – oder überhaupt nicht. Was hören wir in der protestantischen Kirche? Worte eines Mannes, den man seiner Beredtheit wegen erwählt hat; aber – wohlgemerkt! – zu beredt darf er nicht sein, sonst befördert ihn ein Tritt in den Hintern von der Kanzel herab. Man fürchtet, er könnte zuguterletzt seine goldene Zunge politischen Zwekken widmen. Denn eine goldene Zunge ist niemals zufrieden, bis sie nicht über dem Schicksal einer Nation wedelt, und das zu wissen – so klug ist die Kirche auch.
Aber wenden Sie sich zur katholischen Kirche: gehen Sie zur Messe, ganz gleichgültig wann – und was finden Sie vor? Etwas, was Ihnen schon im Blute liegt. Sie kennen die Geschichte bereits, die der Priester erzählt, während er von einer Seite des Altars zur anderen wandelt, sei er nun Kardinal, Leo der Zehnte, oder ein x-beliebiger armer Sünder aus Sizilien, der darauf gekommen ist, daß *peccare fortiter* unter seiner Ziegenherde die Seele nicht so recht erheben will, und der – Gott weiß es! – eigentlich schon von Anbeginn so ein rechtes Kind Gottes gewesen ist – es ist alles eins. Und warum? Weil Sie dasitzen mit Ihren eigenen Meditationen und dazu mit einer Legende – sie knabbert an der Frucht wie der Zaunkönig pickt – und diese beiden Dinge mit dem heiligen Löffel mischen, den diese Geschichte verkörpert; Sie können sich aber auch zum Beichtstuhl begeben, wo Sie in klangvoller Prosa, ohne Zerknirschung (wenn es sein muß), von dem Zustand der knotigen, verworrenen Seele sprechen können; wo man Ihnen in gotischen Echos antwortet, prompt und gegenseitig; wo man Ihrem ›Lebewohl‹ mit ›Heil Dir!‹ begegnet. Unheil entwirrt sich, und

die edle hohe Hand des Himmels bietet die Strähnen aufs neue an, glattgestriegelt und vergeben.
Das eine Gebäude«, fuhr er fort, »ist hart, so hart zu ertragen wie endloses Geschwätz; das andere ist zart wie Ziegenlende; den Menschen trifft keinerlei Schuld – lieben kann man keinen.«
»Übrigens ...«, sagte Felix.
»Bitte?« sagte der Doktor.
Felix beugte sich vor. Mißbilligend und ärgerlich sagte er: »Ich mag diesen Prinzen so gern, der gerade in einem Buch las, als der Henker ihn an die Schulter tippte, um ihm zu sagen, daß sein Stündchen geschlagen habe. Er stand auf, legte ein Buchzeichen zwischen die Seiten, um die Stelle nicht zu verlieren, und klappte es zu.«
»Sehen Sie«, sagte der Doktor, »das ist nicht der Mensch, wie er mit seinem Augenblick lebt, sondern der Mensch, wie er mit seinem Wunder lebt.« Er füllte sein Glas. »Gesundheit!« sagte er, »Freude sei Euch von Gott beschieden, wie heut' so immerdar!«
»Sie reden zu leichtfertig von Unordnung und Leid«, sagte Nora.
»Warte nur!« antwortete der Doktor. »Des Menschen Leid läuft bergan. Gewiß: er trägt schwer daran, aber er hält ebenso schwer daran fest. Ich als Mediziner weiß, in welcher Tasche einer sein Herz und seine Seele trägt, ich kenne die Stoßzeiten von Leber, Niere und Genitalien, während derer diese Taschen geplündert werden. Reines Leid gibt es nicht. Warum? Es ist der Bettgenosse von Lunge und Geschlinge, Knochen, Gedärm und Galle! Da gibt es denn nur Unordnung, damit hast du ganz recht, Nora, mein Kind, Unordnung und vereitelte Wünsche. Das gilt für uns alle, wie wir da sind. Sind Sie Gymnosophist, so kommen Sie sehr wohl ohne Kleider aus; haben Sie Drahtbeinchen, so werden Sie mehr Wind zwischen den Knien zu spüren

bekommen als mancher andere. Dennoch: alles ist in Unordnung; wen Gott erwählt hat, der wandelt immer an der Wand lang.
Ich war selbst einmal im Krieg«, fuhr der Doktor fort, »in einem Städtchen, wo die Bomben einem allmählich das Herz aus dem Leib rissen, so daß man aller Herrlichkeit auf Erden gedenken mußte, derer man in der nächsten Minute nicht mehr würde gedenken können; wenn nämlich das Getöse herniederführe und am rechten Platz einschlüge. Ich kroch zum Keller. Da saß eine alte Bretonin, die ihre Kuh mitgeschleppt hatte, und dahinter einer aus Dublin, der dauernd murmelte: ›Gepriesen sei Gott!‹ Die Worte kamen vom hinteren Endes des Tieres. Meinem Schöpfer Dank, daß ich das vordere Ende über mir hatte. Das arme Vieh zitterte auf seinen vier Beinen, und ganz plötzlich wußte ich, daß die tierische Tragödie um zwei Beine furchtbarer sein kann als die menschliche. Sanft ließ es seinen Dung fallen, weit dort hinten, von wo immerzu die dünne keltische Stimme kam ›Gepriesen sei Jesus!‹, und ich sagte zu mir: ›Wenn jetzt nur der Morgen käme, damit ich sehen könnte, was da mein Gesicht verstört!‹ Plötzlich huschte ein Blitzstrahl vorbei, und ich sah die Kuh den Kopf umwenden, weit herum, so daß sich ihre Hörner wie zwei Monde gegen die Schulter abhoben: und die großen schwarzen Augen waren in Tränen gebadet.
Ich sprach sie an, verwünschte mich, den Iren und die alte Frau, die aussah, als blicke sie an ihrem Leben hinab, als visiere sie es an, wie einer, der über dem Gewehrlauf sein Ziel sucht. Meine Hand legte ich auf das arme Vieh: seine Haut war fließendes Wasser unter dieser Hand, Wasser wie die Wasser von Lahore. Es stieß gegen meine Hand, als wolle es vorwärts, und doch blieb es auf der Stelle stehen, und ich dachte: es gibt Richtungen und Geschwindigkeiten, die niemand berechnet hat; denn ob Sie es glauben oder nicht,

diese Kuh hatte eilends das Weite gesucht, und es dort gefunden, wo unsereins es nicht erahnt; und doch stand sie auf der Stelle.«
Der Doktor hielt Felix die Flasche hin. »Danke«, sagte Felix, »ich trinke niemals Alkohol
»Sie werden noch auf den Geschmack kommen!«, sagte der Doktor.
»Übrigens, da gibt es etwas, was mich niemals hat ruhen lassen«, fuhr er fort, »und das ist die Sache mit der Guillotine. Man sagt, der Scharfrichter müsse sein eigenes Messer mitbringen, so wie man von einem Ehemann erwartet, daß er sein eigenes Rasiermesser stellt. Schon das allein läßt sein Herz im Leibe verfaulen, bevor er auch nur einen einzigen Kopf abgeschnitten hat. Eines Abends schlenderte ich den *Boulevard St. Michel* entlang und lasse meine Augen flattern, da sehe ich einen mit einer roten Nelke im Knopfloch. Ich frage ihn, wozu er das trage – nur so, um eine harmlose Unterhaltung anzuknüpfen –, und er sagt: ›Das Vorrecht des Henkers!‹ – Mir wurde schlapp wie geklautem Regierungslöschpapier. ›Früher‹, sagte er, ›hielt der Scharfrichter die Nelke zwischen den Zähnen!‹, und da kenterte mein Gedärm, und ich sah ihn vor mir, wie er das Beil abzog, die Blüte im Mund wie Carmen, ausgerechnet er, der Einzige, der in der Kirche die Handschuhe anbehalten muß! Diese Leute enden ja oft, indem sie sich selbst in Scheiben schnitzeln; ein Rhythmus, der schließlich den eigenen Nacken trifft. Er beugte sich vor, strich mit der Hand über den meinen und sagte: ›Ziemlich viel Haar, und so dicht, das macht es etwas schwierig!‹ Und in diesem Moment setzte mein Herz aus, und zwar für den Rest meines Lebens. Ich legte einen Franc hin und floh wie der Wind. Das Haar auf dem Rücken stand mir zu Berge, wie Königin Annas Halskrause! Und ich rannte, bis ich, bums, inmitten des *Musée de Cluny* stand und mich am Gestänge festhielt.«

Plötzlich zog Stille durch den Raum. Der Graf stand im Eingang. Er wippte auf den Fersen, die Hände lehnten an beiden Seiten des Türrahmens. Ein Sturzbach Italienisch, Steigerung eines bereits draußen in der Halle begonnenen Themas, spaltete sich jäh, als er sich aufs Bein schlug. Groß und geduckt und lauernd stand er da. Dann schob er sich vorwärts in den Raum, zwischen Daumen und Zeigefinger hielt er die Mitte eines runden Vergrößerungsglases, das an einem breiten, schwarzen Band hing. Mit der anderen Hand ruderte er sich von Stuhl zu Tisch, von Gast zu Gast, hinter ihm, im Reitanzug, ein junges Mädchen. Beim Buffet angekommen, schwang er sich herum mit fürchterlicher Behendigkeit.
»Raus!« sagte er ganz sanft und legte seine Hand auf des Mädchens Schulter. »Raus! – Raus!« Offensichtlich war es ernst gemeint. Er beugte sich leicht.
Als sie auf die Straße traten, warf die ›Herzogin‹ einen wirbelnden Spitzensaum über die fröstelnden Knöchel. »Na, mein armer Kleiner?« sagte sie und wandte sich Felix zu.
»Also«, sagte Felix, »was hatte das zu bedeuten, und warum?«
Mit dem Schwungende seiner Bulldoggengerte winkte der Doktor eine Droschke heran. »Das läßt sich an jeder Bar wiedergutmachen«, sagte er.
»Das nennt man also«, sagte die Herzogin und zog sich ihre Handschuhe an, »eine kurze Audienz beim Adel. Kurz, aber immerhin: eine Audienz!«
Sie fuhren die verdunkelte Straße entlang; Felix spürte Scharlachröte in sich aufsteigen. »Ist er wirklich ein Graf?« fragte er.
»Herr Gott!« sagte die Herzogin. »Bin ich das, was ich sage? Sind Sie es? Oder der Doktor?« Sie legte ihre Hand auf sein Knie. »Ja oder nein?«

Der Doktor zündete sich eine Zigarette an, und in ihrem Glimmen sah der Baron, daß er grinste. »Er hat uns hinausgeworfen wegen einer dieser Hoffnungen, die sich als vergeblich herausstellen.« Durchs Fenster winkte er mit dem Handschuh einigen Gästen zu, die am Straßenrand standen, um sich Fahrzeuge zu angeln.
»Was wollen Sie damit sagen?« fragte der Baron flüsternd.
»Graf Onatorio Altamonte – und eines Tages wird dieser Name über den Ponte Vecchio in den Arno rollen! – hegt den Verdacht, daß die Nacht seiner letzten Erektion gekommen sei!«
Der Doktor begann zu singen: »Nur eine Nacht ...«
Frau Mann preßte das Gesicht gegen die Scheibe und sagte: »Es schneit!« Bei diesen Worten schlug Felix den Mantelkragen hoch.
»Wohin fahren wir?« fragte er Frau Mann. Sie war wieder ganz vergnügt.
»Gehn wir zu Heinrich, das tue ich immer wenn es schneit. Dann mixt er die drinks steifer. Außerdem ist er ein guter Kunde und nimmt immer den ganzen Zirkus mit.«
»Also gut«, sagte der Doktor und beugte sich vor, um an die Scheibe zu klopfen. »Wo ist Dero Heinrich?«
»Unter den Linden«, sagte Frau Mann. »Ich sage halt.«
Felix sagte: »Wenn Sie mir nicht böse sind, steige ich hier aus.« Er stieg aus und ging dem Schnee entgegen.
In der Wärme des Stammcafés saß der Doktor, wickelte sich aus seinem Shawl und sagte: »Irgend etwas stimmt nicht und stimmt doch mit unserem Baron Felix – verdammt vom Gürtel aufwärts; und das erinnert mich an Mademoiselle Basquette, die war verdammt vom Gürtel abwärts, ein Mädchen ohne Beine, gebaut wie eine mittelalterliche Schmähung. Sie ruderte sich auf einem Rollbrett durch die Pyrenäen. Was von ihr vorhanden war, war hübsch, wenn auch auf billige und durchaus gewöhnliche

Art: ein Gesicht, wie man es an Leuten sieht, deren Bestürzung durch ihre Rasse, nicht durch ihre Persönlichkeit bedingt ist. Ich wollte ihr etwas schenken, weil doch immerhin einiges von ihr fehlte, und sie sagte: ›Perlen, die passen so gut zu allem!‹ Stellen Sie sich das vor! Und ihre andere Hälfte noch in Gottes Wundertüte! Erzählen Sie mir nun nicht, daß der fehlende Teil sie nicht den Wert des vorhandenen schätzen gelehrt hätte! Aber wie dem auch sei«, fuhr der Doktor fort und rollte die Handschuhe von den Händen, »eines Tages sah sie ein Matrose und verliebte sich in sie. Sie stieß sich soeben bergan, die Sonne strahlte auf ihren Rücken, legte sich wie ein Sattel über den gebeugten Nacken und flimmerte auf dem Lockenkopf, prächtig und einsam, wie der Kopf einer nordischen Galionsfigur, den das Schiff im Stich gelassen hat. Er griff sie einfach auf mitsamt dem Brett, nahm sie mit sich und stillte sein Verlangen. Als er sie satt hatte, setzte er sie, ganz nach Kavaliersart, etwa fünf Meilen außerhalb der Stadt auf ihr Brett, so daß sie allein zurückpaddeln mußte, heulend, ein Anblick zum Steinerweichen; denn gewöhnlich sieht man doch Tränen vor die Füße fallen. – Ja, ja, ein Fichtenbrett mag einer Frau bis zum Hals reichen, und immer noch wird sie Grund zum Weinen finden. Ich sage Ihnen, Madame, würde man ein Herz auf einem Teller gebären, es würde sagen: ›Liebe‹ und zucken wie ein abgetrennter Froschschenkel.«
»Wunderbar!« rief Frau Mann. »Wunderbar, mein Gott!«
»Ich bin noch nicht fertig«, sagte der Doktor und legte seine Handschuhe über die Knie. »Eines Tages werde ich den Baron wiedersehen und dann werde ich ihm von dem verrückten Wittelsbacher erzählen. Er wird so unglücklich dreinsehen wie eine Eule mit Halswickel.«
»Aber nein«, rief Frau Mann. »Es wird ihm Spaß machen! Er hat es doch mit den Titeln!«

»Hören Sie zu!« sagte der Doktor und bestellte eine Runde, »ich will nämlich gar nicht von dem Wittelsbacher reden. – Mein Gott, wenn ich so an meine Vergangenheit zurückdenke, jedes Familienmitglied eine Schönheit für sich. Meine Mutter, mit Haar auf dem Kopf, rot wie ein Eimer voll Feuer, den man im Frühling ausschüttet (und das war in den frühen achtziger Jahren, damals war ein Mädchen der Trinkspruch des Städtchens und die tollste Ausschweifung hieß Hummer à la Newburg!). Auf dem Kopf saß ihr ein Hut, riesig wie eine Tischplatte, und da war alles dran, bis auf fließendes Wasser; ihr Busen in steifleinene Korsetts geklemmt – eine Momentaufnahme beim Achterbahnfahren –, und neben ihr saß aufrecht mein Vater. Er hatte eine dieser albernen gelben Joppen an und eine knallbraune Melone auf, richtig quer übers Ohr, völlig verrückt von ihm, denn er hatte so einen Silberblick – vielleicht war es aber auch der Wind im Gesicht, oder Gedanken an meine Mutter, die er nicht in die Tat umsetzen konnte.«
Frau Mann nahm ihr Glas auf und betrachtete es einäugig. »Ich habe selbst ein Album voll«, sagte sie mit warmer Stimme, »und darin sieht jeder wie ein Soldat aus – und doch sind sie alle tot.«
Der Doktor grinste und biß die Zähne aufeinander. Frau Mann machte den Versuch, sich eine Zigarette anzuzünden; in ihrer unsteten Hand schwankte das Zündholz von Seite zu Seite.
Sie war leicht beschwipst, und das beharrlich summende Gespräch des Doktors machte sie schläfrig.
Als er bemerkte, daß Frau Mann vor sich hin döste, stand der Doktor leise auf und ging geräuschlos auf Zehenspitzen zur Eingangstür. Zum Kellner sagte er: »Die Dame zahlt«, öffnete die Tür und ging still in die Nacht hinaus.

La Somnambule

Nahe der Kirche von *St. Sulpice*, um die Ecke in der *rue Servandoni*, wohnte der Doktor. Seine schmächtige, schlaffe Gestalt gehörte zum Bestand der *place*. Dem Besitzer des *Café de la Mairie du VI*^e^ war er wie ein Sohn. Dieser relativ kleine Platz, in verschiedenen Richtungen von Straßenbahnlinien durchzogen, an der einen Seite von der Kirche und an der anderen vom Gericht begrenzt, war des Doktors *city*. Was er hier zu seinem Bedarf nicht finden konnte, das trieb er in den engen Straßen auf, die hier mündeten. Hier also hatte man ihn gesehen, wie er Einzelheiten für Begräbnisse festlegte – im *Salon* mit seinen Vorhängen aus feinstem schwarzen Tuch und den auf Pappe gezogenen Ansichten von Leichenwagen –, wie er Heiligenbildchen und *petits Jésus* in der *boutique* kaufte, dort wo Meßgewand und Schmuckkerze zur Schau standen. Mindestens einen Richter hatte er in der *Mairie du Luxembourg* niedergeschrien, wenn das Dutzend Zigarren seine Wirkung verfehlt hatte.

Er schlenderte kläglich und allein zwischen den Pappbuden der *Foire St. Germain*, wenn die Saison dort ihre Kulissenschlößchen ausbreitete. Man sah ihn, wie er flotten Schrittes linkerhand der Kirche entlang kam, um zur Messe zu gehen. Er badete im Weihwasserbecken, als sei er dessen auserwählter und erkorener Vogel; die müden französischen Dienstmädchen und die ortsansässigen kleinen Krämer stieß er beiseite, mit der Ungeduld einer Seele in körperlicher Bedrängnis.

Manchmal, spät nachts, bevor er sich dem *Café de la Mairie du VI*^e^ zuwandte, konnte man ihn beobachten, wie er hinaufstarrte zu den riesigen Türmen der Kirche, die in den

Himmel wuchsen, unschön aber beruhigend, wie er einen dicken warmen Finger seinen Nacken entlang zog, wo ihn der Gewohnheit zum Trotz sein Haar überraschte, das ihm den Rücken hochwuchs und über den Kragen kroch. Da stand er, klein und widersetzlich, und betrachtete das Bekken der Fontäne, wie sich ihre Wasserröcke in zottigen fließenden Saum auflösten, und manchmal rief er dem vergehenden Schatten eines Mannes nach: »Schönheit, wohin?«

Ins *Café de la Mairie du VIe* brachte er Felix, der einige Wochen nach ihrer Berliner Begegnung in Paris auftauchte. Felix dachte bei sich, dieser Doktor sei ohne Zweifel ein großer Lügner, aber ein wertvoller Lügner. Seine Gespinste schienen das Gerippe eines vergessenen aber groß angelegten Plans zu sein; irgendeiner Lebenshaltung, deren einziger überdauernder Gefolgsmann er war. Sein Gebaren war das des Dieners eines ausgestorbenen Adelshauses, dessen Gesten – wenn auch in unwürdiger Manier – die seines verstorbenen Herrn in Erinnerung rufen. Selbst des Doktors Lieblingsgebärde – Haare aus den Nasenlöchern zu zupfen – erschien als Herabwürdigung dessen, was einst ein gedankenverlorenes Zupfen des Bartes gewesen war.

Wie der Altar einer Kirche nichts als trockene Stilisierung darstellen würde, enthielte er nicht eine Willkür von Opfergaben der Verlorenen und der Demütigen, – wie der *corsage* einer Frau plötzlich martialisch und schmerzlich wird, durch die Rose, von des Geliebten Hand zwischen die schicklicheren Blüten geworfen – des Geliebten, über den die Gewaltsamkeit schicksalhafter Überschneidung hereinbricht; Gewähr einer letzten Umarmung und deren Zurücknahme: und ein schwindendes, verschwindend winziges Konvex wird aus dem, was ein Augenblick zuvor noch wogender und prächtiger Busen war, – wie er Zeit aus sei-

nen Eingeweiden preßt (denn ein Liebender kennt zwei Zeiten: die eine ist ihm gewährt, die andere muß er sich schaffen) –, so war Felix erstaunt festzustellen, daß auf dem Altar, den er seiner Phantasie errichtet hatte, ihn jene Blumen am meisten rührten, die ihm von den Bewohnern der Unterwelt dorthin gelegt waren; die röteste der Rosen würde die des Doktors sein.
Nach langem Schweigen, während dessen der Doktor einen *Chambéry fraise* und der Baron einen Kaffee bestellt und zu sich genommen hatten, bemerkte der Doktor, daß Jude und Ire, der eine auf dem Weg aufwärts, der andere hinab, sich oft begegnen, Spaten an Spaten auf dem gleichen Acker.
»Die Iren mögen so gewöhnlich sein wie Walschiet – entschuldigen Sie! – auf dem Grund des Meeres – verzeihen Sie! –, aber sie haben doch Phantasie und«, setzte er hinzu, »eine schöpferische Misere, und das kommt davon, daß sie vom Teufel umgehauen und von den Engeln wieder aufgerichtet werden. *Misericordioso!* – Rette mich, Mutter Maria, und laß den Nachbarn liegen! Aber der Jude, was ist er bestenfalls! Niemals etwas Höheres als der Eindringling – entschuldigen Sie meinen nassen Handschuh! – oft ein hervorragender und wunderbarer Eindringling, aber ein Eindringling dennoch!« Er verbeugte sich leicht aus den Hüften. »Na gut, Juden drängen sich auf, und wir lügen; das ist der Unterschied, der feine Unterschied. Wir sagen zum Beispiel, jemand ist hübsch, und dabei sind sie wohl alle, wüßte man die Wahrheit, so häßlich wie Freund Hein im Rückzug; aber mit unserer Lüge haben wir gerade diesen Leuten den Rücken gestärkt; das ist die Macht des Scharlatans, des starken Mannes. Über alles fallen sie her, jeden Augenblick, und das ist es auch, was schließlich den Mystiker macht, und«, setzte er hinzu, »es macht den großen Doktor. Die einzigen Menschen, die wirklich etwas von

Medizin verstehen, das sind die Krankenschwestern, und sie sprechen niemals darüber; sie bekämen Ohrfeigen, wenn sie es täten. Aber der große Doktor – er ist ein göttlicher Narr und ein weiser Mann. Er schließt ein Auge, das Auge mit dem er studiert hat, und wenn er seine Finger auf die Schlagader des Körpers legt, sagt er: ›Gott, dessen Fahrstraße dies ist, hat auch mir erlaubt, sie zu benützen. Und das – der Himmel sei dem Patienten gnädig – ist wahr. Auf diese Art kommt er zu großen Heilungen, wird jedoch manchmal auf seinem Weg von jenem ›kleinen Herrn‹ aus der Fassung gebracht.« Der Doktor bestellte einen zweiten *Chambéry* und fragte den Baron, was er trinken wolle. Auf die Antwort »Im Augenblick nichts« fuhr der Doktor fort: »Kein Mensch braucht Heilung von seiner individuellen Krankheit – sein universales Leiden ist es, um das er sich kümmern sollte.«

Der Baron meinte, dies klänge wie ein Dogma.

Der Doktor grinste. »Wirklich? Na ja, wenn Sie unserem ›kleinen Herrn‹ begegnen, dann wissen Sie, daß Sie vom Pfad gedrängt werden.«

»Ich weiß auch dies«, fuhr er fort: »Eine Tasse, in eine andere umgefüllt, ergibt anderes Wasser; Tränen, von dem einen Auge geweint, würden das andere Auge blenden. Die Brust, die wir in Freude schlagen, ist nicht die Brust, an die wir in Schmerzen schlagen; eines Menschen Lächeln wäre Bestürzung auf eines anderen Mund. Schwill an, ewiger Strom, hier steigt die Trauer auf! Der Mensch hat keinen festen Stand, der nicht zugleich ein Gelegenheitskauf wäre. So sei es denn! Lachend kam ich auf die *Pacific Street* und lachend verlasse ich sie; Lachen ist des armen Mannes Geld. Ich liebe die Armen und Vagabunden«, fügte er hinzu, »denn das Elend enthebt sie der Persönlichkeit. Aber ich – mich hält man gewöhnlich und hauptsächlich für einen störrischen Kumpan, Sand im Getriebe, Wachs, das die

Galle gerinnen läßt, Mittelblut im Menschen, bekannt als Herz oder als Mördergrube. Möge mein Dilatator bersten, mein Speculum rosten, möge Panik meinen Zeigefinger ergreifen, bevor ich auf meinen Mann deute.«
Seine Hände (er trug sie stets wie ein Hund, der auf den Hinterpfoten läuft) schienen seine Aufmerksamkeit zu erfordern, dann erhob er die großen, melancholischen Augen, hinter denen oft ein helles Funkeln zum Vorschein trat, und sagte: »Wie kommt es, daß ich immer wenn ich Musik höre denke, ich sei eine Braut?«
»Neurasthenie«, sagte Felix.
Er schüttelte den Kopf. »Nein. Ich bin nicht neurasthenisch. Ich habe keine solch hohe Achtung vor den Leuten – übrigens die Grundlage aller Neurasthenie.«
»Verlangen.«
Der Doktor nickte. »Die Iren verlangen nach Ewigkeit, lügen, um sie zu beschleunigen; und sie wahren ihr Gleichgewicht durch die Geschicklichkeit Gottes, Gottes und des Vaters.«
»Im Jahr 1685«, sagte der Baron mit trockenem Humor, »brachten die Türken den Kaffee nach Wien. Und von diesem Tag an hatte Wien, wie eine Frau, nur noch ein Verlangen, ein Objekt der Liebe. Natürlich wissen Sie, daß dem jüngeren Pitt die Allianz verweigert wurde, weil er so dumm war, Tee anzubieten. Österreich und Tee konnten niemals zusammenkommen. Jede Stadt hat das besondere und spezielle Getränk, das zu ihr paßt. Was aber Gott und den Vater anbetrifft – in Österreich war das der Kaiser.«
Der Doktor sah auf. Der *chausseur* des *Hôtel Récamier*, den er viel zu gut kannte, kam im Laufschritt auf sie zu.
»Was?« fragte der Doktor, der immer alles und zu jeder Stunde erwartete. »Was gibt's schon wieder?« Der Boy stand in einer rot-schwarz gestreiften Weste und flatternder, schmutziger Schürze vor ihm und rief in südlichem Dia-

lekt, daß eine Dame auf neunundzwanzig in Ohnmacht gefallen sei und man sie nicht wieder zu sich bringe.
Der Doktor stand langsam auf und seufzte. »Zahlen Sie«, sagte er zu Felix, »und folgen Sie mir!« Da man keine von des Doktors Methoden orthodox nennen konnte, überraschte Felix die Aufforderung nicht. Er tat, wie ihm geheißen war.
Auf dem zweiten Stockwerk des Hotels (es war eine jener Unterkünfte des Mittelstandes, die man an beinahe allen Ecken von Paris finden kann, weder gut noch schlecht, dafür so typisch, daß man sie jede Nacht hätte versetzen können, und nie wäre sie fehl am Platz) stand eine Tür offen, durch die ein roter Teppich zu sehen war, und am entgegengesetzten Ende zwei schmale Fenster, die über den Platz blickten.
Auf dem Bett, umgeben von einer Unordnung aus Topfpflanzen, exotischen Palmen und Schnittblumen, schwach übertönt vom Gesang ungesehener Vögel, die man offensichtlich vergessen hatte – unbedeckt vom üblichen Nachtüberwurf, der wie eine Hülle auf die Begräbnisurne von guten Hausfrauen über den Käfig geworfen wird –, die Stütze der Kissen halb abgeworfen, von denen sie in einem Augenblick bedrohten Bewußtseins ihren Kopf abgewandt hatte, lag die junge Frau, schwer und aufgelöst. Die Beine in weißen Flanellhosen waren gespreizt, wie in einem Tanz, nur sahen die dick lackierten Pumps zu lebendig aus für den erstarrten Schritt. Die Hände, lang und schön, lagen an beiden Seiten des Gesichts.
Der Duft, den ihr Körper ausströmte, war von der Art jenes Erdenfleisches, der Pilze, das nach eingefangener Feuchtigkeit riecht und doch so trocken ist, umwölkt von dem Duft von Bernsteinöl, einem inneren Siechtum der See. Er ließ sie erscheinen, als sei sie in einen Schlaf eingedrungen, unvorsichtig und vollständig. Ihr Fleisch war wie Gewebe

pflanzlichen Lebens, und darunter spürte man Gefüge, weit, porös und zerschlissen von Schlaf, als sei Schlaf ein Zerfall, der unter der sichtbaren Oberfläche nach ihr angle. Um ihren Kopf war ein Schimmern wie von Phosphor, der um die Peripherie eines Wasserkörpers glüht, als sei ihr Leben durch sie hindurchgelegt in linkisch-leuchtenden Entartungen; die quälende Struktur der geborenen Schlafwandlerin, die in zwei Welten lebt – Zusammentreffen von Kind und Desperado.

Wie gemalt vom *douanier* Rousseau schien sie in einem Urwald zu liegen, in einer Falle im Salon eingefangen (vor dessen Schrecklichkeit die Wände geflohen sind), fleischfressenden Pflanzen zum Fraß hingeworfen; das Interieur: Eigentum eines unsichtbaren Bändigers, halb Lord und halb Agent, in dem man Musik erwartet, etwa daß ein Orchester von Holzbläsern eine Serenade intoniere, darauf angelegt, die Wildnis dem verehrten Publikum nahezubringen.

Aus Taktgefühl trat Felix hinter die Palmen. Mit professioneller Grobheit, bis zum Äußersten gespannt vor ewiger Furcht, mit dem Gesetz in Konflikt zu geraten (er besaß keine Genehmigung zum Praktizieren), sagte der Doktor: »Um Gottes willen, schlagen Sie ihr auf die Handgelenke. Wo zum Teufel ist der Wasserkrug?«

Er fand ihn, und mit freundlichem Eifer spritzte er ihr eine Handvoll gegen das Gesicht.

Ein paar fast unsichtbare Schauer sprangen ihr über die Haut, als das Wasser von ihren Wimpern über den Mund bis auf das Bett tropfte. Ein Krampf des Erwachens bewegte sich aus irgendeinem tiefen erschütterten Bereich aufwärts, und sie öffnete die Augen. Sogleich versuchte sie, auf die Füße zu kommen. Sie sagte: »Mir fehlte nichts« und fiel zurück in die Pose ihrer Verneinung.

Felix empfand doppelte Verwirrung. Jetzt sah er den Doktor, zum Teil vom Paravent neben dem Bett verborgen,

Handbewegungen vollführen, wie sie dem Taschenspieler oder dem Mann der Magie zu eigen sind; die Gestik eines Mannes, der sein Publikum auf Zauberei vorbereitet, aber gleichzeitig so erscheinen muß, als habe er nichts zu verbergen. Der wahre Zweck ist, Rücken und Ellbogen in einer Anzahl von ›Ehrlichkeitsbeteuerungen‹ spielen zu lassen, während sich in Wirklichkeit der schamloseste Teil des Schwindels vorbereitet.
Felix stellte den Zweck fest: ein paar Tropfen aus einer vom Nachttisch gelüpften Parfumflasche zu erhaschen, das borstig dunkle Kinn mit einer Puderquaste zu bestäuben und seinen Lippen einen Strich Rouge aufzutragen, die Oberlippe auf die untere gepreßt, um ihre plötzliche Verschönerung als Heimsuchung der Natur erscheinen zu lassen; und da er sich noch unbeobachtet glaubte – als habe das ganze Gefüge der Magie begonnen, sich zu zersetzen, als habe die Mechanik seiner Machenschaft endlich die eigene Kontrolle verloren und vereinfache sich nun im Rückwärtsgang zu ihrem Ursprung –, streckte sich die Hand des Doktors aus und bedeckte einen einsamen Hundertfrancsschein, der auf dem Tischchen lag.
Mit einer Spannung im Magen, wie man sie empfindet, wenn man einem Trapezkünstler zusieht, der seine virtuose Sicherheit in wahnsinniger, wirbelnder Spirale zugunsten eines wahrscheinlichen Todes aufgibt, sah Felix, wie die Hand sich senkte, den Schein aufnahm und ihn im Fegefeuer der ärztlichen Tasche verschwinden ließ. Er wußte, daß er auch weiterhin den Doktor schätzen würde, obschon er sich im klaren darüber war, daß es ihn eine lange Welle geistiger Krämpfe kosten würde, entsprechend der Verwandlung in der Sekretion einer Auster, die ihren Juckreiz mit einer Perle bedecken muß – so würde er den Doktor bedecken müssen. Gleichzeitig wußte er, daß diese Verengung im Flusse der Gunst (durch die das, was wir lieben müssen,

zu dem gemacht wird, was wir lieben können) schließlich ein Teil seiner selbst sein würde, obgleich sie nicht dem eigenen Willen entsprungen war.
Gefangen in den Netzen dieser neuartigen Unruhe wandte sich Felix um. Das Mädchen setzte sich auf. Sie erkannte den Doktor. Sie hatte ihn irgendwo gesehen. Aber wie man zehn Jahre in einem bestimmten Laden kaufen und unfähig sein mag, den Besitzer zu erkennen, wenn man ihm auf der Straße oder im *promenoir* eines Theaters begegnet, da der Laden ein Stück seiner Identität ist, mußte sie sich anstrengen, um ihn einzuordnen, jetzt, da er sich aus seinem Rahmen gelöst hatte.
»Café de la Mairie du VIe«, sagte der Doktor und ergriff damit eine Gelegenheit, ihr beim Erwachen beizustehen.
Sie lächelte nicht, obgleich sie ihn im Augenblick des Sprechens einordnen konnte. Sie schloß die Augen, und Felix, der sich in sie vertieft hatte, in ihr geheimnisvolles und anstößiges Blau, konnte ihnen, verschwimmend, aber klar und zeitlos, hinter die Lider folgen – die lange, rückhaltlose Weite in der Iris wilder Tiere, die den Brennpunkt nicht eingedämmt haben, um dem menschlichen Auge zu begegnen.
Die Frau, die sich dem Beschauer wie ein für immer angeordnetes ›Gemälde‹ präsentiert, birgt für das kontemplative Gemüt die höchste Gefahr. Manchmal begegnet man einer Frau, und sie ist ein Tier, das sich zum menschlichen Wesen wandelt. Jede einzelne Bewegung eines solchen Menschen wird auf das Bild einer vergessenen Erfahrung zurückführen, die Fata Morgana einer immerwährenden Hochzeit, in die Erinnerung der Rasse geprägt; so unerträglich als Freude, wie es die Erscheinung einer Antilope wäre: sie kommt eine Waldschneise herab, bekränzt mit Orangenblüten und Brautschleiern, einen Huf erhoben in der Sparsamkeit der Furcht, schreitet weiter in der Bestür-

zung des Fleisches, die einst Sage sein wird; so wie das Einhorn weder Mensch noch entrissenes Tier ist, sondern nur menschlicher Hunger, der seine Brust an die Beute preßt.
Eine solche Frau ist die verseuchte Trägerin der Vergangenheit, vor ihr schmerzt die Struktur unseres Kopfes, unserer Kiefer. Wir fühlen, daß wir sie verzehren könnten, sie, die selbst verzehrter Tod ist, Tod auf dem Rückweg; denn nur dann legen wir unser Gesicht an das Blut auf den Lippen unserer Vorväter.
Etwas von dieser Erregung überkam Felix, aber da ihm seine Rasse restlose Hingabe versagt hatte, war ihm nun, als blicke er auf eine Galionsfigur in einem Museum, die, wenn auch unbewegt und nicht mehr über das Galion gebreitet, noch immer gegen den Wind zu fahren schien; als bestehe dieses Mädchen aus den konvergierenden Hälften eines zerbrochenen Schicksals – ein Gesicht im Schlaf, das sich mit der Zeit auf die Suche nach sich selbst begibt –; wie ein Bild und sein Spiegel im See nur durch das zögernde Vergehen der Stunde getrennt zu werden scheinen.
Im Klang der Stimme dieses Mädchens lagen die Schwingungen einer Berückten, berückt von der Fähigkeit, die letzte Hingabe hinauszuschieben: die leise, langsam-affektierte ›Beiseite‹-Stimme eines Schauspielers, der im weichen Wucher seiner Rede den Wortschatz zurückhält, bis zu dem einträglichen Augenblick, da er seinem Publikum ins Gesicht sieht; in ihrem Falle gezügelte körperliche Improvisation dessen, was zu späterer Zeit gesagt würde, wenn sie imstande wäre, es zu ›sehen‹. Was sie jetzt sagte, war nur die umständlichste Vorbereitung einer schnellen Entlassung. Sie bat die beiden, wiederzukommen, wenn sie ›imstande wäre, sich besser zu fühlen‹.
Der Doktor kniff den *chasseur* und erkundigte sich nach dem Namen des Mädchens. »Mademoiselle Robin Vote«, antwortete der *chasseur*.

Sie traten auf die Straße, und der Doktor, der noch ›einen Letzten vor dem Ins-Bett-Gehen‹ zu sich nehmen wollte, schlug die Richtung zum Café ein. Nach kurzem Schweigen fragte er den Baron, ob er jemals über Frauen und Heirat nachgedacht habe. Er hielt seine Augen starr vor sich auf den Marmor des Tisches gerichtet, denn er wußte, daß Felix etwas Ungewöhnliches erfahren hatte.
Der Baron gab es zu. Er wünsche einen Sohn, dem die ›große Vergangenheit‹ dasselbe bedeuten würde wie ihm. Mit geheuchelter Gleichgültigkeit fragte der Doktor hierauf, aus welcher Nation er des Kindes Mutter wählen wolle.
»Aus der amerikanischen«, antwortete der Baron sofort. »Aus einer Amerikanerin kann man alles machen.«
Der Doktor lachte. Er legte seine weiche Faust auf den Tisch – jetzt war er sicher. »Schicksal und Verwicklung«, sagte er, »haben schon wieder begonnen; der Mistkäfer rollt seine Mühsal bergauf – ach dieser mühevolle Anstieg! Adel, ausgezeichnet, aber was ist das schon?«
Der Baron wollte ihm antworten. Der Doktor hob seine Hand. »Einen Augenblick! Ich weiß es: Die wenigen, die von den vielen mit Lügen umrankt worden sind, und zwar gut und lang genug, um sie dem Tod zu entziehen. – Sie müssen also einen Sohn haben.« Nach einer Pause sagte er: »Ein König ist des Bauern Schauspieler, der solches Ärgernis erregt, daß man vor ihm in die Knie fällt – Ärgernis im höheren Sinne natürlich. Und warum in die Knie? Weil man ihm die besondere Ecke eingeräumt hat, als dem bevorzugten Hund, der die Hausordnung nicht zu beachten braucht. Denn der ist so über alles erhaben, daß er Gott verleumden und das Holz im eigenen Dach verfaulen lassen darf! Aber das Volk, das ist etwas anderes. Es ist auf Kirche und Nation abgerichtet, es trinkt und es betet und es pißt immer auf derselben Stelle. Jeder Mensch hat ein Herz, das

auf sein Haus abgerichtet ist – mit Ausnahme des großen Menschen. Das Volk liebt seine Kirche und kennt sie, wie ein Hund den Ort seiner Dressur kennt, und sein Instinkt läßt ihn dorthin zurückkehren. Aber der gewichtigeren Instanz – dem König, dem Zaren, dem Kaiser, die ihre Bedürfnisse auf die himmlische Unendlichkeit verrichten dürfen –, ihr beugt es das Knie, und nur ihr!« Der Baron, den unanständige Rede stets peinlich berührte, hätte sie einem Mann wie dem Doktor niemals verübelt. Er spürte den Ernst, die Melancholie, verborgen unter allem Spaß und Fluch, den der Doktor äußerte. Daher antwortete er ihm ernsthaft: »Unserer Vergangenheit zu huldigen ist die einzige Gebärde, die auch Zukünftiges umfaßt.«

»Und deshalb ein Sohn?«

»Aus diesem Grund. Der Jugend von heute ist nichts geblieben, an das sie sich halten kann, oder besser gesagt: nichts, mit dem sie es halten kann. Jetzt klammern wir uns an das Leben, mit dem letzten Muskel: mit dem Herzen.«

»Der letzte Muskel der Aristokratie ist Wahnsinn, bedenken Sie das!« Der Doktor beugte sich vor. »Der letzte Sproß aristokratischer Häuser ist manchmal ein Idiot aus Ehrerbietung. Wir gehen hinauf, aber wir kommen herunter.«

Der Baron ließ sein Monokel fallen, das unbewaffnete Auge sah starr geradeaus. »Es ist nicht notwendig«, sagte er. Dann fügte er hinzu: »Aber Sie sind ja Amerikaner, deshalb glauben Sie nicht.«

»Oho!« posaunte der Doktor. »Weil ich Amerikaner bin, glaube ich eben alles! Deshalb sage ich: sehen Sie sich vor! Im Bett des Königs findet man immer, kurz bevor es zum Museumsstück wird, den Unrat des schwarzen Schafes!« Er hob sein Glas. »Auf Robin Vote!« Er grinste. »Sie kann nicht über zwanzig sein.«

Mit einem Krachen kam die eiserne Jalousie herab, über dem Fenster im *Café de la Mairie du VI*^e^.

Beladen mit zwei Wälzern über das Leben der Bourbonen, sprach Felix am nächsten Tag im *Hôtel Récamier* vor. Miss Vote war ausgegangen. Vier Nachmittage nacheinander kam er wieder, nur um zu erfahren, daß sie gerade fortgegangen sei. Am fünften, als er um die Ecke der *rue Bonaparte* bog, stieß er auf sie.

Ihrem Rahmen zwar entrückt – der Umrankung von Pflanzen, der rotsamtenen Melancholie von Stuhl und Gardine, den Lauten der Vögel, schwach und nachtverklärt –, hielt sie doch fest an der Fähigkeit des ›Rückzugs‹, wie sie Tieren zu eigen ist. Sie schlug vor, man solle zusammen spazierengehen, in die *Jardins du Luxembourg*, wohin sie auf dem Weg gewesen war, als er sie ansprach. Sie schritten durch die kahlen, frostigen Gärten, und Felix war glücklich. Ihm schien, als könne er zu ihr sprechen, ihr alles erzählen, obgleich sie selbst so schweigsam war. Er sagte ihr, er habe eine Stellung beim *Crédit Lyonnais* und verdiene zweitausendfünfhundert Francs in der Woche; er beherrsche sieben Sprachen und sei daher der Bank von Nutzen. Und, fügte er hinzu, er habe gespart; eine Kleinigkeit, in Spekulationen erworben.

Er blieb stets einen kleinen Schritt hinter ihr. Ihre Bewegungen waren ein wenig ungestüm, seitlich verschoben; langsam, unbeholfen und doch graziös, der weitläufige Schritt einer Nachtwache. Sie trug keinen Hut, und ihr blasser Kopf mit seinem kurzen Haar, dem glatten Wuchs über der Stirn, geschmälert noch von den hängenden Locken auf gleicher Höhe mit den schmalen Arkaden der Brauen, gab ihr das Aussehen von Cherubim in Renaissancetheatern; die Augäpfel zeigten sich im Profil leicht gerundet, die Schläfen niedrig und derb. Sie war anmutig und doch im Welken, wie eine alte Statue in einem Garten, Symbol der Witterungen, die sie überdauert hat: nicht so sehr das Werk eines Menschen als das Werk der Winde und Regen und einer Herde von Jahreszeiten, zwar nach dem Bild des Menschen geformt, aber eine Figur des Verderbens. Dies war der Grund, weshalb Felix ihre Gegenwart als schmerzlich und doch beglückend empfand. Der Gedanke an sie, ihre Vergegenwärtigung im Geist war ein äußerster Willensakt; jedoch sich ihrer zu erinnern, wenn sie gegangen war, wurde ihm so leicht, wie die Erinnerung an die Erfahrung von Schönheit ohne Einzelheiten. Wenn sie lächelte, so war das Lächeln nur um ihren Mund und ein wenig bitter: das Angesicht einer Unheilbaren, deren Leiden noch nicht begonnen hat.

Im Lauf der folgenden Tage verbrachten sie viele Stunden in Museen. Dies bereitete Felix unermeßliches Vergnügen, aber er war überrascht, daß ihr Wertgefühl oft, nachdem er das Schönste erfaßt hatte, auch das Billigere und Unwürdigere noch in sich einschloß, mit dem gleichen Maß echter Erregung. Wenn sie ein Ding berührte, schienen ihre Hände das Auge zu ersetzen. Er dachte: ›Sie hat das Tasten von Blinden, die, weil sie mit den Fingern mehr sehen, mit ihrem Bewußtsein mehr vergessen.‹ Ihre Finger streckten sich aus, zögerten, zitterten, als hätten sie ein Gesicht im Dunkel gefunden. Kam die Hand schließlich zur Ruhe, schloß sich ihr Inneres, so war es, als habe sie einen weinenden Mund zum Schweigen gebracht. Ihre Hand lag still, und sie wandte sich ab. In solchen Momenten befiel Felix unerklärliche Bangnis. Die Sinnlichkeit in ihren Händen erschreckte ihn.

Ihre Kleidung entstammte einer Epoche, die er nicht so recht einzuordnen wußte. Sie trug Federn der Art, wie seine Mutter sie getragen hatte, eng an das Gesicht gelegt. Ihre Röcke umfaßten die Hüften fest und fielen weiter und länger hinab und nach außen, als die anderer Frauen: schwere Seiden, in denen sie als neue Antike erschien. Eines Tages enthüllte sich ihm das Geheimnis. Als er in einem

Antiquitätenladen am Ufer der Seine eine kleine Tapisserie abschätzte, sah er Robin, vom Türspiegel eines rückwärtigen Raums reflektiert, in ein schweres Brokatgewand gekleidet, von der Zeit an einigen Stellen befleckt, an anderen zerschlissen, aber noch so reichlich an Umfang, daß Stoff, meterweit, zur Umarbeitung verblieb.
Er stellte fest, daß seine Liebe zu Robin in Wahrheit nicht das Ergebnis einer Auslese war; daß vielmehr die Last seines Lebens das Material für diese eine Überstürzung angehäuft habe. Er hatte gedacht, sein Schicksal selbst zu bestimmen, mit drückender, unermüdlicher Mühe. Und nun, mit Robin, schien es vor ihm zu stehen, ohne Anstrengung. Als er sie bat, ihn zu heiraten, tat er es in Ungeduld, so planlos, daß er überrascht war, sich erhört zu finden: als enthalte Robins Leben keinen Willen zur Ablehnung.
Zuerst führte er sie nach Wien. Um sich zu bestätigen, zeigte er ihr alle historischen Bauwerke. Gern redete er sich ein, daß es früher oder später in diesen Gärten oder jenem Schloß plötzlich über sie komme, wie es über ihn gekommen war. Dennoch schien es ihm, als sei auch er Tourist. Er versuchte ihr zu erklären, was Wien vor dem Krieg dargestellt hatte, was es gewesen sein müsse, bevor er zur Welt gekommen war. Doch war sein Gedächtnis verwirrt und verschwommen, und er stellte fest, daß er Gelesenes wiederholte, denn das war es, was er am besten beherrschte. Mit beflissener Methodik führte er sie durch die Stadt. Er sagte: »Du bist jetzt eine Baronin.« Er sprach deutsch mit ihr, während sie das schwere Schnitzel mit Knödeln aß, ihre Hand den dicken Henkel des Bierkrugs umklammert hielt. Er sagte: »Das Leben ist ewig, darin liegt seine Schönheit.« Sie wandelten vor dem Kaiserpalast in herrlicher, heißer Sonne, die sich um beschnittene Hecken und Statuen legte, warm und klar. Er ging mit ihr in den Kammergarten und erzählte, führte sie weiter in die Gloriette, saß zuerst auf

einer Bank, dann auf einer anderen. Doch plötzlich wurde er sich der Eile bewußt, die ihn vom einen Aussichtspunkt zum anderen getrieben hatte, als handle es sich um Sessel im Parkett; als koste es ihn selbst Mühe, nichts auszulassen. Jetzt, am äußersten Ende des Gartens, wurde ihm klar, daß er um die Betrachtung jedes Baumes, jeder Statue gebangt hatte, eines jeden Objekts aus einem anderen Gesichtswinkel.

In ihrem Hotel ging sie zum Fenster, zog die schweren Samtportieren zur Seite, warf die Polster, die Wien gegen den Wind auf das Sims legt, zu Boden und öffnete das Fenster, obgleich die Nachtluft kalt war. Er begann, von Kaiser Franz Joseph zu sprechen und von dem Verbleib Karls des Ersten. Und während er sprach, litt Felix unter dem Gewicht seiner eigenen unbarmherzigen Umschöpfung der großen Männer, Generäle und Staatsmänner und Kaiser. Die Brust war ihm so schwer, als trage er in ihr die vereinte Last ihres Prunks und ihres Schicksals. Aufblickend, nach einer endlosen Flut aus Fakten und Phantasie, sah er Robin dasitzen, mit ausgestreckten Beinen, den Kopf gegen das erhaben bestickte Stuhlkissen geworfen, schlafend. Ein Arm war über die Seitenlehne gesunken, die Hand irgendwie älter und weiser als ihr Körper. Er sah auf sie und wußte, daß er zu unzulänglich war, um sie so zu formen, wie er es erhofft hatte; es würde mehr erfordern als die Kraft der Überzeugung. Es würde Berührung mit Menschen erfordern, ihrer irdischen Beschaffenheit durch starke Bindung an Jenseitiges enthoben: jemand, dem alten Régime entsprungen, irgendeine alte Dame vergangener Höfe, die beim Versuch, an sich selbst zu denken, sich nur anderer erinnerte.

Deshalb kehrte Felix am zehnten Tag um und bezog wieder Paris. In den folgenden Monaten setzte er sein Vertrauen in die Tatsache, daß Robin christliche Neigungen zeigte und seine Hoffnung auf die Entdeckung, daß sie ein Rätsel sei. Er sagte sich, daß sie, verborgen hinter dem Unverbindlichen, möglicherweise Größe besitze. Er fühlte, daß ihre Aufmerksamkeit, gewissermaßen ihm zum Trotz, schon von irgend etwas anderem gefesselt war, irgend etwas von der Historie noch nicht erfaßtem. Immer schien sie dem Echo irgendeines Aufruhrs im Blut zu lauschen, der keinen bestimmten Schauplatz hatte; und als er sie besser kannte, war dies die einzige Stütze seiner Vertrautheit. Es war Rührendes in diesem Schauspiel: Felix spielte die Tragödie seines Vaters nach. Gekleidet nach einer Willkür im Kopf eines Schneiders – wieder im Radius der vergeblichen Bemühungen seines Vaters, den Rhythmus im Schritt seiner Frau zu umgrenzen –, lief Felix, das Monokel fest eingeklemmt, neben Robin, sprach zu ihr, machte sie auf dies und jenes aufmerksam und zertrümmerte sich und seine Ruhe in dem Bestreben, sie dem Geschick zuzuführen, für das er sie ausgewählt hatte: daß sie Söhne gebäre, die das Vergangene erkennen und ehren würden. Denn ohne solche Liebe würde die Vergangenheit, wie er sie verstand, aus der Welt sterben. Sie hörte nicht zu, und er sagte im Ärger, wenn auch mit ruhiger Miene: »Ich betrüge dich!« Und er fragte sich, was er wohl meine und warum sie es nicht höre.

›Ein Kind‹, überlegte er. ›Ja, ein Kind!‹ und dann sagte er zu sich: ›warum ist es nicht geschehen? Der Gedanke führte ihn jäh ins Zentrum seiner Berechnungen. In einem Gestöber von Ängsten lief er heim, wie ein Junge, der ein Regiment bei der Parade hört und nicht hinlaufen kann, weil er niemanden hat, der ihm die Erlaubnis erteilt, und der dennoch unter Zögern losrennt. Wie er vor ihr stand, Aug in Auge mit ihr, war alles, was er hervorbringen konnte: »Warum ist kein Kind da? Wo ist das Kind? Warum? Warum?«

Robin bereitete sich auf das Kind vor mit ihrer einzigen Fähigkeit: einer eigensinnigen, starrköpfigen Ruhe; sie glaubte sich schwanger, bevor sie es war. Eines verlorenen Lands in sich selbst auf seltsame Weise bewußt, verfiel sie dem Umherstreunen, streifte durch Ortschaften, fuhr mit dem Zug in andere Städte, allein und versunken. Einmal – drei Tage war sie verschwunden gewesen, und Felix war vor Angst seiner selbst kaum noch Herr – trat sie ein, spät abends, und sagte, sie sei halbwegs in Berlin gewesen.

Plötzlich nahm sie den katholischen Glauben an. Stumm betrat sie die Kirche. Die Gebete der Bittsteller hatten nicht aufgehört, und noch war keiner in seiner Meditation unterbrochen worden. Da – als habe ein unergründliches Verlangen nach Erlösung seinen Schatten geworfen, etwas, das in seiner Unerfülltheit weit ungeheuerlicher als das eigene Leid erschien –, erblickte man sie, sah sie schwebend vorwärts und zu Boden gehen: ein großes Mädchen mit dem Körper eines Knaben.

Viele Kirchen sahen sie: *St. Julien le Pauvre,* die Kirche von *St. Germain des Prés, Ste. Clothilde.* Selbst auf den kalten Fliesen der russischen Kirche, in der es keinen Betstuhl gibt, kniete sie, allein, verloren und auffallend, ihre breiten Schultern überragten die Nachbarn, ihre Füße groß und erdgebunden, wie die Füße eines Mönchs.

Sie verirrte sich in die *rue Picpus,* in die Klostergärten von *L'Adoration Perpétuelle.* Sie sprach mit den Nonnen und diese – im Gefühl, auf eine zu blicken, die es niemals über sich brächte, um Gnade zu bitten und sie niemals empfangen würde – segneten sie in ihren Herzen und schenkten ihr einen Zweig vom Rosenbusch. Sie zeigten ihr, wo Jean Valjean seine Geräte aufbewahrt hatte und wo die munteren kleinen Damen der *pension* ihre Decken steppten; und Robin lächelte, nahm den Zweig, und sah hinab auf das Grab von Lafayette und dachte ihre menschenleeren Gedanken.

Auf den Knien in der Kapelle, die niemals ohne eine perlenfingernde Nonne war, versuchte Robin, sich auf diese unerwartete Notwendigkeit einzustellen und schürte Unruhe über ihre Größe. War sie denn immer noch im Wachsen?

Sie suchte die Bedeutung zu erfassen, der ihr Sohn geboren und geweiht werden sollte. Sie dachte an den Kaiser Franz Joseph. Es war etwas Angemessenes im Umfang des schweren Körpers mit der Last im Geist, dort wo die Vernunft aus Mangel an Notwendigkeit ungenau registrierte. Sie verlor sich in Gedanken an Frauen; Frauen, die sie wieder mit anderen Frauen zu verknüpfen gewohnt war. Seltsamerweise entstammten diese Frauengestalten der Geschichte: Louise de la Vallière, Katharina von Rußland, Madame de Maintenon, Catarina di Medici; und zwei Frauengestalten der Literatur: Anna Karenina und Catherine Heathcliff; und nun war da diese Frau: Austria. Sie betete, und ihr Gebet war eine Ungeheuerlichkeit, denn es war kein Raum mehr darin für Verdammnis oder Vergebung, für Lob oder Tadel – wer mit einem guten Geschäft nicht rechnet, der kann auch nicht gerettet oder verdammt werden. Sie konnte sich selbst nicht opfern; sie erzählte nur von sich, in beharrlicher Hingabe, die kein Ziel außerhalb ihrer selbst hatte.

Sie legte ihr kindliches Gesicht, ihr volles Kinn auf das Brettchen des *prie-Dieu,* ihre Augen starrten, sie lachte in unheimlicher Anwandlung, in einer verlorenen unterirdischen Laune. Als es aufhörte, sank sie nach vorn in einer Ohnmacht, wachend und doch schwer, wie eine im Schlaf.

Als Felix an diesem Abend nach Hause kam, schlummerte Robin in einem Sessel, eine Hand unter ihrer Wange, ein Arm gefallen. Ein Buch lag unter ihrer Hand auf dem Fußboden. Das Buch waren die Memoiren des Marquis de Sade. Eine Zeile war unterstrichen: *Et lui rendit pendant sa cap-*

tivité les milles services qu'un amour dévoué est seul capable de rendre, und plötzlich stieg in ihm die Frage auf: ›Was ist geschehen?‹
Sie erwachte, aber sie bewegte sich nicht. Er kam, nahm sie beim Arm und zog sie zu sich hoch. Sie legte ihre Hand gegen seine Brust und stieß ihn fort. Sie blickte verängstigt, sie öffnete den Mund, kein Wort kam. Er trat zurück, er versuchte zu sprechen, aber sie wandten sich voneinander ab und sagten nichts.
In dieser Nacht setzten die Wehen ein. Sie begann laut zu fluchen, eine Sache, auf die Felix völlig unvorbereitet war. Mit den albernsten Gebärden versuchte er, sie zu besänftigen.
»Geh zum Teufel!« schrie sie. Sie wandte sich langsam ab, fort von ihm, tastete sich von Stuhl zu Stuhl; sie war betrunken, das Haar hing ihr in die Augen.

Unter lauten und panischen Schreien der Selbstbehauptung und der Verzweiflung wurde Robin entbunden. Schaudernd, in doppelter Pein der Geburt und der Wut, unter Flüchen wie von Matrosen, richtete sie sich auf ihren Ellenbogen hoch, in blutigem Hemd, und blickte im Bett um sich, als habe sie etwas verloren. »Um Gottes willen, um Gottes willen!« heulte sie immer wieder wie ein Kind, vor dem sich Schreckliches auftut.
Eine Woche nachdem sie aufgestanden war, verlor sie sich wieder; als habe sie etwas begangen, was nicht wiedergutzumachen sei – als habe dieser Vorgang ihre Aufmerksamkeit zum erstenmal beansprucht.
Eines Abends betrat Felix ungehört den Raum und fand sie in der Mitte des Zimmers stehend. Sie hielt das Kind hoch in ihren Händen, als sei sie im Begriff, es zu Boden zu schleudern; aber sanft setzte sie es nieder.
Das Kind war ein Junge, war klein und traurig. Es schlief

zu viel, wurde von krampfhaften Zuckungen heimgesucht, machte wenig freiwillige Bewegungen; es wimmerte.
Robin begann erneut zu streunen, hin und wieder wegzufahren. Sie kam zurück nach Stunden oder Tagen, uninteressiert. Die Leute waren unruhig, wenn sie zu ihnen sprach; sie sahen vor sich eine Katastrophe, die noch nicht begonnen hatte.
Mit jedem Erwachen fand Felix die angeborene Sorge vor sich stehen; im übrigen verhielt er sich so, als bemerke er nichts. Robin war fast niemals zu Hause. Er wußte auch nicht, wie er nach ihr forschen sollte. Oft, wenn er ein Café betrat, schlich er wieder hinaus: sie stand an der Bar – manchmal lachend, aber öfter noch schweigend, ihr Kopf war über das Glas gebeugt, ihr Haar hing herab. Und um sie Leute aller Art.
Eines Nachts, als er gegen drei nach Hause kam, fand er sie in der Dunkelheit. Sie stand mit dem Rücken gegen das Fenster in der Hülle des Vorhangs, ihr Kinn so weit vorwärts gestreckt, daß die Sehnen am Hals hervortraten. Als er auf sie zukam, sagte sie in Wut: »Ich habe ihn nicht gewollt!« Sie hob ihre Hand und schlug ihm ins Gesicht.
Er trat zurück, er ließ sein Monokel fallen und fing es im Pendeln auf. Er hielt den Atem an. Er wartete eine volle Sekunde im Versuch, gelassen zu erscheinen. »Du hast ihn nicht gewollt«, sagte er. Er beugte sich hinab und tat so, als entwirre er das Band. »Anscheinend konnte ich dir das nicht erfüllen!«
»Warum ihn nicht verschweigen?« sagte sie. »Warum reden?« Felix wandte seinen Körper, ohne die Füße zu bewegen. »Was sollen wir tun?«
Sie verzog das Gesicht, aber es wurde kein Lächeln. »Ich räume das Feld«, sagte sie. Sie nahm ihren Mantel, sie schleifte ihn immer hinter sich her. Sie blickte um sich, über den ganzen Raum, als sähe sie ihn zum erstenmal.

Drei oder vier Monate lang fragten die Leute des Viertels vergebens nach ihr. Wohin sie gegangen sei, das wußte niemand. Als man sie wieder im Viertel sah, war es mit Nora Flood. Sie erklärte nicht, wo sie gewesen sei, sie war unfähig oder unwillens, Bericht über sich zu geben. Der Doktor sagte: »In Amerika, dort ist es, wo Nora lebt. Ich habe sie in die Welt gebracht, und ich sollte es wissen.«

Nachtwache

Der seltsamste ›Salon‹ in Amerika war der Noras. Ihr Haus lag versteckt inmitten eines Urwaldes von Schlinggewächs und wilden Pflanzen. Bevor das Anwesen in Noras Hände fiel, war es zweihundert Jahre im Besitz ein und derselben Familie gewesen. Es enthielt eine eigene Begräbnisstätte und eine zerfallende Kapelle, in der Zehnerreihen von schimmelnden Psalmbüchern standen, vor einigen fünfzig Jahren niedergelegt, in einer Flutwelle von Vergebung und Absolution.

Es war der Salon für die ›Armen‹: für Dichter, Radikale, Bettler, Künstler und Liebesleute; für Katholiken, Protestanten, Brahmanen, Dilettanten in schwarzer Magie und Medizin. Alle diese konnte man um Noras Eichentisch sitzen sehen, vor dem riesigen Feuer, und Nora hörte zu, die Hand auf ihrem Hund; der Feuerschein warf ihren Schatten und den seinen steil gegen die Wand. Aus dieser vollen Besatzung, ihrem Getöse und Gebrüll, hob sie allein sich ab. Das Gleichgewicht ihrer Natur, wild und veredelt, verlieh ihrem gezügelten Schädel einen Ausdruck von Mitleiden. Sie war breit und groß, und obgleich ihre Haut die Haut eines Kindes war, konnte man schon früh in ihrem Leben die Grundierung dessen erkennen, was die vom Wetter gekerbte Maserung ihres Gesichtes werden sollte: Holz bei der Arbeit; der Baum, der in ihr ans Licht trat: unverzeichnetes Material im Archiv der Zeit.

Man erkannte sie sofort als ein Mädchen aus dem Westen. Bei ihrem Anblick erinnerten sich Ausländer der Geschichten, die sie gehört hatten: von Tieren, die hinab zur Tränke schritten; von Kinderköpfen, bis zu den Augen sichtbar, die furchtsam aus kleinen Fenstern spähten, dorthin, wo in der Dunkelheit eine andere Rasse sich im Hinterhalt duckte; von Frauen, geschwängert und mit schwerem Saum, deren Schritte die Felder traten – Gott so herrscherhaft in ihren Gemütern thronend, daß sie vereint mit ihm die Welt in sieben Tagen zerstampfen könnten.

Bei diesen unglaublichen Zusammenkünften spürte man frühe amerikanische Geschichte, neu in Szene gesetzt. Der Trommlerknabe, Fort Sumter, Lincoln, Booth, alle traten von irgendwoher auf; Liberale und Konservative schwebten in der Luft; das Flaggentuch mit seinen Streifen und Sternen, ein langsam und genau anwachsender Schwarm auf dem Bienenstock aus Blau; Bostoner Teetragödien, Karabiner und das Echo von eines Knaben wildem Ruf; puritanische Füße, schon lange aufrecht im Grab, traten wieder die Erde, schritten herauf und ihre alten Bräuche hinab, ihre Gebete wie von Hufen tief in die Herzen gestampft. Und hier, inmitten all dessen, Nora – sie saß still: Hand auf dem Hund, der Feuerschein warf ihren Schatten gegen die Wand. Ihr Kopf im Schatten neigte sich, wenn er die Decke erreichte, ihr eigener saß aufrecht und bewegungslos.

Ihrer Veranlagung nach war Nora eine Frühchristin; sie glaubte den Buchstaben. Es gibt einen Riß im ›Weltschmerz‹, durch den der Einzelfall für immer und ewig hinabstürzt, ein Körper, im überblickbaren Raume fallend, des Rechts beraubt, heimlich zu entschwinden, als entferne sich die Heimlichkeit unbarmherzig und lasse, eben durch den Sog ihres Rückzugs, den Körper in dauernder Abwärtsbewegung, immer auf derselben Stelle und ewig vor Augen. Ein solcher Einzelfall war Nora. Es war eine Verschiebung in ihrem Gleichgewicht, was sie vor ihrem eigenen Fall rettete.

Nora hatte das Gesicht all derer, die das Volk lieben: ein Gesicht das böse wurde, als sie entdeckte, daß Liebe ohne Kritik Verrat am Liebenden bedeute. Nora beraubte sich selbst für jeden Menschen. Unfähig sich selbst zu warnen, sah sie ständig um sich und fand sich verringert. Reisende über die ganze Welt fanden sie darin preisgünstig, daß sie für immer einen gewissen Verkaufswert behielt; denn sie trug ihren Trügerlohn in der eigenen Tasche.

Leute, die alles lieben, werden von allem verachtet; wie jene, die eine Stadt im tiefsten Sinne lieben, zur Schande dieser Stadt werden: die *détraqués,* die Armen. Ihr Gutes ist nicht mitteilbar, durch List besiegt, es ist nur Ansatz eines Lebens, das sich entfaltet hat, wie sich in eines Menschen Leichnam Zeugnis verlorener Bedürfnisse findet. Dieser Zustand hatte sogar in Noras Haus eingeschlagen. Er sprach aus ihren Gästen, aus ihren verwilderten Gärten, wo sie Wachs in jedem Werk der Natur gewesen war.

Wo immer man sie traf, in der Oper, im Theater, wo sie allein und abseits saß, das Programm auf den Knien nach unten aufgeschlagen, konnte man in ihren Augen, groß, rund und klar, jenen spiegellosen Blick polierter Metalle entdecken, die weniger über die Sache als über die Bewegung der Sache aussagen. Wie die Oberfläche eines Gewehrlaufs in der Reflexion einer Szene dem Bild eine drohende Vorbedeutung hinzufügt, so zogen sich ihre Augen zusammen und bekräftigten das Stück vor ihr nach ihren eigenen, unbewußten Bedingungen. Man spürte an der Art wie sie ihren Kopf hielt, ob ihre Ohren Wagner oder Scarlatti, Chopin, Palestrina oder die leichteren Lieder der Wiener Schule aufnahmen, in einer kleineren, doch intensiveren Partitur.

Und sie war die einzige Frau aus dem letzten Jahrhundert, die mit den Sabbat-Adventisten einen Hügel besteigen und den Sabbat schmähen konnte, den Muskel Herz zu solcher Leidenschaft gespannt, daß der Sabbat sich sogleich vor ihr auftat. Ihre Brüder im Gebet glaubten an diesen Tag und an das Ende der Welt aus einer unheilvollen Verstrickung mit den sechs vorangehenden Tagen heraus; Nora glaubte an diesen Tag allein um seiner Schönheit willen. Sie war ihrem Schicksal nach einer jener Menschen, die unversorgt geboren werden und ausschließlich auf eigene Sorge angewiesen sind.

Man vermißte in ihr Humor. Ihr Lächeln kam schnell und sicher, war aber unbeteiligt. Sie amüsierte sich hin und wieder über einen Witz, aber ihr Lächeln drückte die Schadenfreude eines Menschen aus, der aufblickt und entdeckt, daß er den natürlichen Bedürfnissen eines Vogels entsprochen hat. Zynismus, Gelächter, die zweite Schale, in die der hüllenlose Mensch kriecht – davon schien sie wenig oder nichts zu wissen. Sie war eine jener Abweichungen, durch die der Mensch sich zu rekonstruieren glaubt.

Ihr zu ›beichten‹ war eine noch geheimere Handlung als der von einem Priester gewährte Vollzug. In ihr gab es keinen Raum für Bosheit. Sie registrierte ohne Vorwurf oder Anklage, denn sie hatte Selbstvorwurf und Selbstanklage abgestreift. Dies zog die Menschen zu ihr hin und erschreckte sie. Man konnte sie weder beleidigen, noch ihr etwas übelnehmen; und doch war manch einer erbittert, wenn er Unrecht zurücknehmen mußte, da es in ihr nicht hatte Fuß fassen können. Bei Gericht wäre sie unmöglich gewesen: keiner wäre gehenkt oder auch getadelt, keinem wäre vergeben worden, denn keiner wäre ›angeklagt‹ gewesen. Die Welt und ihre Geschichte waren für Nora wie ein Schiff in der Flasche. Sie selbst stand außerhalb und unerkannt, unendlich verwickelt in eine Problematik ohne Problem.

Dann begegnete sie Robin. Der Denckman-Zirkus, mit dem sie die Verbindung aufrechterhielt, auch wenn sie nicht mit ihm arbeitete (einige seiner Mitglieder waren Gäste in ihrem Haus), kam im Herbst des Jahres 1923 nach New York. Nora ging allein hin. Sie trat in den Zuschauerraum und nahm ihren Platz in der ersten Reihe.

Clowns in Rot, Weiß und Gelb, mit traditionstreu beschmierten Gesichtern, purzelten über das Sägemehl, als seien sie im Schoß einer großen Mutter, dort wo noch Spielraum ist. Ein schwarzes Pferd stand auf schlanken Hinterbeinen, sie zitterten aus Furcht vor den erhobenen Vorderhufen; sein schöner, bändergeschmückter Kopf war abwärts gewandt, zur Peitsche des Dresseurs; langsam bäumte es sich, es zuckte mit den Vorderschenkeln zum Peitschenschlag. Winzige Hündchen rannten umher und versuchten wie Pferde auszusehen, und dann traten die Elefanten ein.
Ein Mädchen neben Nora nahm eine Zigarette und zündete sie an. Seine Hand zitterte, und Nora wandte sich ihm zu, um es anzusehen. Sie sah es scharf an, denn genau an diesem Punkt kletterten die Tiere, die in ständiger Runde den Rand der Arena entlangliefen, beinahe über die Brüstung hinaus. Zwar schienen sie das Mädchen nicht zu sehen, doch als ihre staubigen Augen es streiften, war es, als falle die Bahn ihres Lichts auf diese Erscheinung. Das war der Augenblick, da Nora sich umwandte.
Der große Löwenkäfig war aufgestellt worden, und die Löwen entstiegen ihren schmalen Tresoren und schritten heraus, die Schwänze niedrig über den Estrich gelegt, schleppend und träge, die Luft schwängernd mit verhaltener Kraft. Und dann, als eine mächtige Löwin die Ecke im Gestäbe erreichte, genau dem Mädchen gegenüber, wandte sie ihr wütendes großes Haupt, die gelben Augen entflammt, und ging nieder. Die Tatzen durchstießen die Stäbe; sie sah das Mädchen an – als falle ein Fluß hinter einer Welle unerträglicher Hitze –, und ihre Augen flossen in Tränen, die niemals die Oberfläche erreichten. Sofort stand das Mädchen steil auf. Nora erfaßte seine Hand. »Gehen wir hinaus!« sagte das Mädchen. Nora hielt es immer noch an der Hand und führte es hinaus.
Im Vorraum sagte Nora: »Mein Name ist Nora Flood«

und wartete. Nach einer Pause sagte das Mädchen: »Ich bin Robin Vote.« Verloren blickte sie um sich. »Ich will gar nicht hiersein!« Aber es war alles, was sie sagte; sie erklärte nicht, wo sie sein wolle.

Sie wohnte bei Nora bis zum Mittwinter. Zwei Seelen waren in ihr am Werk, Liebe und Namenlosigkeit. Doch waren sie so voneinander ›heimgesucht‹, daß Trennung unmöglich war.

Nora schloß ihr Haus. Sie reisten über München, Wien und Budapest nach Paris. Robin erzählte nur wenig von ihrem Leben, aber immer wieder kam sie auf die eine oder die andere Art auf ihren Wunsch nach einem Heim, als fürchte sie, sich wieder zu verlieren; als ahne sie, ohne sich darüber bewußt zu sein, daß sie zu Nora gehöre und daß sie, wenn Nora nicht mit eigener Kraft Dauer schaffe, sich vergessen würde.

Nora kaufte ein Appartement in der *rue du Cherche-Midi.* Robin hatte es ausgewählt. Aus den hohen Fenstern blickte man auf eine Brunnenfigur, eine große Frau aus Granit, die sich erhobenen Hauptes vorwärts neigte und eine Hand über das Beckenrund hielt, wie um ein Kind zu warnen, das unvorsichtig läuft.

Auf dem Weg ihres gemeinsamen Lebens bezeugte jeder Gegenstand im Garten, jede Einzelheit im Haus, jedes Wort, das sie sprachen, ihre gegenseitige Liebe, die Vereinigung ihrer Temperamente. Da gab es Zirkusstühle, hölzerne Pferde – aus dem Rund eines alten Karussells erworben –, venezianische Lüster vom Flohmarkt, Bühnenkulissen aus München, Cherubim aus Wien, Behänge aus Kirchen in Rom, ein Spinett aus England und eine reichhaltige Spieldosensammlung aus vielen Ländern. Dies war das Museum ihrer Begegnung; so wie Felix Volkbeins Haus des Hörensagens Zeugnis der Zeit gewesen war, in der sein Vater noch mit seiner Mutter lebte. –

Als dann die Zeit kam, da Nora den längeren Teil der Nacht und dazu einen Teil des Tages allein war, litt sie unter der Persönlichkeit des Hauses; die Strafe aller, die ihre Leben zusammenlegen. Zunächst noch unbewußt, lief sie umher und verrückte nichts. Dann stellte sie allmählich fest, daß ihre weichen und behutsamen Bewegungen das Ergebnis einer vernunftwidrigen Furcht waren: irgendeine Unordnung könnte Robin aus der Fassung bringen, könnte sie die Spur nach Hause verlieren lassen.

Liebe wird zur Ablagerung des Herzens, analog in allen Graden den ›Funden‹ in einem Grab. Wie darin der vom Körper eingenommene Platz genau bezeichnet wird, das Gewand, das zu seinem anderen Leben notwendige Gerät, so wird ins Herz des Liebenden als unvergänglicher Schatten das eingeprägt, was er liebt. In Noras Herzen lag die Versteinerung von Robin, die Gemme ihrer Identität; umronnen, zu Pflege und Erhaltung, von Noras Blut. So konnte Robins Körper niemals ungeliebt sein, niemals verdorben oder beiseite gelegt werden. Robin war nunmehr jenseits zeitlicher Veränderungen, außer im Blut, das sie belebte. Die Furcht, daß es entfließen könne, fixierte das wechselnde Bild Robins in Noras Seele als Quelle dauernden Entsetzens: etwa Robin allein, Straßen überquerend, in Gefahr! Veranlaßt von Angst, die ihr die Seele durchbohrte, hatte sie Visionen von Robin: ungeheuerlich groß und polarisiert, Treffpunkt aller Katastrophen, Magnet allen Unheils. Und im Schrei erwachte Nora aus ihrem Schlaf, watete zurück durch die Fluten des Traums, in die ihre Angst sie geworfen hatte, und nahm Robins Körper hinab mit sich und hinein, wie die Dinge des Erdbodens mit beharrlicher Genauigkeit die Leiche in die Erde hinabnehmen und einen Abdruck von ihr im Gras zurücklassen, als stickten sie auf dem Weg hinab ein Muster.

Doch jetzt, da sie allein und glücklich waren, abseits der

Welt in ihrer Wertung der Welt, trat bei Robin eine dritte Erscheinung ein, unvermutet. Manchmal ertönte sie klar in den Liedern, die sie sang, manchmal italienisch, manchmal französisch oder deutsch, Lieder der Leute, gemein und quälend, Lieder, die Nora nie zuvor oder nie zusammen mit Robin gehört hatte. Wenn dann die Tonart wechselte, wenn die Weise sich auf einer tieferen Note wiederholte, wußte sie, daß Robin von einem Leben sang, an dem sie selbst nicht teil hatte: Bruchstücke von Harmonie, so verräterisch wie der Rucksackinhalt eines Reisenden aus fremdem Land; Lieder wie eine versierte Hure, die niemanden abweist, außer den, der sie liebt. Manchmal sang Nora sie Robin nach mit der zitternden Erwartung etwa eines Ausländers, der Wörter in einer unbekannten Sprache wiederholt und noch nicht weiß, was sie bedeuten mögen. Manchmal konnte sie die Melodie, die so viel und so wenig sagte, nicht ertragen und unterbrach Robin mit einer Frage. Weit schmerzlicher jedoch war der Augenblick, wenn nach einer Pause das Lied wiederaufgenommen wurde aus einem inneren Raum, wo Robin ungesehen ein Echo ihres unbekannten Lebens zurückwarf, in dessen Ton seine Ursprünge deutlicher mitklangen. Oft verlor sich das Lied gänzlich, bis Robin gedankenlos im Moment da sie das Haus verließ, wieder in Ahnung ausbrach und den Ton wechselte: von Erinnerung zu Erwartung.

Manchmal jedoch, beim Gang durch das Haus, bei einer Begegnung, versanken sie in qualvolle Umarmung, blickten einander ins Gesicht, ihre beiden Köpfe in ihren vier Händen, so aneinandergefesselt, daß der Raum, der sie trennte, sie auseinanderzureißen schien. Manchmal in diesen Augenblicken unübertrefflicher Trauer machte Robin irgendeine Bewegung oder gebrauchte eine eigentümliche Redewendung, die ihr nicht gemäß war: Zeugen der Unschuld an dem Verrat, der Nora davon berichtete, daß Robin von einer Welt gekommen war, zu der sie zurückkehren würde. Um sie festzuhalten (in Robin war dieses tragische Verlangen, festgehalten zu werden, denn sie wußte sich auf dem Abweg) – dessen war Nora sich jetzt sicher –, gab es keinen anderen Weg als den Tod. Im Tode würde Robin ihr gehören. Der Tod ging mit ihnen, vereint und allein; und mit der Marter, der Katastrophe die Gedanken an Auferstehung, das zweite Duell.

Beim Blick hinaus in die schwindende Sonne des Winterhimmels, gegen den sich genau vor dem Schlafzimmerfenster ein kleiner Turm abhob, registrierte Nora anhand der Geräusche Robins beim Anziehen den genauen Fortgang ihrer Toilette: das Glockenspiel der Kosmetik-Fläschchen und der Creme-Näpfchen, der leichte Duft von Haar, erhitzt unter elektrischen Lockenwickeln. Im Geist sah sie die wechselnde Richtung der Wellen, die in Robins Stirne fielen und zurück zur niedrigen Krone, um von hier auswärts gerollt in den Nacken zu fallen, unter den flachen ungerundeten Hinterkopf, der von einem furchtbaren Schweigen sprach. Halb betäubt von den Geräuschen und von dem Wissen, daß dies den Ausgang vorbereite, sprach Nora zu sich: ›Wenn wir auferstehen, wenn wir heraufkommen und rücklings aufeinanderblicken, werde ich allein dich aus all den anderen erkennen. Mein Ohr wird sich wenden in der Höhle meines Kopfes, meine Augäpfel sich lockern, dort wo ich als Wirbelwind um dich wehe, um dich, die einkassierte Zahlung; und mein Fuß wird hart auf deinem Grabe stehen, auf dem Rund aufgeworfener Erde, das du hinterläßt.‹ Robin stand in der Tür. »Du brauchst nicht auf mich zu warten«, sagte sie.

In den Jahren ihres Zusammenlebens wurden Robins Ausgänge zu einem allmählich anwachsenden Rhythmus. Anfangs ging Nora mit Robin; doch mit der Zeit erkannte sie, daß die Spannung in Robin wuchs. Als sie das Bewußtsein nicht mehr ertrug, im Wege oder vergessen zu sein, als sie Robin von Tisch zu Tisch gehen sah, von Glas zu Flasche, von Person zu Person, als sie erkannte, daß, wenn sie selbst nicht dabeisei, Robin zu ihr zurückkehren könne, als der einzigen, die fern der ganzen ungestümen Nacht noch nicht von ihr verbraucht war, blieb Nora zu Hause, lag wach oder schlief. Robins Abwesenheit wurde mit fortschreitender Nacht zu einem körperlichen Verlust, unerträglich und unersetzlich. Wie eine amputierte Hand nicht verleugnet werden kann, weil sie eine Zukünftigkeit erfährt, deren Opfer ihr Vorfahr ist, so war Robin eine Amputation, von der sich Nora nicht lossagen konnte. Wie das Handgelenk sich sehnt, so sehnte sich ihr Herz. Sie kleidete sich an, ging hinaus in die Nacht, um ›außer sich‹ zu sein, und schlich um das Café, wo sie Robin flüchtig zu sehen bekam.

Wenn Robin ins Freie trat, nahm sie – in formlose Gedanken verloren, die Hände in die Ärmel des Mantels geschoben – die Richtung auf jenes Nachtleben zu, das eine bekannte Einheit auf dem Weg zwischen Nora und den Cafés darstellte. Ihre Betrachtungen beim Gehen waren ein Teil des Vergnügens, das sie am Ende des Wegs zu finden hoffte. Diese genaue Entfernung war es, was die beiden Enden ihres Lebens – Nora und die Cafés – davon abhielt, ein Ungeheuer mit zwei Köpfen zu bilden.

Ihre Gedanken waren in sich selbst eine Form der Fortbewegung. Sie schritt mit erhobenem Haupt, schien jeden Vorübergehenden anzusehen und doch war ihr Auge starr, in Erwartung und Leid verankert. Ein Blick von Zorn, heftig und flüchtig, beschattete ihr Gesicht und zog ihren Mund hinab, wenn sie sich ihrer Gesellschaft näherte; und doch, wenn ihre Augen die Fassaden der Gebäude entlangglitten und nach dem steinernen Kopf suchten, den beide – sie und Nora – liebten (ein griechischer Kopf mit entsetzten, hervortretenden Augäpfeln, um die der tragische Mund

Tränen zu vergießen schien), strahlte eine stille Freude auch in ihren Augen; denn dieser Kopf war Andenken an Nora und ihre Liebe, er machte die Erwartung der Leute, die sie treffen würde, starr und freudlos. Und so nahm sie, ohne zu wissen, daß sie es tat, die Richtung in diese Straße. Wurde sie zu Umwegen gezwungen, wie es manchmal der Fall war, etwa vom Dazwischentreten einer Kompanie Soldaten, einer Hochzeit oder einem Begräbnis, so wurde sie so aufgeregt, daß die Leute, gegen die sie stieß, sie als einen Teil des Vorgangs betrachteten; wie eine Motte, eben durch ihre Verstrickung in die todbringende Hitze, mit dem Gedanken an die Flamme als Bestandteil ihrer Funktion assoziiert wird. Es war dieses Merkmal, das sie vor der allzu eindeutigen Frage bewahrte, ›wohin‹ sie gehe. Der Fußgänger, dem es bereits auf der Zunge lag, wandte sich, wenn er die tiefe Versunkenheit und Verwirrung erkannte, und tauschte seinen Blick mit einem anderen.
Der Doktor, der Nora da draußen allein gehen sah, sagte zu sich, als die hohe schwarzumhüllte Gestalt vor ihm unter den Lampen entlangschritt: › Da geht sie, entwaffnet – Liebe, von ihrer Ummauerung gestürzt. Eine religiöse Frau‹, dachte er bei sich, ›ohne die Freude oder die Sicherheit des katholischen Glaubens, der im Notfall die Flecken an der Wand bedeckt, wenn die Familienbildnisse rutschen. Nimm einer Frau diese Sicherheit‹, sagte er zu sich und beschleunigte seine Schritte, um ihr zu folgen, ›und die Liebe macht sich los und verzieht sich ins Dachgebälk. Sie sieht überall nur sie‹, sprach er weiter und warf einen Blick auf Nora, als sie ins Dunkel glitt. ›Immer unterwegs nach dem, was sie zu finden fürchtet: Robin. Da geht sie, Mutter des Unheils, rennt herum und versucht, die Welt mit nach Hause zu nehmen.‹
Sie sah auf jedes Paar, das vorüberging, in jede Kutsche und in jedes Auto, hinauf zu den erleuchteten Fenstern der

Häuser, und es war nicht mehr Robin, die sie aufzuspüren suchte, sondern Spuren von Robin, Einflüsse in ihrem Leben (und solche, die sich noch verraten würden): so prüfte Nora jede sich bewegende Gestalt auf irgendeine Gebärde hin, die in Robins Bewegungen erscheinen mochte. Sie mied das Viertel, wo sie Robin wußte, wo die Kellner, die Leute auf den Terrassen an ihren eigenen Bewegungen erkennen könnten, daß sie an Robins Leben teil hatte.

Sie kehrte nach Hause zurück, und es begann die grenzenlose Nacht. Während sie auf die gedämpften Klänge der Straße horchte, auf jedes Murmeln im Garten, das kaum entstehende, kaum hörbare Summen, Künder von zunehmendem Geräusch, das die Heimkehr Robins zu bedeuten hätte, lag Nora und schlug kraftlos auf ihr Kopfkissen, unfähig zu weinen, die Beine angezogen. Zuweilen stand sie auf und lief umher, um etwas in ihrem äußeren Leben schneller zu überstehen, um Robin durch Beschleunigung im Herzschlag zurückzubringen. Hoffnungslos irrte sie herum, und plötzlich setzte sie sich auf einen der Zirkusstühle vor dem hohen Fenster, das über den Garten blickte, beugte sich vor, legte die Hände zwischen ihre Beine und begann zu rufen: »Mein Gott – mein Gott – mein Gott«, so oft wiederholt, daß es die Wirkung aller vergeblich gesprochenen Wörter enthielt. Sie nickte ein und erwachte wieder, begann zu weinen, bevor sie die Augen öffnete, ging zurück ins Bett und fiel in einen Traum, den sie wiedererkannte; wenn ihr auch anhand der Endgültigkeit dieser Version klarwurde, daß der Traum zuvor nicht ›gut geträumt‹ gewesen war. Wo der Traum ins Unberechenbare gemündet hatte, wurde er jetzt vom Eintreten Robins vollständig gemacht.

Nora träumte, sie stehe in einem Haus ganz oben, oder vielmehr im vorletzten Stockwerk: da war ihrer Großmutter Zimmer, weiträumige Pracht im Verfall. Doch irgendwie, obschon mit dem ganzen Besitz ihrer Großmutter ausgestattet, war es verwaist, wie das Nest eines Vogels, der nicht zurückkehren wird. Bildnisse ihres Großonkels Llewellyn, der im Bürgerkrieg gefallen war, verschossene blasse Teppiche, Vorhänge, die an Stille den Säulen ihrer Zeit glichen, eine Feder und ein Tintenfaß, die Tinte im Federkiel getrocknet – Nora stand da und blickte wie von einem Gerüst in den Körper des Hauses, wo nun Robin den Traum betreten hatte und unten zwischen anderen Leuten lag. Nora sagte zu sich: ›Der Traum wird nicht noch einmal geträumt!‹ Eine Scheibe von Licht, die von irgend jemandem oder von irgend etwas zu kommen schien, der oder das hinter ihr stand und noch ein Schatten war, warf einen zartleuchtenden Strahl über Robins aufwärts gerichtetes, stilles Gesicht. Sie trug das Lächeln eines ›einzig Überlebenden‹, ein Lächeln, der Furcht bis in die Knochen vermählt.

Rund um sich her hörte Nora in Qual ihre eigene Stimme. Sie sagte: ›Komm herauf! Dies ist Großmutters Zimmer‹, obgleich sie wußte, daß es unmöglich war, denn das Zimmer war tabu. Je lauter sie schrie, desto tiefer senkte sich das untere Stockwerk, als seien Robin und sie in ihrer äußersten Ferne ein umgekehrtes Opernglas, als verkleinerten sie sich stetig in ihrer schmerzlichen Liebe; eine Geschwindigkeit, die mit den beiden Enden des Gebäudes davonlaufe und sie mit sich fort und auseinanderreiße.

Dieser Traum, der nunmehr alle seine Einzelteile enthielt, hatte noch die vorherige Gestalt, indem es niemals wirklich ihrer Großmutter Zimmer gewesen war. Sie selbst schien weder gegenwärtig zu sein noch fähig, eine Einladung zu erteilen. Sie hatte gewünscht, ihre Hände auf irgend etwas in diesem Zimmer zu legen, um es zu beweisen – der Traum hatte es ihr nie erlaubt. Dieses Zimmer, das nie ihrer Großmutter gehört hatte, das im Gegenteil der absolute Gegen-

satz jedes bekannten Raumes war, in dem ihre Großmutter sich jemals bewegt oder in dem sie jemals gelebt hatte, war dennoch vollgesogen von der verlorenen Gegenwärtigkeit ihrer Großmutter, die es in einem fortwährenden Prozeß zu verlassen schien. Die Architektur des Traumes hatte sie wiedererstehen lassen, für immer und ewig. Sie floß dahin in langen Gewändern von weichen Falten und Spitzen bis ans Kinn; die gerafften Überwürfe, aus denen die Schleppe bestand, beschrieben eine ansteigende Linie über Rücken und Hüften, eine Kurve, die nicht nur gebeugtes Alter verriet, sondern die Furcht vor gebeugtem Alter gebietet.
Mit dieser Gestalt ihrer Großmutter, die mit der Großmutter ihrer Erinnerung nicht völlig identisch war, ging eine andere: eine ihrer Kindheit. An der Hausecke war sie auf diese gestoßen: die Großmutter, die aus irgendeinem unbekannten Grund wie ein Mann gekleidet war. Sie trug einen steifen Hut und einen geschwärzten Schnurrbart, war beleibt und lächerlich, in engen Hosen und roter Weste. Mit ausgebreiteten Armen und einem Blick, lüstern vor Liebe, sagte sie: »Mein süßes Herz!« Diese Großmutter, ein Wahrzeichen wie eine historische Ruine, stellte ihr Leben symbolisch dar, indem sie es lebte. Dieses erschien Nora nunmehr als etwas, das Robin angetan wurde: Robin, entstellt und verewigt durch die Hieroglyphen von Schlaf und Schmerz.
Sie erwachte und begann wieder umherzugehen. Und als sie hinausblickte, in den Garten, in das fahle Licht der Dämmerung, sah sie, daß ein doppelter Schatten von der Statue fiel, als vermehre sie sich. Sie meinte, vielleicht sei dies Robin, rief und erhielt keine Antwort. Bewegungslos blieb sie stehen, spannte ihre Augen zum äußersten; und da sah sie das Licht aus Robins Augen. Sie tauchten aus der Dunkelheit auf, die Furcht in ihnen gab ihnen Leuchtkraft, bis sich durch die Intensität ihres doppelten Blicks Robins Augen

mit den ihren trafen. So starrten sie einander an. Als habe jenes Licht die Macht, das Gefürchtete in den Bereich ihrer Katastrophe zu bringen, sah Nora den Körper einer anderen Frau in das Dunkel der Statue hinaufschwimmen, mit hängendem Kopf, um das Leuchten nicht durch ein weiteres Augenpaar zu verstärken; ihre Arme waren um Robins Nacken, ihr Körper an Robin gepreßt, ihre Beine hingen schlaff im Pendel der Umarmung.
Außerstande ihre Augen abzuwenden, unfähig zu sprechen, gefangen im Erlebnis des Bösen, vollständig und zerreißend, fiel Nora in die Knie, so daß ihre Augen sich nicht freiwillig abwandten, sondern durch den körperlichen Fall aus der Bahn sanken. Mit dem Kinn auf dem Fensterbrett kniete sie und dachte: ›Nun werden sie nicht vereint bleiben!‹ Wenn sie sich von Robins Handeln abwende, so fühlte sie, würden die Fäden des Musters zerreißen und das Muster wäre wieder Robin allein. Sie schloß ihre Augen und in diesem Augenblick erfuhr sie eine furchtbare Glückseligkeit. Robin, wie etwas im Schlummer, war geschützt, aus des Todes Weg geräumt, von einer Kette von Frauenarmen; aber als sie die Augen schloß, sagte Nora »ah!« mit dem unerträglichen Automatismus des letzten ›ah!‹, das den Körper noch einmal trifft, im Augenblick seines letzten Atemzuges.

Der Eindringling

Jenny Petherbridge war Witwe, eine Frau im mittleren Alter; viermal war sie verheiratet gewesen. Jeder ihrer Ehemänner war verdorben und gestorben. Ruhelos wie ein Eichhörnchen, das Tag und Nacht über sein Rädchen rast, hatte sie versucht, sie zu historischen Figuren zu machen. Das hatten sie nicht überleben können.

Sie hatte einen geschnäbelten Kopf und einen Körper, klein, kraftlos und grausam. In gewisser Weise wurde man an Kasperles Frau erinnert: Kopf und Körper paßten nicht zueinander. Nur getrennt vom anderen Teil hätte man einen von ihnen ›richtig‹ nennen können. Eine zitternde Inbrunst lag in ihren Handgelenken und Fingern, als leide sie an einer sorgfältig ausgewählten Entsagung. Sie sah alt aus, dennoch so, als sei sie in Erwartung des Alters. Es war, als schwebe sie im Dunste eines anderen, der im Begriff ist, zu sterben; und doch hatte sie das geistige Aroma (denn es gibt rein geistige Gerüche, die keinerlei Wirklichkeit haben) einer potentiellen *accouchée*. Ihr Körper litt unter seiner Kost: Gelächter und Abfall, Mißbrauch und so manche Schwäche. Aber streckte man eine Hand aus, um sie zu berühren, so geriet ihr Kopf in bedenkliches Pendeln, beschrieb den gebrochenen Bogen zweier Instinkte: Rückzug und Vorstoß. So schaukelte er, schüchtern und herausfordernd zugleich, und gab ihr einen Rhythmus von leichtem Erschaudern und Erwartung.

Sie wand sich unter dem Schicksal, nicht tragen zu können, was ihr gestanden hätte. Sie war eine von diesen panischen, kleinen Frauen, die, was auch immer sie anziehen, niemals anders aussehen als ein Kind, das eine Strafe verbüßt.

Sie hatte eine Vorliebe für winzige Elefanten aus Elfenbein oder Jade; sie sagte, so etwas brächte Glück. Sie hinterließ eine Spur winziger Elefanten, wo immer sie lief; und sie lief eilig und atemlos.

Ihre Wände, ihre Schränke, ihre Schreibtischchen strotzten von Geschäften mit den Gebrauchtwaren des Lebens. Um Beute aus erster Hand zu ergattern, bedarf es eines kühnen und authentischen Räubers. Der Ehering einer anderen steckte an ihrem Finger; Robins Fotografie, für Nora aufgenommen, stand auf ihrem Tisch. Ihre Bibliothek war anderer Leute Wahl. Sie lebte unter ihren eigenen Dingen wie der Gast eines Zimmers, das genauso erhalten ist, ›wie es damals war, als noch ...‹ Sie ging auf Zehenspitzen, und galt es auch nur, ein Bad einlaufen zu lassen, nervös und *andante*. Bebend und wie im Fieber blieb sie vor jedem Gegenstand in ihrem Haus stehen. Sie hatte keinen Humor, kannte weder Frieden noch Ruhe, und ihre eigene flatternde Unsicherheit ließ selbst Gegenstände, die sie ihren Gästen zeigte – wie ›Meine Madonna aus Palma‹ oder ›Der linke Handschuh der Duse‹ –, in eine nebelhafte Ferne zurücktreten, so daß es dem Beschauer beinahe unmöglich war, die Dinge überhaupt zu sehen. Äußerte sich jemand witzig über ein aktuelles Ereignis, so sah sie bestürzt drein und ein wenig erschrocken, als habe man etwas getan, was man wirklich lieber hätte unterlassen sollen; und so hatte sich ihre Aufmerksamkeit allmählich darauf beschränkt, nach *faux-pas* zu fahnden. Dauernd sagte sie, irgend etwas sei ›ihr Ende‹, und in der Tat hätte es so sein können, hätte sie selbst es als erste erlitten. Die Worte, die aus ihrem Mund fielen, schienen ihr nur geliehen; wäre sie gezwungen gewesen, ihren eigenen Wortschatz zu prägen, so wäre es ein Wortschatz von zwei Wörtern gewesen: ›ah‹ und ›oh‹. Flatternd, zitternd, auf Zehenspitzen, so wikkelte sie Anekdote nach Anekdote ab in ihrem leichten, hastigen Lispelstimmchen, von dem man dauernd erwartete, daß es wechseln, fallen und zum ›natürlichen‹ Ton zurückkehren würde; aber dazu kam es nie. Die Geschichten waren komisch und gut erzählt. Sie lächelte dabei, warf die Hände hoch, öffnete die Augen weit. Sogleich hatten alle Anwesenden im Raum das bestimmte Gefühl einer verlorenen Sache. Man spürte, daß eine einzige Person zugegen war, der die Bedeutung des Augenblicks entging, die das Erzählte nicht gehört hatte: die Erzählerin selbst.

Sie hatte eine Unzahl von Ausschnitten und Notizen aus Zeitschriften und alten Theaterprogrammen, frequentierte hartnäckig die *Comédie Française*, sprach von Molière, Racine und *La Dame aux Camélias*. In Geldangelegenheiten war sie großzügig. Sie machte Geschenke, verschwenderisch und spontan. Sie war die schlechteste Empfängerin von Geschenken auf der Welt. Sie schickte Scheffelkörbe von Kamelien an Schauspielerinnen, weil sie eine Leidenschaft für die von ihnen verkörperten Gestalten hatte. Die Blumen waren mit Metern von Satin gebunden und von einigen Zeilen begleitet, überschwenglich und sanft-verhalten. Männern schickte sie Bücher dutzendweise; der allgemeine Eindruck war, daß sie eine belesene Frau sei, obgleich sie in ihrem Leben vielleicht zehn Bücher gelesen hatte.

Sie war beseelt von einer ständigen Raubgier nach anderer Leute Tatsachen; verschlang Zeit und betrachtete sich als verantwortlich für historische Persönlichkeiten. In ihrem Herzen war sie liederlich und gierig. In ihrer Versessenheit, etwas darzustellen, entweihte sie den wahren Begriff der Persönlichkeit. Irgendwo um sie her war die Spannung des Zufalls, der aus dem wilden Tier das Streben des Menschen gemacht hat.

Sie war beunruhigt über die Zukunft; dies beeinträchtigte ihr Feingefühl. Sie war eine der – auf belanglose Weise – bösartigsten Frauen ihrer Zeit, weil sie ihre Zeit nicht in Ruhe lassen und doch nie daran Teil haben konnte. Sie wollte der Grund aller Dinge sein und war daher die Ursache keines Dinges. Sie hatte jene Flüssigkeit der Sprache und Handlung, die von der göttlichen Vorsehung denen zugemessen wird, die nicht für sich selbst denken können. Sie war Meister der versüßten Phrase und der zu festen Umarmung.

Im Akt der Liebe konnte man sie sich nur vorstellen, wie sie blumenreiche Ausrufe im Stil der *commedia dell'arte* hervorstieß; eigentlich hätte man sie sich im Akt der Liebe überhaupt nicht vorstellen sollen. Sie selbst dachte an wenig anderes; und obschon sie sich seinem körperlichen Vollzug immer wieder unterwarf, sprach sie vom Geist der Liebe und ersehnte ihn; war jedoch unfähig, ihn zu erfassen.

Niemand konnte sich ihr aufdrängen, denn sie hatte keinen Platz für Aufdringlichkeit. Diese Unzulänglichkeit machte sie rebellisch: sie konnte an keiner großen Liebe teilhaben, sondern konnte sie nur darstellen. Da ihr eigenes Gefühl ungenügend reagierte, mußte sie auf die Gefühle der Vergangenheit zurückgreifen, Geschichten großer Lieben, erlebt und berichtet, welche sie nachzuleiden und nachzugenießen schien.

Wenn sie sich verliebte, so geschah es mit der vollen Wucht angestauter Unaufrichtigkeit. Sofort wurde sie zum Händler von Gefühlen aus zweiter Hand und daher unberechenbar im Preis. Wie sie aus den unvergänglichen Archiven des Sprachgebrauchs die Würde der Sprache gestohlen oder sich angeeignet hatte, so eignete sie sich die leidenschaftlichste Liebe an, die sie kannte: Noras Liebe zu Robin. Sie war ein Eindringling aus Instinkt.

Jenny wußte sofort über Nora Bescheid; Robin zehn Minuten lang zu kennen genügte, um über Nora Bescheid zu wissen. Robin sprach von ihr in langen Sätzen, unzusammenhängend und leidenschaftlich. Es hatte Jennys Ohren gespitzt – sie hörte zu, und die beiden Teile dieser Liebe wurden ihr zu einem einzigen: dem ihren. Von diesem Augenblick an war die Katastrophe unvermeidlich. Das war im Jahre neunzehnhundertsiebenundzwanzig.

Zu den darauffolgenden Verabredungen kam Jenny immer zu früh, Robin zu spät. War es *Aux Ambassadeurs* (Jenny fürchtete die Begegnung mit Nora) oder zum Abendessen im *Bois* (Jenny verfügte über die gesammelten Einkünfte, die vier tote Ehemänner sich leisten konnten): Robin kam herein, mit jenem aggressiven Schlürfen des Fußes, wie Leute von hohem Wuchs es an sich haben, dessen Akzent jedoch durch die hüftenlose Weichheit ihres Schrittes erwischt wurde; die Hände in den Taschen des Regenmantels, dessen Gürtel herabhing, finsteren Blickes und widerspenstig. Jenny weit über den Tisch gebeugt, Robin weit zurückgelehnt, die Beine unter sich gestreckt, um der langen Rückwärtsneigung ihres Körpers die Waage zu halten, und Jenny immer weiter nach vorn kommend, so weit, daß sie ihre kurzen Beinchen in der Rücksprosse des Stuhles, Knöchel nach außen, Zehen nach innen, einhaken mußte, um nicht auf den Tisch aufzuschlagen – so stellten die beiden zwei Hälften einer Bewegung dar, der wie in der Bildhauerei das Schöne und das Absurde eines Verlangens innewohnten; eines Verlangens, das in Blüte steht, aber keine Keime treiben kann, unfähig seine Bestimmung zu erfüllen; eine Bewegung, die weder Vorsicht noch Wagemut offenbaren kann, denn die grundlegende Voraussetzung einer Vollendung fehlte in beiden. Sie glichen griechischen Läufern mit erhobenen Füßen, doch ohne den erlösenden Befehl, der die Füße auf den Boden zurückführt: ewig gereizt, ewig getrennt, in einer kataleptischen, erstarrten Geste der Hingabe.

Die Begegnung in der Oper war nicht die erste gewesen. Aber Jenny sah den Doktor im *promenoir*, und da sie seine Vorliebe für Klatsch kannte, hielt sie es für ratsam, sie

als die erste hinzustellen. In Wirklichkeit hatte sie Robin ein Jahr zuvor kennengelernt.
Jenny wußte zwar, daß ihre Sicherheit in der Geheimhaltung lag, aber sie konnte ihre Sicherheit nicht ertragen: sie wollte stark genug sein, der Welt Trotz zu bieten. Indessen wußte sie, daß sie es nicht war, und so erschwerte diese Erkenntnis die ohnehin schon auf ihr lastende Bürde von Zittern und Zagen und Wut.
Als Jenny mit dem Doktor und Robin in ihrem Haus ankam, fand sie mehrere Schauspielerinnen vor, die auf sie gewartet hatten, dazu zwei Herren und die Marchesa de Spada, eine sehr alte und rheumatische Dame (mit einem antiken und asthmatischen Spaniel), die an die Sterne glaubte. Man sprach über das Schicksal; jede Hand im Raum wurde untersucht, und jedermanns Zukunft angeleuchtet und diskutiert. Ein kleines Mädchen (Jenny nannte es Nichte, obgleich es keine Verwandte war) saß in der hintersten Ecke des Zimmers. Es hatte gespielt, aber in dem Augenblick, da Robin eintrat, hörte es auf und saß da, seine beiden wächsernen Händchen, zärtlich in ihrer Animiertheit von dem neuen Element, leicht übereinander in den Schoß gelegt, und starrte unter langen Wimpern aus seinen Augenlidern hervor, auf niemand anderen; als sei es vorzeitig wissend geworden. Dies war das Kind, von dem Jenny später sprach, als sie Felix aufsuchte.
Die Marchesa machte die Bemerkung, daß jeder der Anwesenden, aus unerschöpflichen Quellen entsprungen, von Anbeginn der Welt existiert habe und immer wieder geboren werde, daß aber eine unter ihnen sei, die das Ende ihres Daseins erreicht habe und nicht mehr zurückkehren würde. Während sie es sagte, schaute sie verstohlen zu Robin hinüber, die beim Klavier stand und mit gedämpfter Stimme zu dem Kind sprach. Bei den Worten der Marchesa begann Jenny leicht zu zittern, so daß jede einzelne Spitze

ihres borstigen Haars – es stand buschig um ihren Kopf, männlich und unschön – zu beben anfing. Sie begann, auf dem ungeheuren Sofa zur Marchesa hinüberzurutschen die Beine unter sich, und plötzlich stand sie auf.
»Bestellt die Kutschen!« schrie sie. »Augenblicklich! Wir fahren aus, wir brauchen ein wenig Luft!« Sie wandte sich um und sprach in großer Erregung. »Ja, ja«, sagte sie, »die Kutschen! Es ist so drückend hier im Zimmer!«
»Welche Kutschen?« fragte der Doktor und schaute von einem zum anderen. »Welche Kutschen?« Er konnte das Dienstmädchen hören, wie es die Haustür aufschloß und zu den Kutschern hinausrief. Er konnte das klingende Geräusch von Rädern hören, wie sie hart an den Randstein schlugen, und brummige Rufe in fremdländischem Tonfall. Robin wandte sich um und sagte mit einem Lächeln boshafter Sanftheit auf den Lippen: »Jetzt wird sie panisch, wir müssen etwas tun.« Sie stellte ihr Glas ab und stand da, den Rücken dem Zimmer zugewandt, die breiten Schultern hochgezogen, und obgleich sie betrunken war, lag Rückzug in ihrer Bewegung und der Wunsch, nicht hierzusein.
»Jetzt verkleidet sie sich!« sagte sie. Sie lehnte rückwärts gegen das Klavier und wies dabei hinüber, mit der Hand, die das Glas wieder aufgenommen hatte. »Sie verkleidet sich. Wartet, Ihr werdet es sehen!« Dann stieß sie ihr Kinn vorwärts, so daß die Sehnen am Hals hervortraten: »Sie zieht sich etwas Altes an!«
Der Doktor, dem dies alles vielleicht peinlicher war als irgendeinem anderen Anwesenden, der sich jedoch keinen Skandal entgehen lassen konnte, damit er zu einem späteren Zeitpunkt über die ›Erscheinungen unserer Zeit‹ referieren könne, machte eine halbe Geste und sagte »psst!« Und in der Tat: in diesem Augenblick erschien Jenny in der Tür zum Schlafzimmer, ausstaffiert mit Reifrock, Häub-

chen und Umhang, stand da und sah Robin an, die sie nicht beachtete: sie war in eine Unterhaltung mit dem Kind vertieft. Jenny, mit der brennenden Anteilnahme eines Menschen, der dazu neigt, sich selbst als einen Teil der Harmonie eines Konzertes zu betrachten, dessen Zuhörer er ist, indem er sich in gewisser Weise die Identität dieser Harmonie zu eigen macht, stieß kurze pathetische Ausrufe hervor.

Es waren wie sich herausstellte im ganzen drei Kutschen da; offene Pferdewagen, wie sie in Paris heute noch zu haben sind, wenn man sie rechtzeitig aufstöbert. Jenny hatte einen festen Vertrag mit ihnen, und selbst wenn sie nicht gebraucht wurden, umkreisten sie ihre Hausnummer wie Fliegen eine Schüssel Rahm. Die drei Kutscher hockten bucklig auf ihren Böcken, ihre Mäntel über die Ohren gezogen, denn obgleich es eine Nacht im Frühherbst war, hatte sich gegen Mitternacht die Kälte verschärft. Sie waren für elf Uhr bestellt worden und hatten eine ganze Stunde auf ihren Böcken gesessen.

Jenny – kalt vor Angst, Robin könne in eine der anderen Kutschen steigen, zusammen mit einem großen, ein wenig befremdeten englischen Mädchen – setzte sich in die entfernteste Ecke des vordersten *fiacre* und rief: »Hierher, hierher!« Die weitere Anordnung überließ sie den Gästen selbst. Das Kind, Sylvia, saß ihr schräg gegenüber und hielt die zerschlissene Decke in seinen geballten Händen. Es gab viel Geschwätz und Gelächter, inmitten dessen Jenny zu ihrem Entsetzen feststellte, daß Robin sich der zweiten Kutsche näherte, in der das englische Mädchen bereits Platz genommen hatte. »Nicht! Nein, nein!« schrie Jenny und begann, auf die Polster zu schlagen, wobei sich eine Wolke von Staub erhob. »Kommt hierher!« sagte sie in einem Ton voller Angst, als habe ihre letzte Stunde geschlagen. »Hierher zu mir, alle beide!« fügte sie hinzu mit

gesenkter, erstickter Stimme; und mit Hilfe des Doktors stieg Robin ein. Die junge Engländerin setzte sich zu Jennys Bestürzung auf den Platz neben ihr.
Doktor O'Connor wandte sich nun zum Kutscher und rief ihm zu: *»Ecoute, mon gosse, va comme si trente-six diables étaient accrochés à tes fesses!«* Seine Hand beschrieb eine Geste wohliger Hingabe und er sagte: Wohin denn sonst als in die Wälder, die holden Wälder von Paris! *Fais le tour du Bois!«* rief er, und langsam setzten sich die drei Wagen, Pferd hinter Pferd, in Bewegung, den *Champs Elysées* zu.
Jenny hatte keinen anderen Schutz gegen die Nacht, als ihren langen spanischen Shawl, der über ihrer dünnen Krinoline und dem Mieder lächerlich wirkte, und eine Decke über ihren Knien. Mit zusammengesackten Schultern war sie zurückgesunken. Mit pfeilschneller, unglaublicher Geschwindigkeit flitzten ihre Augen von einem Mädchen zum anderen. Der Doktor währenddessen fragte sich, wie er es wohl fertiggebracht habe, eine Kutsche zu besteigen, in der schon drei Frauen und ein Kind saßen, und lauschte dem verschwommenen Gelächter aus den hinteren Kutschen; und während er lauschte, verspürte er einen Stich okkulten Jammers. »Das«, murmelte er vor sich hin, »ist genau das Mädchen, das von Gott vergessen wurde.« Und damit schien sich ein jäher Sturz zu vollziehen, der Sturz hinab in die Hallen der Gerechtigkeit, wo er vierundzwanzig Stunden gelitten hatte. »Gott helfe uns!« sagte er laut. Bei diesen Worten drehte sich das Kind ein wenig auf seinem Sitz und wandte ihm seinen Kopf mit den großen intelligenten Augen zu, was ihn, hätte er es bemerkt, augenblicklich zum Schweigen gebracht hätte (denn der Doktor hegte Kindern gegenüber die Verehrung einer Mutter). »Welcher Art Mensch ist es, der seines Bruders Kinder adoptiert, um sich zur Mutter zu machen, und mit seines Bruders Frau schläft,

um ihm eine Zukunft zu sichern? – Es ist genug, um den schwarzen Fluch von Kerry herabzubringen.«

»Was?« fragte Jenny mit lauter Stimme, in der Hoffnung, die geflüsterte Unterhaltung zwischen Robin und dem englischen Mädchen dadurch abzubrechen. Der Doktor schlug den Kragen seines Mantels hoch.

»Ich sagte, gnädige Frau, daß Gott in der ihm eigenen seltsamen Perversität mich zum Lügner gemacht hat.«

»Was? Was sagen Sie da?« fragte Jenny. Ihre Augen waren dabei noch immer auf Robin gerichtet, so daß ihre Frage eher an diese Ecke des Wagens als an den Doktor gerichtet schien.

»Gnädige Frau«, sagte er, »Sie sehen vor sich einen, der in Angst geschaffen wurde. Mein Vater – Gott schenke seiner Seele Ruhe! – hat von Anfang an mit mir Pech gehabt. Als ich in die Armee eintrat, wurde er ein wenig weicher: er hatte den Verdacht, daß ich in diesem Inferno, auf dessen Liste hin und wieder ein Sohn als ›nicht mehr vorhanden‹ gesetzt wird, möglicherweise beschädigt werden könne. Schließlich wollte er ja auch nicht, daß mein Lebenswandel mit einer Ladung Schrot gebessert werde. Im frühen Morgengrauen, als ich noch im Bett lag, kam er zu mir herein, um mir zu sagen, daß er mir vergebe und daß er auch auf meine Vergebung hoffe; er habe mich niemals verstanden, aber nachdem er lange nachgedacht und viel gelesen habe, kehre er nunmehr zurück mit Liebe in seinen Händen; es tue ihm leid; er sei gekommen, um mir das zu sagen; und er hoffe, ich würde mich halten wie ein Soldat. Einen Augenblick lang schien er für meine unglückselige Lage Verständnis zu haben: sich erschießen zu lassen, um männlichen Braten abzugeben, und dabei zu fallen, wie ein Mädchen, das in der Nacht nach seiner Mutter weint. Und so richtete ich mich denn in meinem Bett auf und kroch auf den Knien zum Fußende, wo er stand, schlang meine Arme um ihn und sagte: ›Was auch immer du getan oder gedacht hast, du hattest recht, und in meinem Herzen empfinde ich für dich nichts als Liebe und Respekt.‹

Jenny war unter ihrer Decke zusammengesackt und hörte nicht zu. Ihre Augen folgten jeder Bewegung von Robins Hand, die bald auf die Hand des Kindes gelegt war, bald über sein Haar strich; das Kind lächelte hinauf in die Bäume.

»Ach«, sagte der Doktor, »um Gottes Barmherzigkeit willen!«

Jenny begann langsam zu weinen; Tränen, naß, warm und plötzlich, in diesem sonderbaren Jammertal, das ihr Gesicht war. Es stimmte den Doktor trübselig, erfüllte ihn mit jenem traurigen und doch auf angenehme Weise bedauerlichen Unbehagen, das ihn gewöhnlich zu seinen besseren Meditationen inspirierte.

Er bemerkte – und er wußte nicht warum –, daß sie scheinbar durch ihr Weinen zu einer geschlossenen Persönlichkeit werde; eine, die durch Multiplikation ihrer Tränen in die Lage einer Figur versetzt sei, die man zwanzigmal in zwanzig Spiegeln sähe; immer nur eine zwar, doch vielfach in der Spiegelung ihres Unglücks. Jenny begann geradeheraus zu heulen. Da Robin von ihrem anfänglichen sanften Weinen keine Notiz genommen hatte, bediente sich Jenny nunmehr der Steigerung und schluchzte, um ihre Aufmerksamkeit zu erregen, mit der gleichen wütenden Versessenheit, mit der man versucht, in einem Zimmer voller Menschen jemanden auf sich aufmerksam zu machen. Das Weinen wurde so rhythmisch wie der eintönige Generalbaß in einer Partitur, obgleich ihr Herz dabei nicht im Spiel war. Der Doktor, der inzwischen ein wenig bucklig vorwärts geneigt saß, sagte mit beinahe beruflich-sachlicher Stimme (sie waren schon länger am Teich und am Park vorbei und näherten sich wieder auf rundem Umweg den unteren Teilen

der Stadt): »Liebe einer Frau zu einer Frau – was für ein Einfall! Besessene Gier nach dem Wesen allen Schmerzes und nach Mutterschaft.«
»Oh!« rief sie, »seht sie an!« Unvermittelt machte sie eine Gebärde zu Robin und dem Mädchen hinüber, als seien sie schon nicht mehr anwesend, als seien sie eine Aussicht, die mit dem Lauf der Pferde aus dem Blickfeld verschwände. »Seht nur! Sie erniedrigt die Liebe zu einer Stufe!« Sie hoffte, Robin würde es hören.
»Ja«, sagte er. »Liebe, dieses schreckliche Ding!«
Sie begann mit der geballten Faust auf die Kissen zu schlagen. »Was können Sie schon davon wissen! Männer wissen nie etwas davon, wie sollten sie auch? Aber eine Frau sollte es wissen – sie ist zarter, heiliger. Meine Liebe ist heilig und meine Liebe ist groß!«
»Halt den Mund!« sagte Robin und legte ihre Hand auf ihr Knie. »Halt den Mund, du weißt nicht, was du sprichst! Dauernd redest du nur, und nie hast du eine Ahnung von irgend etwas. Das ist so eine furchtbare Schwäche von dir, dich mit Gott zu identifizieren!« Sie lächelte, und das englische Mädchen, dessen Atem sehr rasch ging, zündete sich eine Zigarette an. Das Kind blieb sprachlos, wie es während der ganzen Fahrt gewesen war; seinen Kopf, als sei er so befestigt, zu Robin hingewandt, mit dem Blick auf sie, versuchte es, seine Beinchen, die nicht bis zum Boden reichten, so zu halten, daß sie nicht im Geschaukel der Kutsche mitschaukelten.
Da schlug Jenny auf Robin ein, kratzte und zerrte hysterisch, schlug, zog und schrie. Bald begann Blut an Robins Wangen hinabzurinnen, und unter den wiederholten Schlägen Jennys sank sie langsam nach vorn, als hätten die Schläge selbst die Richtung angegeben, als habe sie selbst keinen Willen. So sank sie hinab in der kleinen Kutsche, die Knie schlugen auf den Boden, der Kopf nach vorne, der Arm

hob sich in einer Geste der Verteidigung. Und während Robin niedersank, beugte auch Jennys Körper sich nach vorn hinab, wie in einem Zwang, die Bewegung des ersten Schlags zu Ende zu führen – beinahe wie etwas, was man im Tempo der Zeitlupe sieht –, so daß, als die Bewegung zu Ende geführt war, Robins Hände von Jennys schmächtiger und gebeugter Brust bedeckt waren, eingeklemmt zwischen Brüsten und Knien. Und plötzlich warf sich das Kind auf dem Sitz nieder, das Gesicht nach außen, und sagte in einer Stimme, die zu einem Kind nicht paßt, weil sie von Entsetzen beherrscht war: »Laß mich gehen! Laß mich gehen!«

In diesem Augenblick bog die Kutsche mit elegantem Schwung in die *rue du Cherche-Midi* ein. Robin sprang ab, bevor die Kutsche hielt, aber Jenny war ihr auf den Fersen und folgte ihr bis zum Garten.

Nicht lange danach trennten sich Nora und Robin. Und kurz darauf fuhren Jenny und Robin nach Amerika.

Wächter. Was spricht die Nacht?

Es war gegen drei Uhr morgens, als Nora an das kleine Fenster der Portiersloge klopfte und fragte, ob der Doktor zu Hause sei. Wütend über die gestörte Nachtruhe hieß sie der Concierge, sechs Stockwerke zu ersteigen: dort oben, unter dem Dachstuhl links, würde sie den Doktor finden.
Nora nahm die Stufen langsam. Sie hatte nicht gewußt, daß der Doktor so arm sei. Sie tastete, klopfte, suchte die Klinke. Not der Seele mochte ihren Besuch entschuldigen; doch wußte sie auch, daß ihr Freund spät aufblieb. Sie hörte sein ›Herein!‹ öffnete die Tür und stand sekundenlang gebannt: so erschütternd war die Unordnung, der ihr Blick begegnete. Der Raum war so klein, daß es eben noch möglich war, seitwärts zum Bett vorzudringen, als hätte ein zum Grabe Verdammter beschlossen, sich wenigstens hier keinen Zwang aufzuerlegen.
Ein Stapel medizinischer Bücher, neben Wälzern verschiedenster Arten, reichte beinah bis zur Decke, wasserfleckig, staubbedeckt; darüber ein kleines vergittertes Fenster, die einzige Lüftung. Auf einer Kommode aus Ahorn, offenbar nicht europäischer Herkunft, lagen ein paar verrostete Geburtszangen, ein verrostetes Skalpell, ein paar andere seltsame Instrumente, deren Zweck ihr rätselhaft war, ein Katheter, einige zwanzig zumeist leere Parfumflaschen, Pomaden, Cremes, Lippenstifte, Puderdosen, Puderquasten. Die Schubladen dieser *chiffonière* waren halb geöffnet, und über die Ränder quollen Spitzen, Bänder, Damenstrümpfe, Damenwäsche und ein Bruchband, das aussah, als habe es dem gesamten Weibertand Notzucht angetan. Ein Abfalleimer stand am Kopfende des Bettes, bis zum Rand mit widerlichstem Unrat angefüllt. Der Raum hatte etwas er-

schreckend Entwürdigendes, ähnlich einem Zimmer im Bordell, wo selbst den Unschuldigsten das Gefühl überkommt, Mitschuldiger gewesen zu sein. Dennoch hatte er auch etwas Muskulös-Männliches an sich, war ein Mittelding zwischen einem *chambre à coucher* und dem Trainingsring eines Boxers. Ein Fluidum der Feindseligkeit herrscht in einem Raum, den eine Frau nie betreten hat. Jeder Gegenstand bekämpft die eigene Fessel, und über allem liegt metallisches Aroma, wie von Schmiedeeisen auf dem Amboß.

Auf schmalem, eisernem Bett, zwischen groben, dreckigen Leinentüchern lag der Doktor, in einem Damennachthemd aus Flanell.

Sein Kopf mit den übergroßen, schwarzen Augen, den vollen Wangen, dem unrasierten, gewehrstahlfarbenen Kinn, war vom goldenen Halbrund einer Perücke gerahmt. Lange Hängelocken berührten die Schultern, fielen locker auf das Kissen und zeigten dort die schattige Seite der Spirale; Schminke war dick aufgetragen, die Wimpern waren geschwärzt. Nora durchfuhr der Gedanke: ›Mein Gott, Kinder wissen etwas, was sie nicht sagen können. Sie mögen Rotkäppchen und den Wolf im Bett!‹ Aber dieser Gedanke, nicht mehr als das Gefühl eines Gedankens, dauerte nur die Sekunde, während der sie die Tür öffnete; schon in der nächsten hatte der Doktor sich die Perücke vom Kopf gerissen, er sank im Bett zurück und zog sich die Decken weit über die Brust. Als Nora sich wieder gefaßt hatte, sagte sie: »Doktor, ich bitte Sie, mir alles zu sagen, was Sie von der Nacht wissen.« Während sie es sagte, wunderte sie sich ihrer Bestürzung, den Doktor zu einer Stunde überrascht zu haben, da er Vorgeschriebenes abgelegt und zu der ihm eigenen Kleidung zurückgefunden hatte. Der Doktor sagte: »Wie du siehst, kannst du mich fragen, was du willst«, womit er für sie und für sich die Verlegenheit beiseite legte. Sie fragte sich: ›Drückt sich nicht die allerletzte Verzweiflung am natürlichsten im Kleid aus? Welche Nation, welche Religion, welches Gespenst, welcher Traum hat dieses Gewand nicht schon getragen? Kinder, Engel, Priester, die Toten! – warum sollte nicht auch der Doktor, am schweren Scheideweg seiner Alchimie, sein Kleid anlegen dürfen!‹ Sie dachte: ›Er zieht sich an, um neben sich zu liegen, er, der so beschaffen ist, daß Liebe für ihn nur eine Sonderheit sein kann; in einem Zimmer, das in Verwüstung wie vom Todeskampf die Art seiner Benutzung widerspiegelt.‹

»Hast du jemals über die Nacht nachgedacht?« fragte der Doktor ein wenig ironisch. Er war völlig verstört, denn er hatte jemand anderen erwartet. Dennoch: sein liebstes Thema, über das er immer sprach, wenn die Gelegenheit sich bot, war die Nacht. »Ja«, sagte Nora und setzte sich auf den einzigen Stuhl. »Ich habe wohl darüber nachgedacht, aber über etwas nachzudenken, von dem man nichts weiß, hat keinen Sinn.«

»Hast du«, fragte der Doktor, »jemals an die sonderbare Polarität von Zeit und Zeit gedacht? Und an den Schlaf? Schlaf, den erschlagenen weißen Stier? – Nun gut, ich, der Gewaltige-Doktor-Matthew-Mächtig-cum grano salis Dante-O'Connor, will dir erklären, wie Tag und Nacht eben durch ihre Trennung verwandt sind. Schon die Einrichtung des Zwielichts ist eine mythische Nachbildung der Angst; Angst, bodenlos, auf den Kopf gestellt. Jeder Tag ist vorbedacht und aufgeteilt, die Nacht aber ist nicht eingeplant. Die Bibel liegt in der einen, das Nachthemd aber in der anderen Richtung. – Nacht: ›Hüte dich vor der dunklen Tür!‹«

»Ich dachte immer«, sagte Nora, »daß die Leute einfach schlafen gehn, oder, wenn sie nicht schlafen gingen, ihr Selbst behielten, aber nun –«, sie zündete sich eine Zigarette an, und ihre Hände zitterten, »nun sehe ich, daß

die Nacht auf die Identität eines Menschen wirkt, auch wenn er schläft.«
»Ah«, rief der Doktor, »laß einen Menschen sich niederlegen in das große Bett, und seine Identität ist nicht mehr die seine, sein Vertrauen hat ihn verlassen, seine Bereitschaft ist umgewandelt und gehorcht einem anderen Willen. Sein Schmerz ist wild und namenlos. Er schläft in einer Stadt der Finsternis, Mitglied geheimer Bruderschaften. Er erkennt weder sich selbst noch seine Vorreiter, wütet in Dimensionen des Entsetzens und steigt aus dem Sattel – wie durch ein Wunder – ins Bett!
Sein Herz springt in seiner Brust, einem finsteren Ort. Gewiß, einige steigen in die Nacht, wie ein Löffel in leichtes Wasser taucht; andere wieder stoßen, Kopf voran, gegen neuen Hinterhalt. Ihre Hörner geben ein trockenes Knirschen, wie der Flügel einer Heuschrecke, die ihre Haut zu spät im Jahr abwirft.
Hast du an die Nacht gedacht, jetzt, zu anderen Zeiten, in fremden Ländern – in Paris? Als der Straße die Galle hochkam, vor Dingen, die du um keiner Wette willen getan hättest – und wie es damals war? Als Fasanenhälse und Gänseschnäbel gegen die Hechsen der Galane schlugen? – Nirgends Gehsteig oder Pflaster, alles Gosse, meilenweit ein Gestank, der einen schon zwanzig Meilen außerhalb der Stadt an der Nase packte. Die Marktschreier verkündeten Weinpreise zu solch gutem Nutzen, daß die Morgendämmerung auf wackere Schreiberlein voller Pisse und Essig schien. In seitlichen Gassen ließ man zur Ader, dort heulte eine tolle Prinzessin in samtenem Nachtgewand unter dem Blutegel; nicht zu reden von den Schlössern in Nymphenburg; bis nach Wien widerhallten sie vom nächtlichen Wandel verstorbener Könige, die ihr Wasser in Plüschkannen und feinste Holzarbeit abschlugen – nein«, sagte er und sah sie scharf an, »ich sehe dir an, daß du dar-

über noch nicht nachgedacht hast. Aber tu es! Denn die Nacht gibt es schon lange.«

Sie sagte: »Bisher habe ich nichts gewußt. Ich dachte, ich wüßte etwas, aber so war es nicht.«

»Richtig«, sagte der Doktor, »du hast es nur gedacht, und dabei hattest du noch nicht einmal die Karten gemischt. Nun sind ja die Nächte der einen Epoche nicht die Nächte der anderen. Ebensowenig sind die Nächte der einen Stadt die Nächte der anderen. Nehmen wir Paris als Beispiel und Frankreich als Tatsache. *Ah, mon Dieu! La nuit effroyable! La nuit qui est une immense plaine, et le coeur qui est une petite extrémité!* Gute Mutter, unser aller Mutter! *Notre Dame-de-bonne-Garde!* Vermittle für mich, jetzt, da ich erkläre, auf was ich hinauswill! Französische Nächte sind das, was alle Nationen auf der ganzen Welt suchen – hast du das auch bemerkt? Frage nur den gewaltigen Doktor O'Connor! Woher der Doktor alles weiß? Er ist überall gewesen, zur falschen Zeit, und ist darüber anonym geworden.«

»Aber«, sagte Nora, »ich habe an die Nacht überhaupt niemals als Leben gedacht. Ich habe sie nie durchlebt. Warum hat *sie* es getan?«

»Ich spreche im Augenblick von französischen Nächten«, fuhr der Doktor fort, »und frage: warum tauchen wir alle in diese Nacht? Nacht und Tag, das sind zwei Reisen; nur die Franzosen – und mögen sie noch so fett vom Fressen sein, noch so feste Fäuste haben – legen zur Zeit der Morgendämmerung Zeugnis davon ab; wir dagegen zerreißen das eine um des anderen willen – nicht so die Franzosen. Und warum das so ist? Weil sie an beides als ein für immer Ganzes denken und es im Geiste stets vor sich tragen wie die Mönche: ›Herr Jesus Christus, Sohn Gottes, erbarme Dich unser!‹ wiederholen sie mindestens ihre zwölftausendmal in vierundzwanzig Stunden, und so sitzt die Sache schließlich, ob gut oder schlecht, im Kopf, ohne daß ein Wort darüber verloren wird. In stetiger Verneigung, aus der Hüfte abwärts, wandeln sie über die ganze Welt, um das große Rätsel zu umkreisen, wie die Verwandten eine Wiege; und das große Rätsel wird nur erfaßt, wenn man den Kopf umwendet und mit demjenigen Auge zu denken beginnt, das man fürchtet: man nennt es den Hinterkopf; es ist das Auge, das wir gebrauchen, um die Geliebte an dunklem Ort zu sehen; wie sie sich nähert, langsam, aus großer Ferne. Ohnmächtig lallt die Zunge die Worte ›Ich liebe dich‹ – wie im Auge eines lange verlorenen Kindes sich noch das verkürzte Bild der Ferne finden mag; das Kind wird klein in den Klauen der Bestie, die, näherkommend, sich auf dem Spiegel der Iris vergrößert.

Wir sind nur Hülle im Wind, Muskeln, die sich gegen Sterblichkeit wehren. Wir sind Schläfer im Staub der Vorwürfe gegen uns selbst. Bis zur Gurgel stecken wir voll von Namen, die wir unserem Elend gegeben haben. Das Leben, der Weidegrund, wo Nacht sich nährt, Wiederkäuer eines Futters, das uns würgt. Das Leben, die Erlaubnis, den Tod kennenzulernen. Wir sind geschaffen, auf daß die Erde den Geschmack ihrer eigenen Unmenschlichkeit zu schmecken bekomme; wir lieben, damit die Erde unter der Kostbarkeit des Körpers brülle. Ja, wir, die wir bis an die Gurgel im Elend stecken, sollten uns gut umsehen und alles Wahrgenommene, alles Getane und Gesprochene wägen. Und warum? Weil wir ein Wort dafür haben, nicht aber die Alchimie.

Um über die Eichel zu denken, ist es nötig, Baum zu werden. Und der Baum der Nacht ist von allen Bäumen am schwersten zu erklettern, seine Rinde schält sich schlecht, sein Astwerk entwirrt sich schwer, Berührung macht ihn fiebern, er schwitzt ein Harz, er träufelt ein Pech in unsere flache Hand, unberechnet, unberechenbar. Die Gurus – das sind,

wie jedermann weiß, indische Lehrer – stellen dir die Aufgabe, dich zehn Jahre lang in das Wesen der Eichel zu versenken. Und wenn nach dieser Zeit dein Wissen über die Nuß nicht gereift ist, dann ist es mit deiner Weisheit nicht weit her; und das ist das einzige, was du als Gewißheit nach Hause trägst: eine Melancholie für Fortgeschrittene – denn kein Mensch wird je eine größere Wahrheit finden als seine Niere es ihm erlaubt. Und deshalb sage ich, der mächtige Matthew, der große Doktor O'Connor, zu dir: denke an die Nacht während des ganzen Tages, und an den Tag die ganze Nacht lang; sonst, wenn der Verstand einmal stillsteht, bricht es plötzlich über dich herein: eine Lokomotive, die sich auf deiner Brust festgefahren hat, dein Herz der Prellbock – es sei denn, du hast die Bahn geräumt.
Die Franzosen haben den Umweg über die Unreinheit gemacht – oh, der gute Schmutz! Du hingegen gehörst einer sauberen Rasse an, einem Volk, das sich zu eifrig wäscht, und das verbaut dir den Weg. Zank unter Bestien läßt einen Pfad für die Bestie frei. Du dagegen wäschst den Zank mit jedem Gedanken, jeder Geste, mit jeder nur erdenklichen Lösung oder Seife – und dann willst du den Pfad noch finden? Ein Franzose macht sich ein Schäferstündchen mit einem Büschel Haar, einer geluchsten *bretelle,* einem zerwühltem Bett. Vom Wein bleibt eine Träne im Glas, um die Schmerzlichkeit des Verlustes wachzurufen. Seine *cantiques* reiten zwei Rücken: Tag und Nacht.«
»Aber was soll ich denn tun?« fragte sie.
»Sei der Franzose: er wirft zur Nacht einen Sou in den Opferstock, damit er am Morgen einen Pfennig ausgeben kann. Immer findet er die Spur zurück, er folgt seiner Ablagerung, tierisch wie pflanzlich; er findet zurück in den Dunst des Weins; Wein auf seinen zwei Wegen, ein und aus, verpackt unter Luft in unveränderter Lage, wie auch die taktische Situation jeweils sei.

Und wie steht es nun mit dem Amerikaner? Er hält die beiden Dinge auseinander aus Angst vor Schande; er zerreißt das Geheimnis, jede Saite einzeln: wie eine Wildkatze fällt der Grundgedanke über die *charta mortalis* her, und schon haben wir Verbrechen. Die aufgeschreckte Glocke im Magen beginnt zu schlagen, das Haar regt sich, stellt sich zu Berge; am Schopf gepackt, werden wir zurückgesogen, rückwärts, und das Gewissen tritt hervor, Bauch heraus, zitternd.
Unsere Gebeine schmerzen nur, solange Fleisch an ihnen ist. Spann es so dünn wie Schläfenhaut einer leidenden Frau, und es tut doch seinen Dienst. Es gibt dem Knochen Schmerz und läßt die Rippen nicht ruhen. So auch die Nacht: eine Haut über den Kopf des Tages gezogen, damit der Tag seine Qualen erleide. Wir werden Linderung nicht finden, bevor die Nacht nicht schmilzt, bevor die Furie der Nacht ihr Feuer nicht löscht.«
»Dann«, sagte Nora, »bedeutet es, daß ich sie niemals verstehen werde – immer so elend bleibe wie jetzt?«
»Aber höre doch: sehen denn die Dinge in den Zehnern und Zwölfern des Mittags so aus wie sie im Dunkel erscheinen? Die Hand, das Gesicht, der Fuß – sind sie Hand und Fuß, von der Sonne gesehen? Dort liegt die Hand im Schatten; was schön an ihr und was entstellt ist, verhüllt ein Rauch. Eine Sichel des Zweifels, vom Hutrand geworfen, streift die Backenknochen, ein halbes Antlitz dagegen späht zurück – wohin? Ins Reich der Möglichkeiten. Ein Blatt aus Dunkelheit fällt unters Kinn und liegt tief über dem Augenbogen. Die Augen selbst haben Farbe gewechselt. Selbst das Haupt der Mutter, bei dem du geschworen hast, dort auf der Anklagebank, ist schwer geworden, ein schweres Haupt, gekrönt von einer Last an Haar.
Und wie ist es mit dem Schlaf der Tiere? Dem großen Schlaf des Elefanten und dem zarten, dünnen Schlaf des Vogels?«

Nora sagte: »Ich kann nicht mehr, ich weiß nicht wie, ich habe Angst, was ist es? Was ist in ihr, was treibt sie?«
»Oh, du lieber Himmel«, sagte der Doktor, »reich mir das Riechsalz.« Sie stand auf und suchte auf dem Schlachtfeld der Kommode. Er atmete tief ein, stieß seinen Kopf auf das Kissen zurück und sprach weiter:
»Betrachte einmal die Nachtseite der Weltgeschichte! Hast du je daran gedacht? War es Nacht, als Sodom zu Gomorrha wurde? Es war Nacht, das schwöre ich dir. Eine Stadt, den Schatten ausgeliefert; daher hat man die Angelegenheit bis heute nicht ermessen, geschweige denn begriffen. Warte! Darauf komme ich noch zu sprechen. Die ganze Nacht stand Rom in Brand. Versuche, ihn in die Mittagsstunden zu verlegen, und die überlieferte Bedeutung ist dahin, oder etwa nicht? Und warum? Weil er sich in unserem geistigen Auge all diese Jahre nur gegen das Schwarz des Himmels abgehoben hat. Verbrenne Rom im Traum, und du bekommst das wahre Unheil zu fassen, am Schopf zu packen. Denn Träume haben von den Tatsachen nur den Ton. Ein Mann, der handeln muß, ohne Farbe zu bekennen, findet niemanden, der es mit ihm aufnimmt. Und wenn doch, so ist der Kampf ein anderer. Rom ist das Ei, Farbe aber der Hahnentritt.«
»Ja«, sagte Nora.
»Zum Teil haben die Toten das Böse der Nacht verschuldet, zum anderen Teil Schlaf und Liebe. Für was ist der Schläfer nicht alles verantwortlich! Welcherart Umgang pflegt er, und mit wem? Mit seiner Nelly legt er sich nieder und findet sich schlafend im Arm seines Gretchens wieder. Tausende kommen an sein Bett, ungebeten. Und dennoch: wie erkennt man die Wahrheit, wenn sie nicht unter den Anwesenden weilt? Mädchen, die der Schläfer niemals begehrt hat, streuen ihre Gliedmaßen um ihn unter des Morpheus Fuchtel. So sehr ist der Schlaf zur Gewohnheit ge-

worden, daß mit den Jahren der Traum seine eigenen Grenzen verzehrt und das Geträumte ihm zu lieber Gewohnheit wird; ein Gelage, wo Stimmen sich mischen, einander lautlos bekämpfen. Der Schläfer ist Eigentümer eines unerforschten Landes. Er geht eigenen Geschäften nach, im Dunkel – doch wir, seine Partner, die wir in die Oper gehen, die wir dem Klatsch der Freunde im Café zuhören, die Boulevards entlangschlendern oder eine schweigsame Naht nähen, können uns das nicht leisten, wahrhaftig, nicht einen Zentimeter davon. Und wollen wir es auch mit unserem Blut bezahlen: es sind da weder Theke noch Kasse. Du, die du stehst und herniederblickst auf eine, die im Schlafe liegt – du kennst sie, die horizontale Angst, Angst unerträglich. Denn der Mensch trifft auf sein Schicksal senkrecht. Er wurde nicht geschaffen, um jenes andere zu erfahren, und nicht als Resultat eines anderen Verschwörung.
Man schlägt die Leber aus der Gans und macht *pâté* daraus: man zerstampft die Muskeln eines Menschen *cardia* und macht einen Philosophen.«
»Ist es das, was ich zu lernen habe?« fragte sie bitter.
Der Doktor sah sie an. »Für den Liebenden ist es die Nacht, in der seine Geliebte verschwindet«, sagte er, »und es bricht sein Herz. Er weckt sie plötzlich, nur um einer Hyäne in die Fratze zu sehen; eine Hyänenfratze, das ist ihr Lächeln geworden, wenn sie aus der Gesellschaft scheidet.
Schläft sie? Schiebt sie nicht ihr Bein zur Seite, für eine unbekannte Garnison? Oder – im Augenblick einer Sekunde – erschlägt sie uns nicht mit der Axt? Verspeist sie nicht unser Ohr in Blätterteig? Stößt sie uns nicht mit dem Handrücken von sich, um sich mit einer Mannschaft Matrosen und Mediziner einzuschiffen zu fernen Häfen? Und wie steht es mit unserem eigenen Schlaf? Auch wir treiben

es ja nicht besser und betrügen sie mit der Tugend unseres Tages. Lange üben wir Enthaltsamkeit, doch kaum hat unser Kopf das Kissen berührt, das Auge den Tag entlassen, da kommt schon die ganze Horde der lustigen Brüder, fordert und kassiert. Wir erwachen aus unserem Tun, in Schweiß gebadet; denn es hat sich in einem Haus zugetragen, das keine Adresse ist, in der Straße keiner Stadt, bebürgert mit Einwohnern keines Namens, den es zu verleugnen gelte. Diese Leute haben keine Identität – wir sind es selbst. Eine Straßenbezeichnung, eine Hausnummer, ein Eigenname – und wir hören auf, uns selbst zu bezichtigen. Schlaf verlangt von uns schuldige Immunität. Da gibt es keinen unter uns, der, könnte er ewiges Inkognito wahren, hinterließe er keinen Fingerabdruck auf unseren Seelen, nicht Vergewaltigung, Mord und alle Scheußlichkeiten verüben würde. Denn wenn aus seinem Hintern Tauben flattern, Schlösser aus seinen Ohren sprießen, dann wird der Mensch um sein Schicksal besorgt; was soll es sein: ein Haus, ein Vogel oder ein Mensch? Vielleicht wird immer nur ein Schläfer, dessen Schlaf ihn durch drei Generationen trägt, unversehrt dieser entvölkerten Vernichtung entsteigen.« Schwer wandte sich der Doktor im Bett um.
»So dicht liegt der Schlaf auf dem Schläfer, daß wir ihm ›vergeben‹, wie wir den Toten ›vergeben‹, auf denen die Erde lastet. Was wir nicht sehen – so sagt man uns –, das beweinen wir nicht; und doch beunruhigen uns Nacht und Schlaf; Verdacht ist unser schwerster Traum, und Angst die Peitsche. Des Eifersüchtigen Herz kennt die beste, die wahrhaft befriedigende Liebe: im Bett des anderen, wo der Rivale für die Unvollkommenheit des Liebenden aufkommt. Phantasie reitet weit, um dieses Duell nicht zu versäumen, ungehindert, jegliche Auslegung mißachtend, welche das Gesetz dieses ungesehenen Spiels bergen mag.
Vom Osten her erwarten wir eine Weisheit, die wir nicht

gebrauchen, und vom Schläfer das Geheimnis, das wir nicht erfahren. Und so frage ich denn: wie steht es um die Nacht, die schreckliche Nacht? Finsternis ist die Kammer, da deine Geliebte ihr Herz rasten läßt; ist das Nachtgeflügel, das sich deinem und ihrem Geist krächzend entgegenkrallt; dessen Gedärm zwischen dir und ihr die furchtbarste Entfremdung fallen läßt. Das Tropfen deiner Tränen ist sein unfehlbarer Pulsschlag. Das Volk der Nacht begräbt seine Toten nicht, sondern dir – ihrer Geliebten und Wächterin – wirft es die Kreatur an den Hals, ihrer Gebärden entblättert. Und wohin du gehst, geht auch sie: ihr beide vereint, dein Lebendes und ihr Totes, das nicht sterben will: ins Tageslicht, ins Leben, in den Schmerz; bis ihr beide zu Aas verwest.
Halt! Ich komme zur Nacht der Nächte; die Nacht, über die du mehr wissen sollst, als über alles andere; denn auch das Allgemeinste enthält seine kleine Sonderheit; – hast du das bedacht? Ein hoher Preis wird für jeden Wert gefordert, denn ein Wert ist eine Einheit in sich. Wir waschen das Bewußtsein unserer Sünden ab, und was trägt uns diese Säuberung ein? Sünden; blank gescheuert und glitzernd. Worin badet der Romane? Im wahren Staub. Wir haben den Fehler der Wörtlichkeit begangen: wir haben Wasser benutzt, daher werden wir zu bildlich erinnert. Ein Europäer steigt mit einer Unordnung aus dem Bett, die das Gleichgewicht hält. Die Schichten seines Tuns kann man bis zum letzten Blatt schälen, und dort sieht man sie dann kriechen, die gute Schnecke. *L'Echo de Paris* und seine Bettlaken sind durch dieselbe Presse gelaufen. Beidem läßt sich entnehmen, welche Mühsal das Leben mit ihm erfahren hat – er riecht geradezu nach diesem besonderen Geist, dessen es zum ›Absatz‹ der beiden Ausgaben – Nacht und Tag – bedarf.
Jede Rasse zu ihrem Ringen! Manche werfen die Bestie hin-

über, auf die andere Seite, mit dem Gestank nach Exkrement, Blut und Blumen, den drei Essenzen ihrer Ausweglosigkeit. Der Mensch macht seine Geschichte mit der einen Hand; mit der anderen ›hält er sie auf‹.
Mein Gott, habe ich diese Tirade satt! – Die Franzosen sind so zerfleddert wie weise; der Amerikaner versucht, der Sache näher zu kommen, indem er trinkt: sein einziger Weg, sich selbst zu entziffern. Er greift zum Glas, wenn seine Seife ihn so sauber gewaschen hat, daß er nicht mehr identifizierbar ist. Der Angelsachse hat den Fehler der Buchstäblichkeit begangen: er hat sich für Wasser entschieden und damit den Druck vom Blatt gewaschen. Elend verzehrt ihn am Tag, Schlaf bei Nacht. Seine Hingabe an die Geschäftsordnung hat seinen Schlaf zu etwas Unlösbarem gemacht.«
Nora stand auf, setzte sich jedoch wieder. »Aber wie ertragen Sie es dann?« fragte sie. »Wie können Sie überhaupt leben, wenn Ihre ganze Weisheit nicht nur Wahrheit, sondern auch Preis ist?«
»O Hexe der Nacht, wimmernd am Dorn! Fäule im Mehl, Mehltau im Korn!« sagte der Doktor. »Bitte verzeih den Gesang und die Singstimme. Beides war besser, bevor ich meine Niere linker Hand für Frankreich im Feld lassen mußte. Und nun habe ich mich um die halbe Welt gesoffen und dieses Land verflucht, das mich ausgenommen hat; müßte ich es noch einmal tun – denn ein herrliches Land ist es eben doch –, dann lieber als jenes Mädchen, das hinter der Truppe herumlungert, oder bei den Bergbauern droben, womit ich mich ein wenig von meiner Weisheit ausruhen will, bis ich darauf zurückkommen kann. Ich komme nämlich auf etwas: *Misericordia!* Bin ich denn nicht das Mädchen, das wissen sollte, wovon es redet? Unsere Natur läßt uns zu unseren Häusern finden. Und unsere Natur, welcher Art sie auch sei –: mit ihr müssen wir vorliebnehmen. Was mich

betrifft – wie Gott mich nun einmal gemacht hat –, mein Haus ist ein Hafen: das Pissoir. Ist es meine Schuld, daß ich dazu berufen wurde? Daß dies mein letzter und seltsamster Ruf ist? – Zu früheren Zeiten war ich vielleicht ein Mädchen in Marseille, das es mit einem Matrosen trieb, stoßweise gegen die Hafenmole, und diese Erinnerung mag es sein, was mich verfolgt. Die Weisen behaupten, daß die Erinnerung vergangener Dinge das einzige sei, wovon wir die Zukunft bestreiten müßten: nun, bin ich daran schuld, daß ich dieses Mal als etwas zum Vorschein gekommen bin, was ich nicht hätte sein sollen? Daß es ein hoher Sopran war, was ich wollte? Dichte, weizenblonde Locken bis zum Gesäß, einen Schoß, so ungeheuer wie des Königs Küchenkessel, und einen Busen so hoch wie der Bug eines Fischkutters? Und was habe ich? Ein Gesicht wie der Hintern eines Kindergreises! Sage selbst: habe ich vielleicht Glück gehabt?

Jehova, Zebaoth, Elohim, Eloi, Helion, Jodheva, Schaddai! Gebe Gott, daß wir alle auf unsere Fasson selig werden! Ich treibe mich in den Pissoirs herum, so ungezwungen wie die Marie von der Alm ihre Kühe zur Tränke treibt, und – beim höllischen Spieß! – den gleichen Wunsch habe ich auch bei einem Mädchen festgestellt. Aber darauf komme ich noch zurück. Ich habe mein Schicksal beim Schwatzen verspielt, wie schließlich jedermann zu neunzig Prozent, denn: was auch immer ich tue: unter meinem Herzen lebt der Wunsch nach Kindern und Strickzeug. Mein Gott, nichts Besseres hätte ich mir gewünscht, als eines braven Mannes Kartoffeln zu kochen und ihm, genau nach dem Kalender, alle neun Monate ein Kind zu werfen. Ist es meine Schuld, daß mein einziger Kamin ein öffentlicher Ort ist? Und daß ich meinen Wollshawl, meine Pulswärmer und meinen Regenschirm an nichts Besserem aufhängen darf als an einem Stück Blechzaun, der mir bis zu den Augen reicht, und mich dabei beherrschen muß, daß mir, was immer auch geschehe, die Wimperntusche nicht davonlaufe? Und meinst du denn, daß mich diese runden Häuschen nicht in erheblichen Zwist verwickelt hätten? Hast du einmal hingeschaut, wenn die Nacht sich senkte? Hast du es gesehen? Ist dir aufgefallen mit was es vergleichbar wäre? Der eine runde Rükken und seine hundert Beine? Mit einem Tausendfüßler! Und du siehst hinab und du suchst dir deine Füße aus, und, zehn zu eins, du findest so einen Vogel mit einem lockeren Flügel, oder eine alte Ente mit einem Holzknie, oder etwas, was schon seit Jahren Trauer anlegt. Was? Ich habe mich mit anderen gestritten, an langen Tischen, ganze Nächte hindurch, über die besonderen Vorzüge des einen Bezirkes gegenüber einem anderen – in diesen Dingen; des einen Häuschens gegenüber einem anderen, in diesen Dingen. Und glaubst du etwa, man hätte mir recht gegeben, oder irgend jemand hätte irgend jemandes anderen Meinung geteilt? Es herrschte Uneinigkeit, als hätten wir alle eine neue Regierungsform zu wählen. Hinz meinte Norden, darauf meinte Kunz Süden, und da saß ich nun zwischen den beiden und wurde wütend, denn schließlich habe ich den Doktortitel, bin Sammler, Radebrecher des Lateinischen und eine Art steinerner Sockel des Zwielichts und ein Physiognom, der sich vom falschen Zug im richtigen Gesicht nicht aus dem Geleise bringen läßt, und so sagte ich denn, der beste Hafen sei bei der *Place de la Bastille,* worauf ich von hundert Stimmen in Stücke gerissen wurde, und jede einzelne in der Tonlage eines anderen *arrondissements,* bis ich begann, um mich zu hauen, wie die gute Alte im Märchen, die in einem Pantoffel wohnt, und um Ruhe schrie. Und um den Hexenkessel vollständig zu machen, schlug ich auf den Tisch mit einer *formidable* und brüllte laut: ›Versteht etwa einer von euch etwas von Atmosphäre und Meeresspiegel? Na‹, sagte ich, ›Meeresspiegel, atmosphärischer Druck und

Topographie, das macht den Braten erst fett!‹ Meine Stimme überschlug sich bei dem Wort ›Braten‹ in einem göttlichen Glissando, und ich sagte: ›Wenn Ihr etwa meint, daß gewisse Dinge nicht verraten, welchem Bezirk sie entspringen, jawohl, sogar welchem *arrondissement* sie angehören, dann seid Ihr nicht auf dem Schuß nach speziellem Wild, sondern nehmt mit jedem Wildfang vorlieb, und ich will mit euch nichts zu tun haben! Gewichtiges bespreche ich nicht mit Hohlköpfen.‹ Und darauf genehmigte ich mir noch einen und saß da, steifes Kinn himmelwärts. ›Aber‹, sagt da irgendein Kerl, ›man liest doch schon alles vom Gesicht ab.‹ – ›Gesicht, sagen Sie?‹, schrie ich, ›Gesichter sind für Dummköpfe! Fischt Ihr nach Gesichtern, so fischt Ihr im Trüben! Aber ein anderer Fang ist es, wenn Ihr mit der See zu tun habt. Das Gesicht ist das, was der Angler bei Tageslicht fängt, die See aber ist Nacht!‹«

Nora wandte sich ab. »Was soll ich denn tun?«

»Ja, wer das wüßte!«sagte der Doktor. »Hast du an alle die Türen gedacht, die sich zur Nacht geschlossen und wieder geöffnet haben? An Frauen, die mit Laternen um sich her gesucht haben, wie du, trippelnd, auf flinken Füßen? Wie tausend Mäuse laufen sie hierher, dorthin, schnell, dann wieder langsam, manch eine zögert hinter der Tür, andere versuchen sich zur Treppe zu tasten, alle nähern sich ihrem fehlgelagerten Stückchen Mäusefleisch oder entfernen sich davon; da liegt es, in irgendeiner Ritze, auf irgendeinem Lager, drüben auf einem Fußboden, dort hinter einem Schrank; und alle die Fenster, groß und klein, hinter denen Liebe und Furcht hervorgelugt haben, leuchtend im Glanz der Tränen? Lege die Fenster nebeneinander in einer Reihe, und ihr Rahmen würde die Welt umspannen; und lege diese tausend Augen zu einem einzigen Auge zusammen, und du hättest die Nacht, abgetastet vom großen blinden Suchlicht des Herzens.«

Tränen begannen über Noras Gesicht zu laufen.
»Und kenne ich auch meine Sodomiten?« sagte der Doktor entmutigt, »und weiß ich auch, woran das Herz sich stößt, wenn es einen von ihnen liebt? Vor allem wenn es eine Frau ist, die einen von ihnen liebt? Was finden sie denn, wenn dieser Liebende den unverzeihlichen Fehler begangen hat, nicht existieren zu können, wenn sie herabkommen, eine Attrappe im Arm! Gottes letzte Runde, Kampf mit dem Schatten, auf daß das Herz gemordet und hinweggefegt werde, zum Ort der Stille und der Ruhe, wo es sich hinkauern und sagen kann: ›Einst war ich, jetzt kann ich rasten.‹

»Aber das ist ja nur ein Teil davon«, fuhr er fort mit dem Versuch, ihre Tränen zu besänftigen. »Und wenn uns unser normaler Freund erzählt, im Dunklen seien wir alle gleich, ob Neger oder Weiße, so sage ich dir: man kann sie auseinanderhalten, man weiß, woher sie kommen, welchen Stadtteil sie aufsuchen, an der Größe und an der Leistung; und bei der Bastille – das soll man mir endlich glauben! – da wachsen sie dir so stattlich wie *Mortadella* auf dem Ladentisch.

Dein *gourmet* zum Beispiel weiß, aus welchem Gewässer sein Fisch gezogen wird, er weiß, welcher Landschaft und welchem Jahrgang er seinen Wein verdankt, er kann die eine Trüffel von der anderen unterscheiden, er schmeckt aus ihr Bretagne oder nördlichere Regionen – aber Ihr, wohledle Herren, sitzt hier und wollt mir weismachen, daß der Bezirk keine Rolle spiele? Gibt es denn niemanden, der etwas weiß, außer mir? Und muß denn ausgerechnet ich, wie die vorsichtigen Dichter, mich vor den Folgerungen meiner Leser hüten?

Habe ich denn nicht meine Augen geschlossen, dazu noch mit den Fensterläden der Nacht? Habe ich nicht meine Hand ausgestreckt? Und so ist es auch mit den Mädchen«,

sagte er. »Da sind die, welche den Tag zur Nacht machen, die Junge, die Rauschgiftsüchtige, die Lasterbeladene, die Trinkerin und die Unglückseligste von allen: die Liebende; sie hält Ausschau, die ganze Nacht lang, voll Furcht und Zittern. Sie alle können niemals mehr das Leben des Tages leben. Trifft man sie um die Stunde des hohen Mittags, so verbreiten sie um sich als schützende Strahlung etwas Dunkles, etwas Stummes. Tageslicht steht ihnen nicht mehr zu Gesicht. Schon beginnt ihr Aussehen, sich den Unterlagen zu entziehen. Es ist, als erlitten sie Schläge eines ungesehenen Gegners, unaufhörlich. Sie nehmen einen Satz ›unwilliger‹ Gesichtszüge an; sie werden alt ohne Lohn: der Witwenvogel, der auf dem Drehkreuz des Himmels hockt: ›Halleluja! Ich bin angenagelt! *Skoll! Skoll!* Ich sterbe!‹
Oder wandelt auf dem Fußboden, hält sich die eigenen Hände dabei; oder liegt auf dem Fußboden, das Gesicht nach unten, mit jener schrecklichen Sehnsucht des Körpers, der in seinem Elend eins mit den Dielenbrettern zu sein verlangt, verloren, tiefer als im Grabe, völlig erloschen, ausradiert, so daß nicht mehr der geringste Fleck auf dem Holze zu leiden habe; oder zurückgezerrt in nichts, ziellos: rückwärts gehend, durch die Zielscheibe, den Punkt des Aufpralls mit sich nehmend –.«

»Ja«, sagte Nora.

»Sieh auch nach den Mädchen in den Toiletten nachts, und du wirst die finden, kniend in diesem großen, geheimen Beichtstuhl, wie sie zwischen den Zungen die furchtbarsten Bannflüche ausstoßen:
›Sei verdammt, fahre zur Hölle! Daß der Schlag dich stehend treffe! Sei senkrecht verflucht! Verdammt sei er, schrecklicher und verdammter Fleck! Verdorre er zum Grinsen des Todes, auf daß die straffen Lippen zurückweichen ins hohle Knirschen der Beckenrippen! Sei dies deine Folter, dies deine Verdammnis! Gott hat mich vor dir verdammt,

und nach mir sollst du verdammt sein, kniend und abseits, bis wir zu nichts geworden sind! Denn was weißt du von mir, du Stück Mannsfleisch? Ich bin ein Engel auf allen vieren, mit Kinderfüßchen hinter mir, auf der Suche nach meinen Gefährten, die es noch nicht hinter sich haben, hinab, untertauchend, Gesicht vorab; ich trinke die Wasser der Nacht aus dem Ausguß der Verdammten, ich gehe in die Wasser, hindurch bis zum Herz, die schrecklichen Gewässer! Was weißt du von mir? Heb dich hinweg, verdammte Tochter! Verdammt und trügerisch!‹

»Was sagst du zu diesem Fluch?« fragte er. »Und ich habe ihn gehört.«

»Nein!« rief Nora, »nicht! nicht!«

»Aber«, fuhr er fort, »wenn du denkst, daß darin die Nacht sich erschöpfe, bist du verrückt. Bursche, bring die Schaufel! Bin ich etwa der heilige Johannes Chrysostomus oder Goldmund, der Grieche, der es mit der anderen Wange gesagt hat? Nein, ich bin nur ein Furz im Sturmwind, ein demütiges Veilchen unter einem Kuhfladen. – Aber«, sagte er kummervoll, »selbst das Böse in uns nimmt ein Ende; Irrtümer mögen dich unsterblich machen – eine Frau wurde für alle Zeiten berühmt, als sie den ganzen *Parzival* durchhielt, bis zu der Stelle, wo man dem Schwan den Tod gibt; dort schrie sie: ›Gnädiger Gott, man hat den Heiligen Gral erschossen!‹ Aber so gut macht es nicht eine jede. Lege etwas von dir beiseite, Nora, mein Kind, für deine alten Tage; genug Altersschwäche, um dich die Leidenschaften deiner Jugend vergessen zu machen; deine Jahre hast du damit verbracht, sie zu schüren. Auch daran solltest du denken. Und was mich betrifft: in der Nacht hülle ich mich gut ein, wohlzufrieden damit, mein eigener Betrüger zu sein. Ja, ich, die Lilie von Killarney, komponiere mir ein neues Liedchen, mit Tränen und mit Eifersucht, denn ich habe gelesen, daß Johannes Sein Liebling unter den Jüngern war, und eigentlich hätte ich das sein sollen, ich, Priester Matthäus. Das Liedchen heißt: ›Mutter, stell das Spinnrad weg, heut nacht kann ich nicht spinnen.‹ Ein anderer Titel: ›Fragt man mich, so ist ein jeder auf seine Art ein Hurensohn.‹ Der Gesang wird von zwei Okarinen und einem Akkordeon begleitet, und wenn nirgends so etwas zu finden ist, tut es auch eine Maultrommel, eine Judenharfe, so helfe mir Gott. Ich bin ja nur ein Kind, und meine Augen sind weit offen!«

»Matthew«, sagte Nora, »was wird aus ihr? Das will ich wissen.«

»Für unsere Freunde«, antwortete er, »sterben wir jeden Tag, für uns selbst jedoch sterben wir erst am Ende. Wir kennen den Tod nicht, wissen daher nicht, wie oft er gerade unsere wichtigsten Lebensquellen auf die Probe gestellt hat. Während wir im Wohnzimmer sitzen, macht er Visite in der Vorratskammer. Montaigne sagt: ›Um einen Menschen zu töten, bedarf es hellen Scheines und klaren Lichtes‹, aber das betrifft nur das Gewissen gegenüber dem Nächsten. Wie steht es jedoch mit unserem eigenen Tod? Unser Vorwurf sollte der Nacht gelten, in der wir sterben, mehrfach und allein. Donne sagt: ›Wir alle werden in engem Gefängnis empfangen, in unserer Mütter Schoß sind wir alle Gefesselte. Wenn wir geboren werden, werden wir in die Freiheit des Hauses geboren: unser ganzes Leben ist nichts anderes als der Weg hinaus zum Platz der Hinrichtung, des Todes. Hat man jemals einen Menschen schlafen gesehen, im Karren, der ihn von Newgate nach Tyburn bringt? Zwischen Gefängnis und Exekutionsplatz, schläft da irgendeiner?‹ Und doch sagt er: ›Der Mensch verschläft den ganzen Weg.‹ Um wieviel fester ist daher der Schlaf, der ihn umhüllt, wenn er sich auf den Rücken der Finsternis schwingt.«

»Ja«, sagte sie, »aber –«

»Warte doch eine Minute! Alles geht um eine bestimmte Nacht, auf die ich jetzt komme; daher dauert es auch so lange«, sagte er; »eine leuchtende, ästige Nacht im hohen Herbst: die Nacht, über die du Bescheid haben willst – denn ich bin ein Fischer von Menschen, meine Angelschnur vollführt einen *saltarello* über jedem Wasserkörper, um heraufzuholen, was da drunten liegen mag. Ich habe einen Faden, aber an dir wird es sein, ihn zu finden.
Kummer fiedelt uns über die Rippen, und kein Mensch sollte seine Hand an irgend etwas legen: einen direkten Weg gibt es nicht. Der Fetus der Symmetrie nährt sich vom Mißverständnis, darin liegt sein wunderbares Unglück – und das bringt mich nun zu Jenny. – O Herr, warum haben die Frauen Rebhühnerblut, warum ziehen sie aus, um Unheil zu stiften? Die Orte, wo Jenny sich mausert, sind das einzige an ihr, was sie annehmbar macht, diese Christin mit dem Vagabundensteiß. Sie lächelt, und schon hast du das breite Lächeln der Selbstbefleckten; es strahlt ihr ins Gesicht von einem genau umgrenzten Störungszentrum her, die Verkörperung der ›Diebin‹. Es verlangt sie nach fremdem Eigentum; in dem Augenblick jedoch, da es ihr gehört, verliert das Eigentum an Bedeutung, denn des Besitzers Schätzpreis ist sein Wert. Und so war sie es auch, die dir Robin weggenommen hat.«
»Wie ist sie denn?« fragte Nora.
»Nun«, sagte der Doktor, »ich hatte immer gedacht, ich selbst sähe von allen Erdenwesen am komischsten aus; und da fielen meine Augen auf Jenny: eine kleine, flinke Komödiantin im Verfall, mit einem Gesicht wie der Knoten am Narrenstab, einem Geruch um sie her, wie von Mäusenestern. Sie ist ein ›Plünderer‹, und dazu noch ewig aufgeregt. Ich wette, daß selbst im Schlaf ihre Füße zucken, ihre Öffnungen sich dehnen und zusammenziehen, wie die Iris eines argwöhnenden Auges. Sie spricht von Leuten, die

ihr den ›Glauben an sie‹ nehmen, als sei Glaube ein transportabler Gegenstand; ihr ganzes Leben lang ist sie dem Gefühl ausgesetzt, daß man sie ›um etwas bringe‹. Wäre sie Soldat, so würde sie eine Niederlage mit den Worten beschreiben: ›Der Feind hat uns um den Krieg gebracht.‹ Überzeugt davon, daß sie irgendwie heruntergekommen sei, ist sie eifrig dabei, sich ein Schicksal zurechtzubasteln. Und für sie ist Schicksal gleichbedeutend mit Liebe, x-beliebige Liebe, und daher ihre eigene. Denn natürlich ist nur eines anderen Liebe ihre Liebe. Der Hahn krähte – und sie wurde aufs Kreuz gelegt. Ihre Gegenwart ist immer die Vergangenheit eines anderen, plötzlich hervorgeschnellt und baumelnd.
Dennoch: was sie stiehlt, das behält sie, solange auch die unvergleichliche Verzauberung von Reifen und Verderben währen mag. Sie hat die Kraft des nicht völlig eingetroffenen Zufalls: man wartet immer darauf, was noch kommen mag; auf die letzte Widrigkeit, die das Ganze vollständig macht. Sie wurde im Moment des Todes geboren, aber leider wird sie nicht zu Jugend altern – übrigens ein grober Fehler der Natur. Um wieviel übersichtlicher wäre es gewesen, alt geboren zu werden, um sich zum Kinde zu verjüngen und sich zu guter Letzt nicht am Rande des Grabes, sondern des Mutterschoßes zu finden. In unserem Alter, herabgewachsen zu Kindern, die nach dem Schoße suchen, in den sie kriechen können; nicht mehr gezwungen, den heiklen Staub des Todes unwillig zu wandeln, sondern einen feuchten, lamellenleichten Weg. Und ein lustiger Anblick wäre es, uns zuzusehen, wie ein jeder am Tagesende sein Plätzchen sucht; und die Frauen, wimmernd vor Schrecken, wagten nicht, die Straße zu betreten, aus Angst davor.
Aber allmählich komme ich zur Schilderung dieser einen besonderen Nacht, die alle anderen Nächte ganz hausbacken und anständig erscheinen läßt: und das war die

Nacht, in der, angetan mit spitzenbesetzten fingerlosen Handschuhen und Beinkleidern mit hervorstehendem Saum (natürlich bereits drei Mütter lang aus der Mode) Jenny Petherbridge – denn so heißt sie, falls du es gern wissen möchtest! –« sagte er grinsend, »gehüllt in einen Shawl aus spanischer Einsicht und Madrider Phantasie – eigentlich kam dieses Kostüm erst später, aber das ist ja ganz egal – eines Abends im frühen Herbst des Jahres ausging, um die Oper zu besuchen – ich glaube, und darin irre ich mich nicht, es handelte sich um nichts Besseres als ›Rigoletto‹ –, sie wandelte zwischen den Rängen, fegte die Umgebung mit den Augen und sah sich nach Unheil um – obgleich sie viel später noch versicherte, sie habe an solche Dinge niemals gedacht –, und da warf sie denn ihr Auge auf Robin, wie sie sich aus einer Loge beugte, während ich auf und ab ging, im Selbstgespräch, und zwar im besten Französisch der *Comédie Française*, um etwas aufzuhalten, von dem ich wußte, daß es Unheil für eine ganze Generation bedeuten würde, und wünschte, ich säße bei einem Schumann-Zyklus, und wer kommt herein? Die alte Sau von einem dänischen Grafen. Mir blutet das Herz im Gedanken an all die armen Geschöpfe, die sich groß aufspielen und keinen Nachttopf zum Pissen haben und kein Fenster, um ihn zu entleeren. Und so begann ich denn – und ich habe keine Ahnung mehr, warum –, an die ummauerten Gärten der Welt zu denken, wo es jedem Menschen erlaubt ist, seine Gedanken in die Höhe steigen zu lassen, denn es ist dort so eng wie schön; oder an die weiten Felder, wo das Herz sich ausbreiten und seine Vulgarität verdünnen kann (deshalb esse ich Salat), und ich dachte, wir alle sollten einen Platz haben, wo wir unsere Blumen hinwerfen können – wie ich, der ich einmal in meiner Jugend Mottenorchideen einer *corbeille* zu würdig hielt –, und habe ich sie behalten? Werde nicht unruhig, ich komme auf das Wesentliche! – Nein, ich saß eine kleine

Weile neben ihnen, nahm dabei meinen Tee und sagte im stillen: ›Du bist ein hübsches Sträußchen, machst meinem Buffet Ehre, aber deiner harrt ein besserer Platz‹ – und damit nahm ich sie bei der Hand und trug sie in die katholische Kirche, und ich sagte: ›Gott ist, was wir aus ihm machen, und das Leben scheint nicht gerade besser zu werden‹, und schlich mich auf Zehenspitzen hinaus.
Und so ging ich denn die Galerie zum dritten Mal entlang, und ich wußte, daß ich, Hindu oder kein Hindu, dahintergekommen war, was mit der Welt nicht stimmte; und ich sagte, die Welt ist wie dieses arme, unselige Hurenhäufchen Jenny, das niemals so recht weiß, auf welcher Seite es seine Handschuhchen anziehen soll, im Dunkeln pickt, wie eine Krähe im Nebel der Fremde, bis diese eine Nacht sie auf den Mast hißte und ihr einen Platz beim Bankett zuwies (wo sie seitdem sprachlos sitzt) und Robin, die Schlafende, Verstörte, mit dem Blick des Staunens. Es war mehr als ein Knabe wie ich (der ich, wenn auch als bärtige Dame, die letzte Frau auf dieser Welt bin) aushalten konnte, und beim Anblick der beiden versank ich in einem Schaumbad von Mitleid; und ich dachte an dich und wie ihr zu schlechter Letzt alle aneinandergekettet sein werdet; wie diese armen Viecher, deren Fühler sich ineinanderhaken und die tot aufgefunden werden, die Köpfe feist mit niemals erwünschter Kenntnis des Partners, zu gegenseitiger Meditation gezwungen, Kopf an Kopf, Aug an Auge, bis der Tod eintritt. Das also werdet ihr sein: du und Jenny und Robin. Du, die du tausend Kinder hättest haben sollen, und Robin, die jedes einzelne davon hätte sein sollen; und Jenny, der Vogel, der aus dem Abfall der Liebe die Körner pickt, und ich wurde verrückt, so bin ich. Was wohl bei meiner Leichenschau zutage treten wird, mit allem verquer in meinem Gedärm? Eine Niere und ein Hufeisen vom Rennen in Rom; eine Leber und ein lang verlerntes Flüstern, eine

Galle und ein Wrack voll Megären aus Milano und mein Herz, das noch weinen wird, wenn man meine Augen schon erkaltet findet, nicht zu reden von einem Gedanken an Cellini in meinem Knochengestell, im Gedenken an sein Leid, als er merkte, daß ihm einmal die Worte ausgehen würden (denn der Name Schönheit streicht sich zu dick). Und das Futter meines Bauches, flaumig mit Locken, der Liebe abgeschnitten an ihren versteckten Orten, an die ich geraten bin; ein Vogelnest, um meine verlorenen Eier hineinzulegen; und meine Familie, so gut man sie nur erwarten kann und so lange man sie erwarten darf, wie sie da auf dem finsteren Pfad schreitet, von ›Wir wissen nicht‹ bis ›Wie konnte das geschehen?‹

Na, ich dachte an dich, eine Frau im besten Fall, und du weißt, was das bedeutet? Am Morgen nicht viel – alles gezügelt vom Zaumzeug des Schmerzes. – Da schaute ich auf Jenny, und sie schaute nach Unheil aus; denn sie war gerade auf jener Lebensstufe angelangt, die sie als ihren letzten Augenblick erkannte. Und brauchst du einen Arzt, um dir zu erklären, daß dies eine böse, strenge Stunde für eine Frau ist? Würden alle Frauen sie zur gleichen Zeit erfahren, so könnte man sie herdenweise zusammentreiben, wie eine Schule von Skorpionen; aber da kommen sie, eine nach der anderen, immerwährend, hinunter, kopfüber und allein. Für Männer meiner Art ist es ja nicht so schlimm, ich habe mir nie etwas Besseres gewünscht, als auf die beiden Zipfel meiner Persönlichkeit zu blicken, gleichgültig wie schnell ich verfalle. Aber für eine wie Jenny, das arme zerrupfte Huhn – wirklich, Gott weiß, wie mein Herz für sie blutet, denn ich wußte sofort, um was für eine Art von Frau es sich da handelt: eine die ihr ganzes Leben damit hingebracht hatte, alte Photographien zu durchwühlen, auf der Suche nach der einen, die seitlich sich neigt, den Blick abwärts, als glitten Engel ihre Hüfte hinab; eine große Liebe, der das

Gesicht erspart geblieben, die dafür mit Hüfte reichlich gesattelt war, angelehnt an Faltenwurf von schottischem Samt, mit efeubewachsenem Sockel linker Hand, ein Messer in ihrem Stiefel, die Leistengegend so geschwollen, als trage sie hier ihr Herz. Oder beim Durchsuchen alter Wälzer nach der großen Leidenschaft, bestehend nur aus Entsagung und Schwindsucht, Blumen am Busen – das war Jenny. Und nun kannst du dir vorstellen, wie sie zitterte, als sie den Fünfzigern sich nähern sah, ohne das geringste vollbracht zu haben, was ihr ein Grabstilleben einbrächte; ohne irgendeinen Anlaß in ihrer Vergangenheit, auch nur eine Blume nach ihr zu benennen. Ich sah sie denn, wie sie sich näherte, leichten Schrittes, zitternd, mit dem Blick auf Robin; und sie sagte zu mir (ich hatte sie schon einmal getroffen, das heißt, wenn man das Zermalmen der Niere einer Frau ›treffen‹ nennen kann): ›Möchten Sie mich nicht bekannt machen?‹ Meine Knie schlotterten, das Herz wurde mir so schwer wie der Ochse in Adams Joch, denn schließlich bist du meine Freundin und ein armes, braves Geschöpf, das weiß Gott, und dennoch rührt Er keinen Finger, um etwas aufzuhalten. Man mag dich zu Boden strecken, aber du wirst weiterkriechen für immer, solange es noch den geringsten Zweck hat. Und ich sagte: ›Gewiß, verdammt!‹ und brachte sie zusammen. Als hätte Robin nicht schon genug Leute kennengelernt, ohne mein schlimmes Zutun.«
»Ja«, sagte sie, »sie kennt jeden.«
»Jedenfalls«, fuhr er fort, »leerte sich allmählich das Haus, der Menschenkörper wälzte sich die Treppen hinab und sprach von der Diva (da stimmt doch etwas nicht, mit einer Kunst, die aus einer Frau einen einzigen Brustkasten macht!), wie sie das hohe L ›genommen‹ habe, und alle sahen aus ihren Augenwinkeln, wie die Nachbarinnen angezogen seien, und einige von ihnen hatten ihre Capes ziemlich tief gelegt, um im Manne die Bestie zu beobachten, wie

sie knurrend ihm über den Nacken steige, und keiner kam auf den Gedanken, daß ich es sei, dessen beide Schultern bedeckt waren, der die Schläfenadern ihrer Kavaliere zum Vorschein brachte, wie sie da wandelten, hoch und stattlich – ich, dessen Magengrube schwarz wurde, schwarz im Dunkel, das sie fraß, aus lauter Gedenken an dich; und da war Robin, seitwärts lächelnd, wie eine Katze, die sich wegen Kanarienvogelfedern zu verantworten hat, und Jenny, die neben ihr hertrippelte, so schnell, daß sie den Vorsprung rückgängig machen mußte, mit kleinen Krährufen des Verlangens, und den schmachtenden Worten: ›Ihr müßt mitkommen, zum Nachtmahl!‹

Gott verzeih mir: ich ging mit! Denn wer wird nicht einen Freund verraten und sich selbst dazu, für einen Whisky-Soda, Kaviar und ein wärmendes Feuer – und das bringt mich zu der Fahrt, später am Abend. Wie hat Don Antonio noch gesagt, vor längerer Zeit? ›Hast du die Nacht genutzt?‹ Und Claudio antwortet ihm: ›Ja, beim Himmel, und den Morgen dazu. Da waren sie alle, eingepökelt, rutschten auf Knien, leckten einander ab, verbrannten ihre Nachtstühle, tranken auf meine Gesundheit, zerschlugen ihre Gläser und gingen schließlich auseinander.‹ So drückt Cibber es aus, und ich fasse es in Taylors Worte: ›Hielt es denn Periander nicht für recht, mit seiner Frau Melissa zu liegen, nachdem sie schon hinangestiegen war, himmelwärts?‹ Ist dies nicht Nachtarbeit? Einer anderen Gattung, gewiß, dennoch Nachtarbeit? Und andrerseits, wie sagt Montaigne? ›Erscheint es denn nicht vom Monde als eine mondsüchtige Laune, dem Endymion zu erlauben, sich von der Möndin in den Schlaf wiegen zu lassen? In einen mondelangen Schlaf mit ihr, auf daß sie sich vergnüge an ihm, der sich nicht rührte, außer im Schlaf?‹

Jedenfalls, nachdem wir auf dem Wege ein Kind abgeholt hatten, die Nichte irgendeiner Bekannten von Jenny, fuhren wir alle die *Champs Elysées* entlang. Geradeaus wie ein Würfel über den Pont Neuf, dann im Wirbel herum, hinein in die *Rue du Cherche-Midi* – Gott verzeih uns! –, wo du, schwaches Geschöpf der Liebe, wach lagst und dich gefragt haben magst: wo? – Und währenddessen war Jenny am Werk, das so böse und so unangebracht war, wie die Tat Katharinas von Rußland – leugne es nicht! –, die den Thron des alten Poniatowski für ein Wasserklosett hielt. Und plötzlich wurde ich froh, daß ich einfältig bin und nichts in der Welt will, was man nicht nur fünf Francs haben kann. Und ich beneidete Jenny um nichts aus ihrem Hausrat – wenn ich auch zugeben muß, daß ich meinen Blick sacht über ein paar Bücher hatte streifen lassen. Ich hätte sie auch hinweggezaubert, wären sie nicht in Kalbsleder gebunden gewesen; denn ich bin imstande, des Petronius Geist zu stehlen – wer weiß das besser als ich –, aber niemals die Kalbshaut; und was das andere betrifft: in dieser Wohnung hättest du lernen können, wie man seine Erbschaft mit sicherem Griff nach dem Falschen anlegt. Ich dagegen habe mein Mobiliar mit solch phänomenalem Glück auf dem Jahrmarkt zusammengeklaubt – da habe ich mir doch einen Satz Nachttöpfe geschossen, Dutzende von Reifen habe ich geworfen, alle mir zu Gewinn, und da stehen die Leute um mich herum und bekommen für tausend Francs nichts außer ein paar Plüschhunden oder Puppen, die aussehen, als seien sie die Nacht nicht ins Bett gekommen. Und mit was gehe ich nach Hause, und dazu für weniger als fünf Francs? Einer erstrangigen Bratpfanne, die sechs Eier auf einmal verhätscheln kann, und einer Floßladung von kleineren Gegenständen, unentbehrlich in der Küche – und deshalb sah ich hinab auf Jennys Besitz, Verachtung im Augenwinkel. Es mag alles sehr ›ungewöhnlich‹ sein, aber wer braucht schon einen Fußnagel, der die übliche Dicke übersteigt? Dieser Gedanke wiederum kam mir,

als ich über den unberechenbaren Faden der Unzulänglichkeit nachsann, der sich durch die Schöpfung zieht; wie meine Freundin, die so eine Art adriatischen Vogel heiratete, bei dem sie so dick war, daß er sie mit einer Hufeisenfeile bearbeiten mußte – mein Geist schöpft so aus dem vollen, daß er immer woanders ist –; und nun bin ich in die Zeit zurückversetzt, als dieser Stallbursche in mein Leben trat, der einen Priesterkragen trug, und das mit so wenig Berechtigung, wie ich sie habe, einen Schwanzriemen zu tragen. Na, und schließlich kamen die Kutschen mit ihren zauberhaften, verschlagenen Pferden, und Robin lief die Treppen als erste hinab, und Jenny sauste hinter ihr her und rief: ›Warte! Warte!‹ als habe sie einen Expreß vor sich, auf seiner Fahrt nach Boston, mit schleifendem Shawl und rennend, und dann stiegen wir alle ein; sie hatte auch noch einige Gäste versammelt, die warteten im Haus auf sie.«
Der Doktor war verlegen, denn Nora schwieg beharrlich. Er fuhr fort: »Ich stützte mich auf meinem Stock, als wir unter den Bäumen entlangfuhren, ich hielt ihn mit beiden Händen fest, und der schwarzen Kutsche, in der ich saß, folgte eine weitere schwarze Kutsche, und dieser wieder eine andere, und die Räder drehten sich und ich begann, zu mir zu sprechen: ›Die Bäume sind besser, und das Gras ist besser, Tiere sind gut, und die Vögel in der Luft sind großartig. Und alles, was wir tun, ist anständig, wenn der Geist zu vergessen beginnt: das ist das Leben als Entwurf; und gut ist es auch, wenn wir vergessen sind: das ist der Tod als Entwurf.‹ Ich begann, meiner Seele nachzutrauern und den Seelen all jener, die einen Schatten werfen, der ihr Wesen um Weites überragt, und den wilden Tieren, die allein aus der Dunkelheit kommen; mich jammerte all der kleinen Raubtiere in ihren Müttern, die ins Leben treten und sich würdig erweisen müssen, in dem einen einzigen Pelz, der für ihre Lebensspanne ausreichen muß. Und ich

sagte zu mir: ›Für sie alle würde ich in die Knie klappen, aber nicht für Jenny; und stünde sie in Flammen, ich würde sie nicht anpissen!‹ Ich sagte: ›Sie ist so geizig, daß sie ihre Scheiße den Kühen nicht gönnt.‹ Und dann dachte ich: ›Das arme Scheusal, wenn sie im Sterben läge! Gesicht nach unten, in einem langen Paar schwarzer Handschuhe – würde ich ihr vergeben?‹ Und da wußte ich, daß ich ihr vergeben würde, ihr und jedem, der ein Bild ergibt. Und ich begann, mir die Leute in der Kutsche anzusehen, hob sehr vorsichtig meine Augen, denn sie sollten nichts Ungewöhnliches merken, und da sah ich denn das englische Mädchen sitzen, froh und furchtsam.

Und dann das Kind: es war Schrecken in ihm, und es war auf der Flucht vor irgend etwas Erwachsenem; ich sah, daß es stillsaß und daß es rannte; Schrecken war in seinen Augen und in seinem fallenden Kinn, und die Augen waren weit geöffnet. Und da sah ich Jenny sitzen, sie zitterte. Und ich sagte: ›Herrgott, nein, du ergibst kein Bild!‹ Und dann fiel Robin nach vorn, und das Blut rann rot, wo Jenny sie gekratzt hatte, und ich schrie und dachte: ›Nora wird dieses Mädchen eines Tages verlassen. Und wenn sie auch an entgegengesetzten Polen der Welt begraben sind, ein und derselbe Hund wird sie beide finden.‹«

Wo der Baum fällt

Baron Felix hatte seine Position bei der Bank, wenn auch nicht seine Beziehungen zu ihr, aufgegeben und war seitdem in vielen Ländern gesehen worden. Er stand vor den Schloßtoren des betreffenden Landes, seine behandschuhten Hände vor sich, in der ersten, nicht zu Ende geführten Pose der Unterwerfung; in Betrachtung der Sehenswürdigkeiten und der Einzelheiten, die Spannung der Beinmuskeln so reguliert, daß sie ihm erlaubten, den Schritt vorwärts oder rückwärts ein wenig rascher zu setzen als der Tourist neben ihm.

Wie er früher an Zeitungen über diesen oder jenen Adligen geschrieben und niemals etwas im Druck gesehen, wie er Briefe an erlöschende Häuser gesandt und niemals eine Antwort erhalten hatte, so war er jetzt dabei, eine Reihe religiöser Betrachtungen zusammenzustellen, die er schließlich dem Papst zu unterbreiten gedachte. Der Grund lag, wie im Laufe der Zeit immer klarer zutage trat, bei seinem Kind, das – wenn überhaupt zu etwas geboren – zu heiligem Verfall geboren war. Geistig minderbegabt, überschwenglich im Gefühl, todgeweiht, war es mit zehn kaum so groß wie ein Sechsjähriges, trug eine Brille, stolperte beim Versuch zu laufen. Mit kalten Händen und bangem Gesicht folgte es dem Vater, zitternd vor Erregung, einer frühreifen Ekstase. An des Vaters Hand erklomm es Schloß- und Kirchentreppen, das Bein stets in wuchtigem Pendelschlag: Zwang einer Maßnahme, die nicht mit Kindern gerechnet hatte. Da stand es, starrte auf Gemälde, auf Wachsreproduktionen der Heiligen, beobachtete die Priester mit dem hastigen Atem derer, denen Konzentration die Teilnahme ersetzen muß; wie man in der Narbe eines

verwundeten Tieres das Erschauern der Genesung sehen wird.
Als Guido zum erstenmal den Wunsch geäußert hatte, in die Kirche einzutreten, war Felix zu Tode erschrocken. Er wußte, daß Guido nicht wie andere Kinder sei, daß er immer dem Leben zu fremd bleiben würde, um Argumente zu verstehen. Indem er seinen Sohn hinnahm, nahm er die Zerstörung seines eigenen Lebens hin. Offensichtlich würde das Kind niemals damit fertig werden. Der Baron kaufte seinem Sohn eine Mutter Gottes aus Metall an einem roten Band und legte es ihm um den Hals; dabei rief ihm der schlanke, zum Empfang des Anhängers gebeugte Nacken Robins Hals in Erinnerung – Robin, wie sie, ihm den Rücken kehrend, im Antiquitätenladen an der Seine gestanden hatte.
Felix begann also, sich in das Problem der Kirche zu vertiefen. Er forschte in den Gesichtern aller Priester, die er auf der Straße sah; er las Litaneien und untersuchte Meßgewänder und las das Credo; er erkundigte sich nach dem Zustand der Klöster. Nach langen Überlegungen schrieb er eine endlose Abhandlung über den Status der Geistlichkeit, und zwar für den Papst. Als Beispiel wählte er: Franziskanermönche und französische Priester. Er wies darauf hin, daß ein Glaube, der in seiner tiefsten Einheit solch grundverschiedene Typen entstehen lassen könne – einen, den Römer, rasiert und, wie man aus seinem ins Leere vertieften Gesicht doch wohl lesen müsse, in Erwartung von nichts Herrlicherem als muskulärer Auferstehung; und den anderen, den französischen Priester, anscheinend aus einer Verbindung von Ehemann und Frau plus Erbsünde zusammengesetzt, welche beiden Teile sowohl das Gute als auch das Böse, quantitativ dauernd zunehmend und wieder abnehmend, mit sich trügen; das unselige Bild des vereinzelten *ego*, das dafür in einer mehrfachen öffentlichen Auflösung ende – zutiefst elastisch sein müsse!

Er frage hiermit also an, ob die Ursache nicht vielleicht in der großen Verschiedenartigkeit im Beichtwesen der beiden Länder liege. Könne man es nicht, fragte er, als erwiesen annehmen, daß das italienische Ohr schon deshalb weniger im Dunkeln taste, weil es – möglicherweise – dem Echo seiner Vergangenheit lausche; das französische dagegen dem der Zukunft? Sei es denkbar, daß die ›Beichten‹ der beiden Nationen im einen Fall den lebenden und erwartungsvollen Dämmerzustand, im anderen diese weltzugewandte, unglaubhafte, unanständige Schwelgerei hervorbringen könnten? Er selbst, so meinte er, sei freilich zu dem Schluß gekommen, daß die Franzosen, die Weltlicheren also, doch ein sehr poröses Volk seien. Könne man dies als erwiesen annehmen, so sei es ja nur natürlich, daß der Priester, noch bevor er einen höheren Reifegrad als zweimal zwanzig Jahre erreicht hätte, nach dem Anhören von tausend und einer Laiensünde mit der Absolution Schwierigkeiten erfahre, denn der Büßer habe sich ja bloßgestellt, um einer besonderen Art der Vergebung teilhaftig zu werden. Übrigens handle es sich nicht so sehr um Absolution als vielmehr um eine dringende Notlage, denn der Priester selbst sei ein Gefäß, zum Überlaufen voll, und teile Vergebung aus, weil er sich nicht mehr zurückhalten könne. Er mache das Zeichen des Kreuzes hastig und unter Druck, weil er, gleich einer vollen Blase, in Verlegenheit sei, daher sofort private Räume aufsuchen müsse. Der Franziskaner dagegen habe noch einen Augenblick zum Warten. In seiner Iris sei keine Tangente, wie bei einem, der im Segnen Erleichterung sucht.

Felix erhielt keine Antwort. Er hatte auch keine erwartet. Er schrieb, um sich über einen Zweifel Klarheit zu verschaffen. Er wußte, daß aller Wahrscheinlichkeit nach das Kind niemals ›auserwählt‹ würde. Wenn aber doch, so hoffte der Baron, daß sich dies in Österreich vollziehe, unter seinem

Volk, und zu diesem Zweck beschloß er schließlich, sich in Wien niederzulassen.
Vor seiner Abreise jedoch suchte er den Doktor auf. Er war nicht zu Hause. Der Baron ging ziellos in der Richtung auf den Platz zu. Er sah die kleine, schwarzgekleidete Gestalt auf sich zukommen. Der Doktor kam von einer Beerdigung und war auf dem Weg zum *Café de la Mairie du VI*[e], um sich aufzumuntern. In den wenigen Sekunden bevor der Doktor ihn sah, stellte der Baron zu seinem Schrecken fest, wie alt er geworden sei, älter als man in den frühen Fünfzigern sein dürfe. Er bewegte sich langsam, als schleppe er Wasser, seine Knie, die man sonst selten bemerkte, da er meist saß, gaben nach. Sein dunkles, rasiertes Kinn war gesunken, wie in einer Melancholie, die weder Anfang noch Ende kennt. Der Baron rief ihn an, und sofort warf der Doktor sein unbeobachtetes Ich ab, wie man hastig ein geheimes Leben versteckt. Er lächelte, richtete sich auf und streckte ihm die Hand zum Gruß hin, wenn auch, wie Ertappte es tun, mit einem Anflug von Verteidigung.
»Wo sind Sie gewesen?« fragte er, als er bei der Mitte des Blocks zum Stehen kam. »Monate habe ich Sie nicht gesehen, und«, setzte er hinzu, »das ist schade.«
Der Baron lächelte in Erwiderung. »Ich war nicht im Gleichgewicht«, sagte er und ging neben dem Doktor her. »Sind Sie zum Abendessen verabredet?«
»Nein«, sagte der Doktor. »Ich habe soeben einen famosen Kerl begraben. Sie kannten ihn wohl nicht, er war Kabyle, so ein Araber der besseren Sorte. Die haben römisches Blut und können in großer Not sogar blaß werden, was man immerhin zugunsten von wenigen sagen kann.« Er hielt sich ein wenig seitlich, wie man es tut, wenn man nicht weiß, wo der andere gehen will. »Tu eine Kleinigkeit für einen Kabylen, vornherum, hintenherum, und er dankt es dir mit einem Kamel oder einem Sack voll Datteln.« Er seufzte und

fuhr sich mit der Hand über das Kinn. »Er war der einzige Mensch, den ich je kannte, der mir fünf Francs anbot, bevor ich nach meinen eigenen langen konnte. Ich habe sie mir in Orangenblüten rahmen lassen und über die *étagère* gehängt.«

Der Baron war abwesend, aber er lächelte aus Höflichkeit. Er schlug Abendessen im *Bois* vor. Der Doktor war nur allzu bereit, und als Folge dieser unerwartet guten Botschaft vollzog er eine Reihe halber Gesten eines angenehm Überraschten: er hob die Hände halb: keine Handschuhe! – er berührte seine Brusttasche beinahe: Taschentuch! – er warf einen Blick auf seine Schuhe: war dem Begräbnis dankbar. Er war blankgeputzt, im ganzen ordentlich. Er rührte an seine Krawatte, spannte die Halsmuskeln.

Während sie durch den *Bois* fuhren, dachte der Doktor nach: was würde er bestellen? Ente mit Orangen? – nein. Nach der Armenkost so vieler Jahre hatte ihm Gewohnheit einfache Sachen mit Knoblauch beigebracht. Er fröstelte. Er mußte sich etwas anderes ausdenken. Alles was ihm einfiel war Kaffee mit *Grand Marnier*, das große Glas mit den Händen gewärmt, wie seine Landsleute sich am Torffeuer wärmten. »So?« fragte er und stellte fest, daß der Baron inzwischen geredet hatte. Der Doktor streckte das Kinn der Nachtluft entgegen und hörte mit intensiver Aufmerksamkeit zu, in der Hoffnung, den Satz rekonstruieren zu können.

»Das Seltsame ist: nie zuvor hatte ich die Baronin in diesem Licht gesehen«, sagte der Baron soeben und schlug die Beine übereinander. »Wenn ich versuche, es mit Worten auszudrücken – ich meine, wie ich sie sah –, so wäre auch das nicht verständlich, und zwar aus dem einfachen Grunde, weil ich, wie ich feststellen muß, zu keiner Zeit eine wirklich klare Vorstellung von ihr gehabt habe. Ich hatte mir wohl ein Bild von ihr gemacht, aber das ist nicht dasselbe.

Ein Bild ist die Rast des Geistes zwischen zwei Ungewißheiten. Natürlich hatte ich von Ihnen manches erfahren, und später, als sie fort war, auch von anderen, aber meine Verwirrung hat es nur bestärkt. Je mehr wir über einen Menschen erfahren, desto weniger wissen wir. Zum Beispiel nützt es mir nichts, irgend etwas über Chartres zu wissen, außer der Tatsache, daß es eine Kathedrale besitzt, wenn ich nicht in Chartres gelebt habe, und dadurch die relative Höhe sowohl der Kathedrale als auch des Lebens seiner Einwohner in den rechten Proportionen erfasse. Sonst würde es mich verwirren, etwa zu erfahren, daß *Jean* aus dieser Stadt seine Frau aufrecht in einen Brunnenschacht gestellt habe; in dem Augenblick, da ich mir das bildlich vorstelle, wird die Tat so hoch wie das Bauwerk. Genau wie Kinder: sobald sie nur ein wenig vom Leben wissen, zeichnen sie einen Menschen und eine Scheune gleich groß.«

»Ihre Verehrung der Vergangenheit«, bemerkte der Doktor und sah mit einiger Besorgnis auf den Stand des Taxameters, »ist vielleicht wie eine Kinderzeichnung.«

Der Baron nickte. Er war bedrückt. »Meine Familie ist nur deshalb erhalten, weil ich ihre Geschichte aus dem Gedächtnis einer einzigen Frau überliefert bekam: meiner Tante. Und so ist sie einfach, klar und unumstößlich. Darin habe ich Glück gehabt, und dadurch habe ich ein Gefühl für Unsterbliches. Unser Grundbegriff von Ewigkeit stellt einen Zustand dar, der sich *niemals ändern kann*. Er bewirkt, daß wir heiraten. In Wirklichkeit will kein Mann Freiheit haben. Er nimmt so schnell wie möglich eine Gewohnheit an – es ist eine Form der Unsterblichkeit.«

»Dazu kommt«, sagte der Doktor, »daß, wer sie zerstört, von uns mit Vorwürfen überhäuft wird. Wir behaupten, er habe dadurch das Bild zerstört – das Abbild unserer Sicherheit.«

Der Baron nahm es hin. »Diese Art, stets in einem einzigen Zustand zu sein, das war ganz die Baronin; es war, was mich zu ihr hinzog. Ein Zustand des Seins, den sie sich damals nicht einmal selbst ausgewählt hatte, sondern von dem sie, wenn auch immer wieder anders, besessen war. Er gab mir das Gefühl, daß ich nicht nur Unsterblichkeit erlangen würde, sondern sogar meine eigene Art wählen könne.«
»Sie hat Gottes Wundertüte immer verkehrt herum gehalten«, murmelte der Doktor.
»Und doch, wenn ich die ganze Wahrheit sagen soll«, fuhr der Baron fort, »gerade die Fülle dessen, was mir damals als Sicherheit erschien und was in Wirklichkeit nichts als formloser Verlust war, machte mich glücklich und gab mir zugleich ein Gefühl schrecklicher Bangnis, das sich ja als nur allzu berechtigt erwiesen hat.«
Der Doktor zündete sich eine Zigarette an.
»Ich sah es«, fuhr der Baron fort, »für Zustimmung an, und das war mein gewaltiger Irrtum. Sie war wie eine, die unerwartet einen Raum betritt und die Gesellschaft zum Verstummen bringt weil sie jemanden sucht, der nicht da ist.« Er klopfte an die Scheibe, stieg aus und zahlte. Während sie den Kiesweg entlanggingen, fuhr er fort: »Was ich Sie vor allem fragen wollte, war dies: warum hat sie mich geheiratet? Das ist mir dunkel und wird mein Leben lang dunkel bleiben.«
»Nehmen wir den Fall der Stute, die zuviel wußte«, sagte der Doktor. »Ihr Blick am Morgen zwischen die Zweige, Zypresse und Schierling. Sie trauerte um etwas, was ihr die Bomben im Krieg genommen hatten. Nach der Art wie sie stand, muß dieses Etwas tot zwischen ihren Hufen gelegen haben. Keinen Ast berührte sie, und doch war ihre Haut ein Strom von Schmerz; sie war verdammt bis in die Sprunggelenke, die aus den sanften Wogen der Wiese ragten. Ihre Wimpern waren grauschwarz wie die Wimpern

eines Niggers, und in der weichen Mitte ihres Hinterteils zitterte der Pulsschlag wie eine Fiedel.«
Der Baron vertiefte sich in die Speisekarte und sagte: »Übrigens: die Petherbridge war bei mir.«
»O du strahlender Gott!«, rief der Doktor und legte die Speisekarte hin. »Ist es so weit gekommen! Das hätte ich nicht gedacht.«
»Im ersten Augenblick«, fuhr der Baron fort, »hatte ich keine Ahnung, wer sie sei. Sie hatte keine Mühe gescheut, sich rostig und düster herzurichten, und zwar durch ein Arrangement von Schleiern und stumpfen, dunklen Stoffen mit Blumenmuster, dürftig im Schnitt und äußerst eng über ihrer sehr kleinen Büste, von der Taille abwärts in geblähten Falten gerafft, zweifellos um die umfangreicheren Partien einer immerhin über vierzigjährigen Frau zu verbergen. Sie schien in Eile zu sein. Übrigens sprach Sie von Ihnen.«
Der Doktor legte die Speisekarte auf seine Knie. Er hob seine dunklen Augen und zog die buschigen, aufrechten Brauen hoch: »Was sagte sie?«
Der Baron antwortete, offensichtlich ohne die empfindliche Stelle zu spüren, die er mit seinen Worten berührte: »Völligen Unsinn – nämlich, daß man Sie fast jeden Tag in einem gewissen Nonnenkloster sähe, wo Sie sich verneigen und beten und freie Mahlzeiten bekommen und Fälle behandeln, die – nun – gesetzlich verboten sind.«
Der Baron sah auf. Zu seinem Erstaunen stellte er fest, daß der Doktor zu dem Zustand ›abgesunken‹ war, in dem er ihn, als er sich noch unbeobachtet glaubte, auf der Straße gesehen hatte.
Mit lauter Stimme sagte der Doktor zum Kellner, der keine zehn Zentimeter weit von seinem Mund entfernt stand: »Ja, und mit Orangen, *Orangen*!«
Hastig sprach der Baron weiter: »Mir war in ihrer Gegen-

wart sehr unbehaglich zumute, denn Guido war gerade im Zimmer. Sie sagte, sie sei gekommen, um ein Bild zu kaufen. In der Tat bot sie mir einen sehr guten Preis, auf den ich beinah eingegangen wäre – ich habe in der letzten Zeit ein wenig in alten Meistern gehandelt – im Hinblick auf meinen Aufenthalt in Wien, aber es stellte sich heraus, daß sie das Bildnis meiner Großmutter haben wollte, von dem ich mich auf keinen Fall getrennt hätte. Sie war noch keine fünf Minuten im Zimmer, da stellte ich fest, daß das Bild nur ein Vorwand war und daß sie auf etwas ganz anderes hinauswollte. Sofort darauf begann sie von der Baronin zu sprechen, obgleich sie zuerst keinen Namen erwähnte. Erst zum Schluß brachte ich die Geschichte mit meiner Frau in Verbindung. Sie sagte: ›Sie ist wirklich etwas Außergewöhnliches. Ich verstehe sie überhaupt nicht, und doch muß ich gestehen, daß ich sie immer noch besser verstehe als andere Leute.‹ Das sagte sie in einer Art forcierten Eifers. Dann fuhr sie fort: › Sie läßt ihre Tiere immer sterben. Zuerst werden sie verwöhnt und dann vernachlässigt, so wie Tiere sich selbst vernachlässigen.‹

Es war mir nicht recht, daß sie über dieses Thema sprach, denn Guido ist Tieren gegenüber sehr empfindlich, und ich konnte mir denken, was in ihm vorging. Er ist nicht wie andere Kinder, nicht grausam oder wild. Genau das ist auch der Grund, weshalb man ihn ›seltsam‹ nennt. Ein Kind, das reif ist, in dem Sinne, daß das Herz reif ist, wird, wie ich beobachtet habe, immer minderbegabt genannt.« Er bestellte und fuhr fort: »Dann wechselte sie das Thema.«

»Und lavierte dabei in den Wind wie eine Barke.«

»Nun ja – auf eine Geschichte zu: von einem kleinen Mädchen, das bei ihr wohnte (sie nannte es Sylvia). Auch die Baronin wohnte zu dieser Zeit bei ihr, und ich fand erst später heraus, daß die junge Dame, um die es sich handelte, die Baronin war. Wie dem auch sei – anscheinend also hatte

sich das kleine Mädchen Sylvia in die Baronin ›verliebt‹; und sie, die Baronin, weckte es fortwährend die ganze Nacht lang auf, um es zu fragen, ob es ›sie liebe‹.
Während der Ferien, als das Kind fort war, wurde die Petherbridge ›unruhig‹ – so drückte sie es aus – über der Frage, ob ›die junge Dame ein Herz habe‹ oder nicht.«
»Und holte das Kind zurück, um es zu beweisen?« unterbrach der Doktor und warf dabei einen Blick auf das elegante Publikum, das den Raum zu füllen begann.
»Genau das«, sagte der Baron und bestellte Wein. »Ich machte irgendeine Bemerkung, und sie sagte sofort: ›Mir können Sie nichts vorwerfen. Sie können mich nicht beschuldigen, ein Kind für meine Zwecke zu mißbrauchen!‹ – Aber kommt es nicht genau auf das hinaus?«
»Diese Frau«, sagte der Doktor und machte es sich auf seinem Stuhl bequem, »würde eine dreimal auferstandene Leiche für ihre Zwecke mißbrauchen. Und doch«, setzte er hinzu, »muß ich zugeben, daß sie in Geldsachen sehr großzügig ist.«
Der Baron war peinlich berührt. »Das entnahm ich ihrem übertriebenen Angebot für das Portrait. Jedenfalls sprach sie weiter: anscheinend hatte, als sie sich wiederbegegneten, die Baronin das Kind so völlig vergessen, daß es ›sich schämte‹. Sie benutzte die Worte: ›Es wurde von Scham überkommen.‹ Sie war schon an der Tür, als sie ihre letzten Worte sagte. Überhaupt spielte sie die ganze Szene, als sei mein Zimmer eine abgesteckte Bühne und nun sei das Stichwort für ihren letzten Satz gefallen.
›Robin‹, sagte sie, ›Baronin Robin Volkbein; sollte es sich etwa um Verwandtschaft handeln?‹
Eine ganze Minute lang konnte ich mich nicht rühren. Als ich mich umwandte, sah ich, daß Guido krank war. Ich nahm ihn in meinen Arm und sprach zu ihm auf deutsch. Er hatte mich oft über seine Mutter ausgefragt, und ich

hatte es immer fertiggebracht, in ihm ein Gefühl der Erwartung zu wecken.«
Der Doktor wandte sich zum Baron mit einer seiner plötzlichen Erleuchtungen: »Genau richtig! Bei Guido befinden Sie sich in der Gegenwart eines Ver-rückten. – Warten Sie. Ich gebrauche dieses Wort keineswegs im abfälligen Sinn. Im Gegenteil, meine große Tugend ist ja, daß ich mich niemals im üblichen Sinne abfällig äußere. Mitleid ist Belästigung, wenn man einen Menschen vor sich hat, der ein neuer Posten in einer alten Rechnung ist – und das ist Ihr Sohn. Mitleid kann man nur mit Leuten verspüren, die ausschließlich ihrer Generation angehören. Mitleid ist zeitbedingt, es stirbt mit der Person. Ein bemitleidenswerter Mensch ist seine eigene letzte Bindung. Sie haben Guido gut behandelt.«
Der Baron schwieg, hielt das Messer nach unten und sah auf: »Wissen Sie, Doktor, ich empfinde den Gedanken, daß mein Sohn vielleicht früh sterben könnte, als eine Art schreckliches Glück. Denn sein Tod wäre das Furchtbarste, das Grauenhafteste, was mir zustoßen könnte. Das Unerträgliche: damit beginnt die Kurve der Freude. Ich habe mich in den Schatten einer ungeheuerlichen Angst verstrickt: mein Sohn. Er ist der Mittelpunkt. Leben und Tod kreisen auf ihn hin; wenn sie aufeinandertreffen, so wird mein letztes Ziel erreicht sein!«
»Und Robin?« fragte der Doktor.
»Sie ist bei mir in Guido; sie sind untrennbar, und diesmal«, sagte der Baron und fing seinen Monokel auf, »mit ihrer vollen Zustimmung.« Er beugte sich herab und hob seine Serviette auf. »Die Baronin«, fuhr er fort, »schien immer jemanden zu suchen, der ihr sagen sollte, sie sei unschuldig. Guido ist ihr sehr ähnlich, außer daß er seine Unschuld wirklich hat. Die Baronin hat immer in der falschen Richtung gesucht, bis sie Nora Flood traf, die – nach dem

wenigen zu urteilen, das ich von ihr weiß – ein sehr ehrlicher Mensch zu sein schien, zumindest in ihren Absichten.

Es gibt Leute«, fuhr er fort, »die zum Leben eine Erlaubnis brauchen. Und wenn die Baronin niemanden findet, der ihr diese Erlaubnis erteilt, so wird sie sich eine eigene Art der Unschuld zurechtmachen. Von unserer Generation mag sie für ›verderbt‹ gehalten werden, aber unsere Generation weiß eben nicht alles.« Er lächelte. »Zum Beispiel Guido: wie viele mag es geben, die seinen Wert erkennen? Seltsam, wie sehr das Leben einem selbst gehört, wenn man es erfunden hat.«

Der Doktor wischte sich den Mund. »Indem wir die Verderbtheit anerkennen, erfassen wir den Sinn der Vergangenheit am vollständigsten. Was ist denn eine Ruine anderes als Zeit, die sich ihrer selbst entledigt? Verfall, das ist gealterte Zeit. Sie ist der Leib und das Blut der Ekstase, der Religion und Liebe. – Ja, ja«, fuhr er fort, »wir ›ersteigen‹ keine Höhen, wir werden vielmehr zu ihnen hingesogen und verzehrt; und damit hören Anpassung und Reinlichkeit auf, uns zu amüsieren. Der Mensch wird geboren, wie er stirbt: Sauberkeit verschmähend. Und da gibt es noch ihr mittleres Stadium, die Schlampigkeit, gewöhnlich ein Begleitumstand des ›anziehenden‹ Körpers, eine Art Boden, von dem die Liebe sich nährt.«

»Das ist wahr«, sagte Felix eifrig. »Die Baronin hatte eine undefinierbare Unordnung, eine Art ›Duft der Erinnerung‹, wie jemand, der von einem Ort gekommen ist, den wir vergessen haben und an den wir uns – koste es auch unser Leben – erinnern möchten.«

Der Doktor griff nach dem Brot. »Und so tritt denn der Grund unserer Sauberkeit klar zutage. Sauberkeit ist eine Form der Besorgnis; unser mangelhaftes rassisches Gedächtnis hat zum Vater die Furcht. Schicksal und Geschichte sind unordentlich; wir fürchten uns vor Erinnerungen an diese Unordnung. Das tat Robin nicht.«

»Nein«, sagte Felix leise. »Sie nicht.«

»Der fast versteinerte Zustand unseres Erinnerungsvermögens wird von unseren Mördern beglaubigt; und von denen, die jede Einzelheit eines Verbrechens mit leidenschaftlichem und heißem Interesse lesen«, fuhr der Doktor fort. »Nur mit Hilfe solcher extremer Maßnahmen kann der Durchschnittsmensch sich an etwas weit Zurückliegendes erinnern. Nicht etwa, daß er sich wirklich erinnert: vielmehr ist das Verbrechen selbst die Tür zum Speicher; eine Art, Hand an den Schauder einer Vergangenheit zu legen, die noch immer atmet!«

Der Baron schwieg einen Augenblick. Dann sagte er: »Ja. Etwas von dieser Starrheit war in der Baronin, im ersten, kaum merklichen Stadium. Es war in der Art wie sie ging, wie sie ihre Kleider trug, in ihrem Schweigen – als sei Sprechen etwas Schweres, Unklares. In jeder ihrer Bewegungen lag ein leichtes Hemmnis, als umgäbe sie Vergangenes gleich einem Gewebe; wie ja auch ein altes Gebäude von einem Gewebe der Zeit umgeben wird. Die Schwere der Luft, die einen Bau des dreizehnten Jahrhunderts umgibt, ist wahrnehmbar«, sagte er mit einem Anflug großer Allüre, »sie ist anders als die leichte Luft um eine Neukonstruktion. Das neue Gebäude scheint sie abzustoßen, das alte sie anzuziehen. So war auch um die Baronin eine Dichtheit – nicht von Alter, sondern von Jugend. Das ist vielleicht der Grund, weshalb sie mich so fesselte.«

»Tiere finden sich größtenteils durch ihren scharfen Geruchssinn zurecht«, sagte der Doktor. »Wir haben den unseren verloren, auf daß wir nicht ihresgleichen mehr seien. Und was haben wir statt dessen? Eine Spannung im Geist, Einschränkung unserer Freiheit! Aber«, schloß er, »alle schrecklichen Ereignisse sind von Nutzen.«

Felix aß einen Augenblick lang schweigend, dann wandte er sich zum Doktor und fragte geradheraus: »Sie wissen, was mich nicht ruhen läßt! Läßt es meinen Sohn ruhen?«
Mit zunehmendem Alter wurde für den Doktor – wie es bei alten Leuten ist – die Beantwortung einer Frage zum Selbstgespräch; und wenn er verstört war, schien er zu schrumpfen. Er sagte: »Suchen Sie nicht weiter nach Unheil, Sie haben es in Ihrem Sohn. Letzten Endes ist es doch das Unheil, was wir alle suchen. Sie haben es gefunden. Ein Mann ist nur dann vollständig, wenn er mit seinem Schatten genauso rechnet wie mit sich selbst – und was ist denn der Schatten eines Menschen anderes als sein aufrechtes Erstaunen? Guido ist der Schatten Ihrer Sorge, und Guidos Schatten ist der Gottes.«
Felix sagte: »Guido liebt auch die Frauen der Geschichte.«
»Mariä Schatten!« sagte der Doktor.
Felix wandte sich um. Sein Monokel glänzte am Rand, hell und scharf. »Man sagt, er sei geistig nicht zurechnungsfähig. Was meinen Sie?«
»Ich meine, daß ein Geist wie der seine fähiger sein mag als der Ihre oder der meine. Er wird von der Gewohnheit nicht gefestigt – darin steckt immer Hoffnung.«
Felix sagte atemlos: »Er wird nicht älter.«
Matthew antwortete: »Vielleicht steht das Übermaß seiner Empfindlichkeit seinem Geist im Wege. Sein Geisteszustand ist ein unbetretenes Zimmer; ein Zimmer, das wir kennen, ist immer kleiner als eines, das wir nicht kennen. Ich an Ihrer Stelle«, fuhr der Doktor fort, »würde den Geist dieses Kindes tragen wie eine Schale, die man aus dem Dunkel geholt hat: man weiß nicht, was sie enthält. Er nährt sich von Resten, deren Preis wir nicht festgesetzt haben. Er zehrt von einem Schlaf, der nicht unser Schlaf ist. Es steckt mehr in einem Leiden als der Name dieses Leidens. In einem gewöhnlichen Menschen steckt auch das Seltsame,

aber es ist nur angebohrt; in einem seltsamen Menschen steckt auch das Gewöhnliche, aber es ist schon versenkt. Die Menschen fürchten immer das, was der Beobachtung bedarf.«

Felix bestellte einen *fine*. Der Doktor lächelte. »Ich habe gewußt, daß Sie noch auf den Geschmack kommen würden«, sagte er und leerte sein eigenes Glas in einem Zug.

»Ich weiß«, antwortete Felix, »aber damals verstand ich es nicht. Ich dachte, Sie meinten etwas anderes.«

»Was?«

Felix schwieg und schwenkte das kleine Glas mit zitternder Hand. »Ich dachte«, sagte er, »Sie meinten, daß ich aufgeben würde.«

Der Doktor senkte die Augen. »Vielleicht habe ich das auch gemeint – aber manchmal irre ich mich.« Unter seinen schweren Brauen blickte er Felix an. »Von Anfang an wurde der Mensch in Verdammnis und Unschuld geboren. Und nun pfeift er, erbärmlich, so wie er es eben muß, seine Variation über diese beiden Themen.«

Der Baron neigte sich vor. Leise fragte er: »War die Baronin verdammt?«

Der Doktor überlegte eine Sekunde lang, denn er wußte, was Felix in dieser Frage versteckt hatte. »Guido ist nicht verdammt«, sagte er, und sofort wandte sich der Baron ab. »Guido«, fuhr der Doktor fort, »ist gesegnet. Er ist innerer Friede. Er ist das, was Sie immer erstrebt haben. Adel«, sagte er lächelnd, »ist ein geistiger Zustand, der Menschen befällt, wenn sie versuchen, sich etwas anderes und Besseres auszudenken. Komisch«, er wurde bissig, »daß der Mensch nie merkt, wann er das findet, was er immer gesucht hat.«

»Und die Baronin?« fragte Felix. »Hören Sie manchmal von ihr?«

»Sie ist inzwischen in Amerika, aber das wissen Sie ja wohl.

Ja, sie schreibt hin und wieder. Nicht mir! Gott behüte! Anderen.«
»Was schreibt sie?« fragte der Baron und versuchte, seiner Erregung Herr zu werden.
»Sie schreibt«, antwortete der Doktor, »›vergiß mich nicht!‹ Wahrscheinlich weil es ihr schwer wird, sich selbst nicht zu vergessen.«
Der Baron fing sein Monokel auf. »Altamonte war soeben in Amerika und sagt, sie schiene ›entfremdet‹. Früher«, sagte er und klemmte sein Monokel wieder fest, »wollte ich – wie Sie, der Sie ja von allem Kenntnis haben – Wissen erlangen, zwischen die Kulissen schauen, mich sozusagen hinter die Bühne unseres gegenwärtigen Zustandes stehlen, um, wenn möglich, dem Geheimnis der Zeit aufzulauern. Aber das ist wohl für den normalen Verstand ein Ding der Unmöglichkeit. Jetzt bin ich sicher, daß man ein wenig verrückt sein muß, um in die Vergangenheit oder in die Zukunft zu sehen, im Leben ein wenig zu kurz gekommen sein muß, um das Leben zu erkennen, die Schattenseite des Lebens; dunkel gesehen: den Zustand, in dem mein Sohn lebt. Vielleicht ist das der Auftrag, den die Baronin gerade ausführt.«
Der Baron zog sein Taschentuch hervor, nahm sein Monokel und putzte es sorgfältig.

Mit einer Tasche voller Medikamente und einem Reisefläschchen voll Öl für die aufgesprungenen Hände seines Sohnes zog Felix in Wien ein, neben sich das Kind. Frau Mann, üppig und vergnügt, saß gegenüber, mit einer Reisedecke für die Füße des Kindes. Felix war inzwischen zum schweren Trinker geworden, und um die zunehmende Röte seiner Wangen zu verbergen, hatte er sich einen Bart wachsen lassen, der am Kinn in zwei gegabelten Spitzen mündete. Im Trinken sekundierte Frau Mann nicht übel. Viele

Cafés sahen dieses seltsame Trio: in der Mitte das Kind, mit schweren Linsen, die ihm Kulleraugen machten; sein Hals hielt den Kopf aufrecht. Es sah den Münzen seines Vaters nach, die mit fortschreitender Nacht immer weiter über den Estrich rollten, unter die Füße der Musiker, von denen Felix Militärmusik verlangte, die ›Wacht am Rhein‹ oder ›Morgenrot‹ oder Wagner. Mit seinem Monokel, beschlagen von der Hitze im Saal, saß er da, völlig korrekt und betrunken, und versuchte zu vergessen, was er immer gesucht hatte: den Sohn aus einst großem Hause. Seine Augen starrten zur Decke empor oder hinab zur Hand, die auf dem Tisch mit Daumen und kleinem Finger den Takt der Musik auf die Platte klopfte, als seien nur zwei Noten der Oktave wichtig: die tiefe und die hohe; oder er nickte lächelnd seinem Kinde zu, wie mechanische Spielzeuge nikken, wenn die Kinderhand sie berührt, während Guido seine Hand gegen den Magen preßte, wo er unter dem Hemd das Medaillon an seinem Körper spüren konnte. Frau Mann indessen hielt ihr Maß Bier in fester Faust, lachend und schwatzend.

Eines Abends saßen sie in seinem Lieblingscafé am Ring. Schon beim Eintritt hatte Felix – obgleich er sich weigerte, es sich selbst einzugestehen – in einer Ecke einen hochgewachsenen Herrn gesehen, der – dessen war er sicher – nur Großfürst Alexander von Rußland, Vetter und Schwager des toten Zaren Nikolaus sein konnte, und in dessen Richtung zu blicken er sich während der früheren Hälfte des Abends standhaft versagte. Aber als die Zeiger der Uhr gegen zwölf vorrückten, konnte Felix – und damit gab er das preis, was ein Wahnsinniger als die einzige Hoffnung der Flucht erkennt: die Widerlegung des eigenen Wahnsinns – seine Augen nicht mehr zurückhalten. Und als die drei aufstanden, um zu gehen, wandte sich Felix um – seine Wangen waren jetzt völlig farblos, die Bartspitzen unter

dem krampfhaft versteiften Kinn wiesen senkrecht nach unten – und machte eine leichte Verneigung; in seiner Verwirrung drehte er den Kopf in einem schwingenden Halbkreis zur Seite, wie ein Tier, das seinen Blick von einem Menschen abwendet, als schäme es sich zu Tode.
Stolpernd bestieg er den Wagen. »Komm«, sagte er und nahm die Finger des Kindes in die seinen. »Dir ist kalt.« Er goß ein paar Tropfen Öl auf Guidos Hände und begann, sie zu reiben.

Geh hin, Matthäus!

»Kannst du nicht endlich Ruhe geben!« sagte der Doktor. Er war an einem späten Nachmittag gekommen und fand Nora beim Briefeschreiben. »Kannst du nicht endlich Schluß machen, kannst du nicht aufgeben? Ruhig jetzt, da du weißt, um was es in der Welt geht – nämlich um nichts!« Unaufgefordert legte er Hut und Mantel ab, stellte seinen Schirm in die Ecke und trat ins Zimmer. »Und ich, der ich als Kauz erscheine, weil mich seit einer Million Jahren niemand mehr gesehen hat, und man mich jetzt auf einmal sieht! Muß das Elend so überwältigend sein, damit es zu Schönheit werde? Laß die Hölle fahren – und dein Sturz wird vom Dach des Himmels aufgefangen.« Er schielte zum Teegeschirr hin, stellte fest, daß die Teekanne schon lange kalt war und schenkte sich ein großzügiges Maß Port ein. Er warf sich in einen Stuhl, und als Nora sich von ihrem Brief abwandte, sprach er in sanfterem Ton weiter. »In den unermeßlichen Fernen Indiens, da gibt es einen Mann, der sitzt still unter einem Baum. Warum nicht ausruhen? Warum die Feder nicht hinlegen? Ist es denn nicht bitter genug für Robin, irgendwo zu sitzen, in Verlorenheit, ohne Post? Und Jenny? Wie steht es jetzt um sie? Ist zur Trinkerin geworden. Ergreift in ihrer vulgären Willkür Besitz von Robins Innenleben. Da hat sie diese zweiundachtzig Gipsmadonnen gekauft, bloß weil Robin eine einzige hatte, die aber gut war. Und wenn man sich über die zweiundachtzig lustig macht, wie sie da so in einer Reihe stehen, läuft Jenny zur Wand, stellt sich mit dem Rücken gegen das Bild ihrer Mutter, und da steht sie denn, zwischen zwei Foltern: der Vergangenheit, an der sie nicht teilhaben kann, und der Gegenwart, die sie nicht nachahmen kann. Wie ist es also mit ihr? Sieht hinab auf ihre Teile und schreit, gemartert, unanständig! Begräbt ihre Mitte an beiden Enden, sucht die Welt ab nach dem Pfad zurück zu dem, was sie einmal ersehnt hat, einst und vor langer Zeit. Vergangen die Erinnerung, und nur durch Zufall noch durchfährt sie ein Windstoß, das Flattern eines Blattes, eine Woge berauschender Wehmut; Ohnmacht ergreift sie und sie weiß: vorbei. Kann denn etwas Bestialisches etwas Schönem nicht entsprechen, wenn beide Dinge sich als Befürchtungen offenbaren? Liebe zu zwei Dingen gibt oft dem einen Ding recht. Denk an die Fische, wie sie durch die Meere jagen, wie ihre Liebe zu Luft und Wasser sie rotieren läßt, Rädern gleich; wie Schwanz und Zähne das Wasser beißen, ihr schnellendes Rückgrat die Luft zu fangen sucht! Ist das nicht Jenny? Sie, unfähig, jemals etwas ganz zu umschließen, angewiesen auf Zähne, Schwanz und schnellendes Rückgrat! Oh, um des Himmels willen, kannst du nicht endlich Ruhe geben!«

»Wenn ich ihr nicht schreibe – was soll ich dann tun? Ich kann nicht für immer hier sitzen und nachdenken!«

»Terra damnata et maledicta!« rief der Doktor und schlug mit der Faust auf. »Mein Onkel Octavius, der Forellenkitzler von Itchen, der wußte es besser! Er aß seinen Fisch, sobald er ihn fing. Aber du, du mußt das Schicksal abspulen, mußt umkehren, um Robin zu suchen. Das ist es, was du tun wirst! In deinen Stuhl hätte man den heiligen Stein einlegen sollen, damit er ›ja‹ sagt zu deinem ›ja‹, ›nein‹ zu deinem ›nein‹. Statt dessen ist er in der Abtei von Westminster verlorengegangen. Und wenn ich den seligen Symon Brake auf seinem Weg damit nach Irland hätte aufhalten und ihm ins Ohr flüstern können, dann hätte ich gesagt: ›Halt!‹ (obgleich das bereits siebenhundert Jahre vor Christi Geburt war); vielleicht hätte er die Runde gemacht. Vielleicht hätte er dich abgelenkt – aber nein: du schreibst

eben dauernd an Robin, unaufhaltsam. Du hast sie zur Legende gemacht und ihr die Ewige Lampe vor den Kopf gehängt, und daran wirst du festhalten und wenn sie dort hinten auch eine Million Briefumschläge aufreißen muß. Woher weißt du eigentlich, aus welcher Art Schlaf du sie aufstörst? Welche Worte sie sprechen muß, um das Pfeifen des Briefträgers ungeschehen zu machen? Es gilt einem anderen Mädchen, das sich, aufgescheucht, auf einen wilden Ellbogen stützt. Könntest du nicht einen von uns auslassen? Weißt du denn nicht, daß dein Festhalten ihr einziges Glück und damit ihr einziges Elend ist? Du schreibst und weinst und grübelst und schmiedest Pläne, und während dieser ganzen Zeit – was tut Robin? Wirft Mikadostäbchen oder sitzt am Boden und spielt mit Soldaten. Deshalb heul mich nicht an, ich habe niemanden, dem ich schreiben kann und nehme nur leichte Wäsche an; man nennt sie allerdings: Abwasch der Welt. Grab ein Loch, laß mich hinab! Oh, keineswegs! Die Matthäus-Passion von Bach, die will ich sein! In einer Lebensspanne findet alles Verwendung, das habe ich festgestellt!«

»Ich muß ihr schreiben!« sagte Nora. »Ich muß, muß!«

»Kein Mensch weiß es so gut wie ich, der Gott der Finsternis! – Also gut, aber dann mach dich gefälligst auf das Schlimmste gefaßt. Wie steht es um Felix und seinen Sohn Guido, dieses kranke, jammernde, jämmerliche Fieberkind? Ihm wäre Wettertod ein Tonikum. Wie alle Kinder unserer Zeit hat er nur eine einzige Altersversorgung: die Hoffnung auf einen frühen Tod. Welche Geister antworten dem, der des Menschen Erbschaft niemals antreten wird? Eifer, armselig und vertan! Und daher frage ich: wurde Robin absichtlich entblättert? Und Jenny, das arme Hürchen? War sie das zu ihrem Vergnügen? Wer weiß, welcher Art Messer sie in Stücke hacken? Kannst du nicht endlich Ruhe geben? Die Feder hinlegen? Oh, *papelero,* habe ich aus mei-

ner Zeit nicht die Bilanz gezogen? Eines Tages werde ich mich am Rande von Saxon-les-Bains hinlegen und die Quellen trocken trinken oder in Homburg am Spieltisch vor die Hunde gehen oder gar enden wie Madame de Staël: mit einer Vorliebe für Deutschland. Mit mir nimmt es vielerlei Ende. Ja ja, mit einem Schwanzriemen aus Jungfernhaar, um meine Seele auf ihrem Platz zu halten, und in meiner Vorhut eine Taube, speziell gefiedert, um in meinem Wind zu fliegen, so reite ich denn dahin auf dem unbändigen Pferd; und alle seine Hufe sind voll von dem Leim, der den Bericht meiner Taten einst an die Mauern kleben wird, wenn ich dort unten bin, mit Erde versiegelt. In der Zeit ist alles möglich, und im Raum ist alles verzeihlich. Das Leben ist nur das Laster, das zwischen beiden vermittelt. Erröten können wir immer noch in der Ewigkeit. Das Leben der Länge nach ausgebreitet, das ist es, was den Klerus in Fluß hält – und jetzt ruh dich aus, leg die Feder hin! – Oh, die armen Würmer, die niemals ankommen! Irgendein Engel in heimlicher Gunst mag für uns beten. Wir werden es nicht mehr erfassen, das todverheißende Murmeln im Herznerv: ihm haben wir alle zu verdanken, was wir an Haltung besitzen. Und Robin? Ich weiß, wo deine Gedanken weilen! Sie, die ewig Momentane! Robin war immer die zweite Person singular.
Gut«, sagte er mit heftigem Nachdruck, »lieg du nur da und weine, das Schwert in der Hand! Habe nicht auch ich ein Buch verzehrt? Wie die Engel und die Propheten? Und hatte das Buch nicht einen bitteren Geschmack? Die Archive meines Prozesses gegen das Gesetz, den verräterischen Dossiers entzogen und entwendet von meinem ach so prominenten Freund! Und habe ich nicht eine Seite gefressen und eine Seite zerrissen, auf einigen herumgetrampelt, andere zerschunden und manche ins Klosett geschmissen, um mich zu erleichtern? – Und nun denk gefälligst an Jenny: kein

Komma zum Essen! Und Robin: nichts als einen Kosenamen hat sie, und zwar deinen Kosenamen, um sie aufrecht zu halten. Denn Kosenamen bieten Schutz gegen Verlust wie primitive Musik. Doch ist ihr Bild damit vollständig? Ist unser Ende etwa eine Bilanz? Nein, antworte nicht! Ich weiß, daß sogar die Erinnerung Gewicht hat! Im Krieg habe ich einmal ein totes Pferd gesehen, das hatte lange dagelegen, gegen den Erdboden gepreßt. Zeit und die Vögel und seine eigene letzte Konzentration hatten den Körper ein weites Stück vom Kopf entfernt. Als ich diesen Kopf sah, da wog meine Erinnerung die Schwere des verlorenen Körpers auf; und diese fehlende Einheit ließ den Kopf noch schwerer auf der Erde lasten. So auch die Liebe: ist sie vergangen, hat sie die Zeit mit sich genommen, hinterläßt sie das Gedenken ihrer Schwere.«
Sie sagte: »Sie ist ich selbst. Was soll ich tun?«
»Mach Vogelnester mit deinen Zähnen, das wäre besser«, sagte er ärgerlich. »Wie meine englische Freundin. Den Vögeln gefielen sie so gut, daß sie keine eigenen mehr machten (kommt dir das nicht so vor, als habest du für irgendeinen Vogel ein Nest gebaut und ihm so den Weg zu seinem eigenen Schicksal abgeschnitten?). Im Frühling stehen sie Schlange vor ihrem Schlafzimmerfenster, stehen da und warten, bis sie an der Reihe sind. Sie halten ihre Eier zurück so fest sie können, bis sie zu ihnen kommt, stolzieren steifbeinig auf dem Fenstersims auf und ab, die Augen in ihren Federn, ein schnelles Licht, ein spitzer Stich, quecksilbrig vor Ungeduld wie jemand, der vor der Toilettentür warten muß, weil drinnen jemand beschlossen hat, sämtliche Bände ›Niedergang und Ende des Römischen Reiches‹ zu lesen. Und jetzt denk bitte an Robin, die für ihr Leben niemals hat sorgen können, außer in dir! O ja«, sagte er leise, »›glücklich der, den die Heimlichkeit unschuldig macht!‹«

Nora wandte sich um und sagte in einer Stimme, die sie zu festigen suchte: »Einmal, als sie schlief, wollte ich, daß sie sterbe. Jetzt würde auch das nichts mehr ausmachen.«
Der Doktor nickte und rückte mit zwei Fingern die Krawatte zurecht. »Die Zahl unserer Tage bietet nicht genug Hemmnis, um uns den Tod unserer großen Liebe betrachten zu lassen. Solange sie noch lebte, kannten wir sie zu gut und haben nichts verstanden, denn damals förderte unsere nächste Geste unser nächstes Mißverständnis. Aber Tod ist Intimität, die rückwärts wandelt. Wir sind toll vor Schmerz, wenn die, welche uns einst aufnahm, die einzige Erinnerung in uns hinterläßt. Dann vergießen wir Tränen des Schiffbruchs. Es ist also gut, daß sie es nicht getan hat.« Er seufzte. »Es geht dir immer noch schlecht. Ich dachte, du hättest dich außerhalb der Dinge gestellt. Ich hätte es besser wissen sollen. Nichts ist genau das, was jedermann möchte, nach diesem Gesetz läuft die Welt. Ich persönlich würde, wenn ich könnte, den Tag des Hackebeils einführen, und aus lauter Herzensgüte würde ich deinen Kopf abhacken, eventuell zusammen mit ein paar anderen. Jeder Mensch sollte einen Tag und ein Beil zugeteilt bekommen, bloß um sein Herz zu erleichtern.«
Sie sagte: »Was wird jetzt werden? Aus mir und aus ihr?«
»Nichts«, antwortete der Doktor, »wie immer. Wir kommen alle in der Schlacht um, aber wir kommen alle heim.«
Sie sagte: »Ich kann sie nur in meinem Schlaf oder in ihrem Tod wiederfinden. In beiden hat sie mich vergessen.«
»Hör mal!« sagte der Doktor und stellte sein Glas ab. »Mein Krieg hat mir vielerlei eingebracht; laß den deinen dir ebensoviel einbringen. Das Leben läßt sich nicht wiedergeben. Ruf es so laut du willst, es wird sich nicht selbst erzählen. Niemand wird viel sein oder wenig, außer in der Schätzung eines anderen. Daher sei argwöhnisch denen gegenüber, die dich schätzen, und denk an Lady Macbeth, die

ihr Schätzungsvermögen in der Hand trug. So sicher wie sie können wir nicht alle sein.«
Nervös stand Nora auf und begann umherzugehen. »Ich bin so unglücklich, Matthew. Ich weiß nicht, wie ich sprechen soll, und ich muß doch sprechen. Ich muß zu jemandem sprechen. Ich kann so nicht leben.« Sie preßte ihre Hände aneinander und ohne den Doktor anzusehen ging sie weiter.
»Hast du noch Port?« erkundigte er sich und stellte die leere Flasche hin. Mechanisch holte Nora eine zweite Karaffe. Er nahm den Stöpsel ab, hielt ihn einen Augenblick an seine Nase, und schenkte sich ein Glas ein.
»Was du soeben erfährst«, sagte er und prüfte dabei den Wein zwischen Unterlippe und Zähnen, »ist die Inzucht des Schmerzes. Die meisten von uns fordern sie nicht heraus. Wir feiern Hochzeit mit einem Fremden und damit ›lösen‹ wir unser Problem. Aber wenn du mit dem Leid Inzucht treibst (was eigentlich nur bedeutet, daß du von jeder Krankheit befallen bist und daher deinem Fleisch vergeben hast), dann wirst du bis in dein Gefüge angefressen – wie ein alter Meister unter dem Messer des Wissenschaftlers dahinschwindet, der über die Malmethode Bescheid haben möchte. So, stelle ich mir vor, wird auch dem Tod vergeben werden: durch denselben Prozeß der Identifikation. Wir alle tragen das Haus des Todes mit uns herum, das Skelett; aber, ungleich der Schildkröte, ist unsere Sicherheit innen, unsere Gefahr außen. Zeit ist eine große Konferenz, die unser Ende plant, und Jugend ist nur die Vergangenheit, die ein Bein nach vorn setzt. Ja – am Leiden festhalten können, den Geist aber freilassen! A propos zerstört werden: erlaube mir, das mit der Geschichte einer dunklen Nacht in London zu illustrieren: Ich lief durch die Straßen, meine Hände immer vor mir her, und betete, daß ich nach Hause käme, ins Bett, und am Morgen aufwache,

ohne meine Hände sündhaft in meiner Hüftengegend zu finden. Ich schlug also die Richtung *London Bridge* ein – all das ist übrigens lange her, und ich sollte wirklich vorsichtig sein, sonst erzähle ich eines Tages eine Geschichte, die mein Alter verrät.
Jedenfalls stieg ich hinab, unter die *London Bridge,* und was sehe ich da? Ein Dreigroschenständchen. Und weißt du auch, was es mit so einem Dreigroschenständchen für eine Bewandtnis hat? Dreigroschen, das bedeutet eine schon sehr ausgediente Dame, und *London Bridge* ist ihr letzter Standplatz, wie der letzte Standplatz für eine *grue* Marseille sein mag, es sei denn, sie habe zufällig genug Taschengeld, um sich nach Singapur durchzuschlagen. Für drei Groschen, und im Stehen – das ist alles, was man noch erwarten kann. Früher schlenderten sie so dahin, ganz in Rüschen und Fetzen, mit Riesenhüten zum Bangewerden, eine Hutnadel über dem Auge und flott mitten durch die Krone gestochen, ihre Schatten halb auf dem Boden, und das andere Halb neben ihnen herkriechend, an der Wand lang, *haute volée* der Gosse bei ihrem letzten Rundgang, lässig auf ihrem letzten Weg zum Reitplatz, langsam dem Dunkel entlang, rafften ihre schwer mitgenommenen Volants oder standen still, schweigend und gleichgültig wie Tote; als gedächten sie besserer Tage oder erwarteten etwas, was man ihnen versprochen hatte, als sie noch kleine Mädchen waren. Ihre armen, verdammten Kleider hochgezogen und über dem Hinterteil abwärtsfallend, faltig, litzenbehangen wie das Paradepferd eines Kreuzritters, und aller Putz und Pomp im Elend verwelkt.«
Während der Worte des Doktors war Nora stehen geblieben, als habe er ihre Aufmerksamkeit zum erstenmal gefesselt.
»Und einmal hat Pater Lukas zu mir gesagt: ›Sei einfältig, Matthäus, das Leben ist ein einfaches Buch und ein offenes

Buch, lies darin und sei so einfach wie die wilden Tiere des Feldes! Einfach unglücklich zu sein, das genügt nicht; du mußt auch wissen, wie!‹ Da machte ich mich denn ans Nachdenken und sagte zu mir selbst: ›Das ist eine schreckliche Sache, die Pater Lukas mir da auferlegt hat: einfach zu sein wie die wilden Tiere und doch nachzudenken und niemandem ein Leid anzutun!‹ Und so ging ich los. Es hatte angefangen zu schneien, die Nacht war herabgesunken. Ich ging auf die *Ile* zu, weil ich die Lichter in den Schaufenstern von *Notre Dame* sehen konnte und all die Kinder im Dunkel, wie sie beim Flackern der Dochte leise beteten, mit jenem schmalen Atem, der aus zarten Lungen kommt, flüsternd, todesbewußt und doch voller Nichtigkeit, denn so sagen ja Kinder ihre Gebete. Da sagte ich denn: ›Matthäus, heute abend mußt du dir eine kleine Kirche suchen, wo keine Leute sind, wo du wie ein Tier allein sein und doch nachdenken kannst!‹ Und so schlug ich eine andere Richtung ein und lief, bis ich zu *St. Merri* kam; und ich trat vor, und da war ich denn. Ruhig brannten alle Kerzen, für all die Nöte, die das Volk ihnen anvertraut hatte, und ich war beinahe allein, nur in einer entfernten Ecke sagte eine alte Bauersfrau ihren Rosenkranz.

Ich ging also geradeswegs auf den Opferstock für die Seelen im Fegefeuer zu, nur um zu zeigen, daß ich ein echter Sünder sei – für den Fall, daß zufällig ein Protestant in der Nähe wäre. Ich versuchte zu überlegen, welche meiner Hände die gesegnetere sei – da gibt es nämlich auf dem *Raspail* eine Sammelbüchse, auf der steht, daß die Hand, mit der man den ›Kleinen Schwestern der Armen‹ etwas spendet, für den ganzen Tag gesegnet bleibe. – Ich gab es auf, in der Hoffnung, daß es meine rechte Hand wäre. In einer dunklen Ecke knieend, den Kopf vornüber und hinabgeneigt, so sprach ich denn zu meinem Kleinen Meister, denn nun war er an der Reihe, alles andere hatte ich versucht. Diesmal blieb mir nichts anderes mehr übrig, als ihn mit dem Mysterium zu konfrontieren, auf daß es ihn ebenso klar erkenne wie mich selbst. Und so flüsterte ich also: ›Was ist dies Ding, o Herr?‹ Und ich fing an zu weinen, die Tränen gingen nieder, wie Regen auf die Welt niedergeht, ohne das Gesicht des Himmels zu berühren. Plötzlich wurde mir etwas bewußt: es war das erstemal in meinem Leben, daß meine Tränen mir fremd erschienen; sie liefen da so einfach und gerade vorwärts und durch die Augen hinab: ich weinte, weil ich den Kleinen so in Verlegenheit bringen mußte, denn es würde ihm ja gut tun.

Ich weinte und schlug mit der linken Hand gegen den *prie-Dieu,* und während alledem lag der Kleine Meister da, in einer Ohnmacht. Ich sagte: ›Nur suchen wollte ich, und statt dessen finde ich nur!‹ Ich sagte: ›Ich bin es, Herr, der weiß, daß in jedem bleibenden Irrtum, wie ich einer bin, auch Schönheit liegt. Habe ich es nicht gleich gesagt? – Aber‹ sag ich da, ›ich kann so nicht weitermachen, es sei denn, Du hilfst mir, Du, Buch des Verborgenen! *C'est le plaisir qui me bouleverse!* Der brüllende Löwe zieht auf Raub aus, er sucht die eigene Wut! Nun sag du mir: was ist an mir ewig, ich oder er?‹ Da war ich also, in der leeren, fast leeren Kirche, allen Volkes Sorgen flackerten in kleinen Lichtern rings herum. Und ich sagte: ›Das wäre eine feine Welt, Herr, wenn du alle aus ihr herausholen könntest.‹ Da war ich, hielt den Kleinen, neigte mich und weinte und stellte die Frage, bis ich sie vergaß, und weinte weiter. Und dann packte ich den Kleinen ein, wie einen kaputten Vogel, und verließ diesen Platz, und ich ging und sah in die Sterne, die flimmerten, und ich fragte: ›Bin ich einfältig gewesen wie ein Tier, mein Gott? Oder habe ich nachgedacht?‹«

Sie lächelte. »Manchmal weiß ich nicht, weshalb ich mich mit Ihnen unterhalte. Sie sind genau wie ein Kind. Und manchmal wieder weiß ich es nur allzu gut.«

»Da wir von Kindern sprechen – und danke auch für das Kompliment! –, nimm zum Beispiel den Fall des Don Anticolo. Er war ein junger Tenor aus Beirut; tief tauchte er ins Becken für seinen Wagner und hoch schoß er in den Brustkorb für seinen Verdi. So hatte er sich anderthalbmal um die Welt gesungen, ein Witwer mit einem kleinen Sohn, knapp zehn Jahre beim Gongschlag, als – *presto!* – der Kleine von einer Ratte gebissen wurde beim Schwimmen in Venedig, und das führte zu Fieber. Sein Vater kam dauernd zu ihm herein, und alle zehn Minuten (oder war es jede halbe Stunde?) nahm er ihn hoch, um zu sehen, ob er weniger heiß oder heißer sei. Papi verlor den Kopf vor Kummer und Angst, aber verließ er etwa sein Bett auch nur für einen Augenblick? Jawohl! Denn obgleich der Sohn dahinsiechte, war die Flotte eingelaufen. Doch da er ja schließlich Vater war, betete er über dem Champagner, und flehte für das Leben seines Sohnes, während er die Mannschaft über den Kompaß lockte und nach Hause einlud, Bug und Spriet und wie sie da waren. Aber als er nach Hause kam, da lag der kleine Sohn tot. Der junge Tenor brach in Tränen aus und verbrannte ihn und ließ die Asche in ein Zinkbüchschen füllen, nicht größer als ein Puppenkörbchen und vollzog die Feierlichkeiten über ihm. Zwölf Seeleute, ganz in Blau, umstanden den Tisch aus Weißholz, Glas in der Hand, Gram im seewärts gewandten Auge schräge unter horizontverdünnten Lidern – während der schmerzenstolle Vater und Sänger das Büchschen auf den Tisch warf und jammerte: ›Das, meine Herren, ist mein Kleines! Das, ihr Jungs, mein Sohn! meine Matrosen, mein Knäblein!‹ Und nochmals stürzt er sich auf die Büchse, packt sie und schmettert sie auf den Tisch und ruft immer wieder unter Heulen: ›Mein Sohn, mein Kleines, mein Junge!‹ Mit zitternden Fingern stupst er die Büchse bald hierhin, bald dorthin, über den ganzen Tisch, bis sie ihn wohl ein dutzendmal überquert hat, der Vater immer hinterher, ihr nach, stößt sie, heult und jault wie ein Hund, der einen Vogel aufspürt, in dem aus irgendeinem unerfindlichen Grund keine Bewegung mehr ist.«

Der Doktor stand auf und setzte sich wieder. »Ja, mein Gott – Robin war schön. Ich mag sie nicht, aber das muß ich ihr lassen. Eine Art flüssiges Blau unter ihrer Haut, als habe sich die Hülle der Zeit von ihr gelöst und damit jegliches Geschäft mit der Erkenntnis. Eine Art erste Stufe der Vorsicht. Ein Gesicht, das nur unter den Schlägen immerwährender Kindheit altern wird. Schläfen wie von jungen Tieren, die ihre Hörner abstoßen, als seien es Augen im Schlaf. Und einem solchen Blick im Gesicht folgen wir wie einem Elmsfeuer. Zauberer kennen die Macht der Hörner. Stoß auf ein Horn, wo immer es liege, und du weißt: du bist erkannt! Über tausend menschliche Schädel magst du stürzen, ohne das gleiche Maß Bestürzung zu erfahren. Als ob die ollen Herzoginnen das nicht genausogut wüßten! Hast du sie jemals gesehen, wie sie zu einer Veranstaltung großen Stiles gehen, sei es Oper oder Bezique, ohne daß Federn, Blumen, Getreide oder irgendwelche andere Apparaturen ihnen über die Schläfen nickten?«

Sie hatte ihn nicht gehört. »Jede Stunde ist meine letzte«, sagte sie verzweifelt, »und man kann nicht sein ganzes Leben lang seine letzte Stunde durchleben.«

Er grinste. »Auch das beschauliche Leben, Nora mein Kind, ist nur mühsamer Versuch, den Körper so zu verstecken, daß seine Füße nicht herausschauen. Ach –«, fuhr er fort, »ein Tier zu sein, geboren mit dem Augenaufschlag – nur vorwärts zu gehen, und am Ende des Tages mit dem Schließen des Lids das Gedächtnis auszusperren!«

»Zeit ist nicht lang genug«, sagte sie und schlug auf den Tisch. »Sie ist nicht lang genug, um die Nächte mit ihr aufzulösen! Mein Gott!« schluchzte sie, »was ist denn Liebe?

Der Mensch auf der Suche nach seinem eigenen Kopf? Der menschliche Kopf, von Elend so besessen, daß sogar die Zähne schwer ins Gewicht fallen! Sie konnte mir die Wahrheit nicht sagen, weil sie niemals auf dem Weg ihrer Absicht gelegen hatte. Ihr Leben war Zufall in Permanenz, und wie kann man denn darauf vorbereitet sein? Alles, was wir in dieser Welt nicht ertragen können, finden wir eines Tages in einer einzigen Person vereint, und sofort lieben wir alles. Ein ausgeprägtes Empfinden für Identität verursacht im Menschen die Vorstellung, er könne nichts Falsches begehen. Zu wenig davon –: dasselbe Resultat. Es gibt Naturen, die nicht würdigen, sondern nur bedauern können. Wird Robin *nur* bedauern?« Jäh unterbrach sie sich und ergriff die Stuhllehne. »Vielleicht nicht«, sagte sie, »denn selbst ihr Gedächtnis fiel ihr zur Last.« Dann sagte sie, mit der Leidenschaft des Schmerzes: »Es steckt etwas Schlechtes in mir, das liebt Bosheit und Verkommenheit, der Reinheit schwarze Kehrseite! Es liebt die Aufrichtigkeit mit grausiger Liebe! Warum wäre ich sonst immer vor des Lügners Tür gegangen, um sie dort zu suchen?«

»Hör zu!« sagte der Doktor. »Weißt du, was mich zum größten Lügner diesseits des Mondes gemacht hat? Mich, der ich Leuten wie dir meine Geschichten erzähle, um sie von der Todesangst zu befreien, die ihnen in den Eingeweiden sitzt? Um sie zu halten, wenn sie sich am Boden krümmen, die Füße hochziehen und schreien? Wenn die Augen über das Handgelenk stieren, voller Qual, die sie abzuwehren suchen! Sie schreien: ›So sag doch etwas, Doktor, um Gottes willen!‹ Und ich rede darauf los, wie ein Irrer – siehst du: das und sonst nichts hat mich zu dem Lügner gemacht, der ich bin.

Angenommen, dein Herz wäre an jeder Stelle fünf Fuß im Durchmesser, würdest du es an einem anderen Herz zerschellen lassen, das nicht größer ist als ein Häufchen Mäusedreck? Würdest du dich in irgendeinen Wasserkörper stürzen – und zwar in deiner jetzigen Größe – für irgendeine Frau, die du mit dem Vergrößerungsglas suchen müßtest, oder etwa für irgendeinen Jungen, und sei er so groß wie der Eiffelturm und ließe Tröpfchen fallen wie eine Fliege? Nein, wir alle lieben in Größenverhältnissen, und doch jammern wir alle mit winzigen Stimmchen den großen dröhnenden Gott an, je älter wir werden! Altern ist eben nichts anderes als das Leben rückwärts wegzuwerfen, und so vergibt man denn schließlich sogar denen, die man noch nicht zu den Vergessenen zählt. Diese Gleichgültigkeit ist es, die dir deinen Mut gibt, der nämlich – um die Wahrheit zu sagen – gar kein Mut ist. Es gibt keine Wahrheit, und du hast sie zwischen euch gestellt. Du bist unklug genug gewesen, eine Formel aufzustellen: du hast das Unerkennbare in das Gewand des Erkannten gekleidet.«

»Der Mensch«, sagte sie, und ihre Lider zitterten, »hat, als er in der Angst heimisch wurde, Gott geschaffen; so wie das Vorgeschichtliche, als es in der Hoffnung heimisch wurde, den Menschen erschaffen hat – das Erkalten der Erde, den Rückgang des Meeres. Und ich, der es an Macht gebricht, wähle ein Mädchen, das einem Knaben gleicht.«

»So ist es«, sagte der Doktor. »Du hast niemals zuvor irgend jemanden geliebt, und du wirst niemals irgend jemanden wieder so lieben, wie du Robin liebst. Nun gut. Was hat es mit dieser Liebe auf sich, dieser Liebe für die Umkehrung, handle es sich um Knabe oder Mädchen? Sie waren es, von denen alle Romanzen handelten, die wir jemals gelesen haben. Das Mädchen, das sich verläuft, ist nichts anderes als der Prinz, der sich findet. Der Prinz auf dem weißen Pferd, nach dem wir immer gesucht haben. Und der schöne Jüngling, der ein Mädchen ist? Was ist er anderes als die Prinz-Prinzessin in Band und Spitze, zwar das eine nicht ganz, dafür aber halb das andere, das Gemälde auf dem Fächer. Wir lieben sie aus diesem Grund. Gepfählt waren wir auf sie als Kinder, wie sie da durch unsere Fibeln ritten, süßeste aller Lügen, hier im Gewand des Knaben, dort wieder als Mädchen auftretend, denn im Mädchen ist es der Prinz, und im Knaben ist es das Mädchen, das einen Prinz zum Prinzen macht – und nicht ein Mann. Sie reichen weit zurück in unsere verlorene Ferne, wo das, was wir niemals besaßen, steht und wartet. Die Begegnung mit ihnen war unvermeidlich, denn sie wurden von unserer Sehnsucht auf dem Irrweg erschaffen. Sie sind unsere Antwort auf das, was man unseren Großmüttern als Liebe weismachte und was sie dann niemals wurde; diese lebenden Lügen unserer Jahrhunderte. Wenn eine lange Lüge emporsteigt, dann ist sie nicht selten eine Schönheit; wenn sie hinabtaucht in Zersetzung, in Droge und Trunksucht, in Krankheit und Tod, dann hat sie plötzlich eine einzigartige und furchtbare Anziehungskraft. Ein Mensch kann sich gegen das Übel auf seiner eigenen Ebene wehren, kann es meiden, aber wenn es den hauchleichten, wehenden Saum seiner Traumwelt berührt, dann nimmt er es sich zu Herzen, wie man sich die schwarze Qual des Albdrucks zu Herzen nimmt, zugleich Ausgeburt und Opfer der individuellen Phantasie; so daß, wenn einer von den Knaben oder Mädchen an den Pocken stürbe, es dem eigenen Todeswunsch entspräche, und zwar mit zwei Empfindungen: Entsetzen und Wonne, weit hinten im Vergangenen wieder vereint zu einem umrißlosen Meer, wo ein Schwan – (sind wir es selbst: ist er es, oder sie? oder ein Mysterium aus allen?) – in Tränen untergeht.«

»Liebe ist Tod, von Leidenschaft ereilt. Daher weiß ich, daß Liebe Weisheit ist. Ich liebe sie, wie eine die dazu verdammt ist.«

»Oh, Witwe Lazarus! Von deinen Toten auferstanden! Oh, süchtige Laune des Mondes! Sieh diesen schauerlichen

Baum, darauf den trauerlichen Vogel, wie er sitzt und singt! *Turdus musicus* oder die in Europa heimische Singdrossel. Sitzt und singt den Refrain, alles in tränendurchtränkter Nacht. Als *largo* hebt es an, aber es hört auf wie ein wildgewordenes ›Ich höre Deinen Ruf!‹ oder ›Nimm diesen letzten Kuß von mir!‹ Und Diana, wo ist sie geblieben? Diana von Ephesus, in den griechischen Gärten, wie sie singt und schwingt in jeder Brust! Und Weh und Ach, die beiden Hunde des Vatikans, rennen die päpstliche Esplanade hinauf und hinab und hinaus in den Rosengarten, Röslein im Schwanz, um der Sorge den Eintritt zu wehren. Und ob ich das alles weiß! Denkst du, ich, die alte Frau, die im Schrank wohnt, weiß nicht, daß jedes Kind, welchen Tages es auch sei, vorgeschichtlich geboren wird und daß selbst der falsche Gedanke den menschlichen Geist unglaubliche Mühe gekostet hat? Biege den Baum der Erkenntnis herab, und du scheuchst einen seltsamen Vogel auf. Das Leid mag aus bösen Mischungen bestehen, aus minderwertigem Krampf. Wut und Ungenauigkeit pfeifen und blasen durchs Gebein, denn – im Gegensatz zu jeglicher Meinung – *nicht* alles Leiden läutert: ich bitte um jedermanns Vergebung – auch bekannt als jedermanns Erkenntnis. Manche treibt es durch Mühsal und Geschwätz hin zum Meineid. Das Bauchfell kocht und bringt vulgäres und billiges Gebet hoch aus den versunkenen Tiefen sinnloser Todesangst.«
»Jenny«, sagte sie.
»Ihren Schlaf läßt es verfaulen. Jenny ist eine von denen, die wie ein Vogel nippen und sich wie ein Ochse entleeren: die Armen und Leichtverdammten! Auch das kann zur Folter werden. Keiner von uns leidet so viel, wie er sollte, oder liebt so sehr, wie er sagt. Liebe ist die erste Lüge, Weisheit die letzte. Als wüßte ich nicht, daß der einzige Weg, das Böse zu erkennen, über die Wahrheit führt! Das Schlechte und das Gute kennen sich nur durch Preisgabe ihres Ge-

heimnisses Aug' in Auge. Trifft das wahre Gute auf das wahre Schlechte – Heilige Mutter der Gnade, gibt es so etwas überhaupt? –, so lernt es zum erstenmal, wie man beides verschmäht: des einen Antlitz erzählt dem Antlitz des anderen jene Hälfte der Geschichte, die beide vergessen haben.

Völlig unschuldig zu sein«, fuhr der Doktor fort, »würde bedeuten, völlig unbekannt zu sein, vor allem gegenüber sich selbst.«

»Manchmal schien Robin zu mir zurückzukehren«, sagte Nora, ohne auf ihn zu achten, »zu Schlaf und Sicherheit. Aber«, fügte sie bitter hinzu, »sie ging immer wieder fort.«

Der Doktor zündete sich eine Zigarette an, hob das Kinn und blies den Rauch in die Höhe. »Um ihre Liebhaber mit der großen, leidenschaftlichen Gleichgültigkeit zu traktieren. – Sag mal!« rief er aus und senkte das Kinn, »Morgengrauen! Richtig: Morgengrauen! Da kam sie zurück, voller Angst! Um diese Stunde balanciert der Einwohner der Nacht auf einem Faden, der sehr dünn wird.«

»Nur das Unmögliche währt ewig; mit der Zeit wird es zugänglich gemacht. Robins und meine Liebe war immer unmöglich, und indem wir einander lieben, lieben wir nicht mehr. Dennoch lieben wir einander zu Tode.«

»Hm«, murmelte der Doktor, »läute das Leben wie die Glocke, die zum Essen ruft – eine Stunde gibt es, die nicht mitschwingt: die Stunde der Entwirrung. – Na ja«, seufzte er, »schließlich stirbt jedermann einmal an dem Gift, das als Herz-auf-der-Zunge bekannt ist. Deines liegt in deiner Hand. Leg es zurück! Der es ißt, wird auf deinen Geschmack kommen, und am Ende wird man seine Schnauze zwischen deinen Rippen bellen hören. Ich bin keine Ausnahme, Gott weiß es, ich bin der letzte meiner Linie, der feine Haaransatz des geringsten Widerstandes. Es ist eine grauenhafte Sache, daß der Mensch nur durch das lernt, was er zwischen dem einen Bein und dem anderen hat. Oh, dieses kleine baumelnde Ding! Seine Betriebsamkeit bringt uns in tödliche Verderbnis. Niemals weißt du, welches deiner Enden der Teil sein wird, von dem du deine Gedanken nicht ablenken kannst.«

»Wenn nur Sie meine Gedanken ablenken könnten, Matthew. Dies ist nun das Haus, das ich genommen habe, damit Robins und meine Gedanken zueinander finden mögen. Erstaunlich, nicht wahr, daß ich jetzt allein glücklicher bin, ohne sie; denn als sie hier bei mir in diesem Haus war, mußte ich mitansehen, wie sie fortgehen und doch bleiben wollte. Wieviel von unserem Leben legen wir in ein Leben, damit wir verdammt werden können? Und dann war sie wieder hier, taumelte wieder durch das Haus, horchte auf einen Schritt im Hof, auf eine Möglichkeit wegzugehen und doch nicht zu gehen, versuchte dabei mit der ganzen Kraft ihres Ohres, jeden Laut, der mich argwöhnisch machen könnte, aufzusaugen, und hoffte dennoch, mein Herz würde brechen vor Sicherheit. Sie brauchte diese Versicherung, Matthew. War es Sünde, daß ich ihr geglaubt habe?«

»Natürlich hat es ihr Leben auf die falsche Bahn gebracht«, sagte er.

»Aber als ich ihr nicht mehr glaubte, nach der Nacht, in der ich zu Ihnen kam – das ist es, worüber ich die ganze Zeit nachdenken muß; ich wage nicht, aufzuhören, aus Angst vor dem Augenblick, in dem alles wiederkommt –«

»Gewissensbisse«, sagte der Doktor, »sitzen schwer, wie der Arsch eines Stiers. Du hast dir die Illusion der ›Rechtschaffenheit‹ geleistet, um diesen Arsch davon abzuhalten, dein Herz zu sprengen. Aber was hatte sie? Nur deinen Glauben an sie, – und diesen Glauben hast du ihr genommen. Du hättest ihn für immer behalten sollen, im Bewußtsein, daß es ein Mythos war. Kein Mythos wird ungestraft zer-

brochen. Ach, diese Schwäche der Starken! Die Schwierigkeit bei dir ist, daß du dich nicht damit begnügst, einen Mythos zu schaffen, sondern ihn auch noch zerstören mußt: du hast eine schöne Legende aufgestellt und dann Voltaire damit zu Bett gelegt. Ach, der Todesmarsch aus ›Saul‹!«
Nora sprach weiter als wäre sie nicht unterbrochen worden, »– weil ich nach dieser Nacht Jenny aufsuchte. Ich entsinne mich der Treppe. Sie war aus braunem Holz. Die Diele war häßlich und düster und ihre Wohnung trübselig. Niemand hätte gedacht, daß sie wohlhabend sei. Die Wände waren senffarben tapeziert bis in den Salon hinein, und etwas Scheußliches in Rot und Grün und Schwarz im Vorraum, und ganz hinten am Ende, gegenüber der Eingangstür, war ein Schlafzimmer mit einem Doppelbett. Gegen das Kopfkissen gelehnt saß eine Puppe. Mir hatte Robin eine Puppe geschenkt. Da wußte ich denn, bevor ich fragte, daß dies das rechte Haus sei, bevor ich fragte: ›Sie sind doch Robins Geliebte, nicht wahr?‹ Das arme zitternde Geschöpf hatte ein Paar Beckenknochen, deren Flattern ich durch ihr Kleid sehen konnte. Ich wollte mich vorbeugen und lachen vor lauter Entsetzen. Da saß sie, zusammengekauert vor Erstaunen, ihr Rabenschnäbelchen schnappte nach Luft, und das Wort ›ja‹ kam. Und ich sah auf, und dort an der Wand hing die Photographie von Robin als kleines Kind (mir hatte sie gesagt, sie sei verloren gegangen).
Sie brach zusammen. Vornüber fiel sie, in meinen Schoß. An ihren nächsten Worten erkannte ich, daß ich für sie keine Gefahr bedeute, sondern vielmehr jemand sei, der für ihre Tortur Verständnis haben müsse. In großer Erregung sagte sie: ›Heute nachmittag war ich fort. Ich dachte nicht, daß sie zu mir kommen würde, weil Sie, wie Robin sagte, auf dem Lande wären und erst heute abend zurück sein würden, und deshalb müsse sie daheim bei Ihnen bleiben, weil Sie immer so gut zu ihr gewesen seien. Natürlich weiß

ich, daß – Gott sei Dank! – zwischen Ihnen nichts mehr ist, daß Sie eben nur »gute Freunde« sind, das hat sie mir erklärt. Und doch: ich bin fast verrückt geworden, als ich feststellte, daß sie hier gewesen und ich fort war. Sie hat mir so oft gesagt: »Geh nicht aus dem Haus – ich weiß nie genau, wann ich wegkomme, denn ich darf Nora nicht weh tun.« Noras Stimme erstickte. Sie fuhr fort.

»Dann fragte Jenny: ›Was werden Sie tun? Was wollen Sie von mir?‹ Ich wußte die ganze Zeit: sie kann nichs tun, als das, was sie tun will, und was auch immer es sei, sie ist eine Lügnerin, gleichgültig, welche Wahrheit sie auch aussprechen mag. Ich war tot. Und so fühlte ich mich gestärkt, und ich sagte, ja, sehr gern nähme ich einen *drink*. Sie schenkte zwei Gläser ein, stieß mit der Flasche gegen eines und verschüttete Alkohol auf den dunklen scheußlichen Teppich. Ich überlegte dauernd: Was ist es denn noch, was mir so weh tut? Und da fiel es mir ein: die Puppe. Die Puppe dort drinnen im Bett!« Nora setzte sich dem Doktor gegenüber. »Wir schenken einem Kind den Tod, wenn wir ihm eine Puppe schenken; sie ist Sinnbild und Leichentuch. Wenn eine Frau sie einer Frau schenkt, so bedeutet sie das Leben, das sie zusammen nicht führen können: es ist ihr Kind, heilig und profan. Und deshalb – als ich die andere Puppe sah – –« Nora konnte nicht weiter sprechen. Sie begann zu weinen. »Welcher Teil des Ungeheuerlichen bin ich denn, an dessen Seite ich für immer weinen muß!

Als ich nach Hause kam, hatte Robin schon gewartet. Meiner Verspätung entnahm sie, daß etwas nicht in Ordnung sei. Ich sagte: › Es ist aus. Ich kann nicht mehr. Du hast mich immer belogen. Und du hast mich vor ihr verleugnet. Ich kann es nicht mehr ertragen.‹

Da stand sie auf und ging in die Diele. Sie riß ihren Mantel vom Haken, und ich fragte: ›Hast du mir nichts zu sagen?‹ Sie wandte mir ihr Gesicht zu. Es sah aus wie etwas,

was einst schön gewesen war, etwas in einem Fluß Gefundenes. Und sie warf sich aus der Tür.«

»Und du hast geweint«, sagte der Doktor und nickte. »Du bist im Haus umhergelaufen, wie jemand, der von der Last des Leichten erdrückt wird. Du warst vernichtet und hast die Hände aneinander geschlagen und dabei gelacht wie eine Verrückte, hast ein wenig gesungen und dein Gesicht in den Händen vergraben. Die Posen der Bühne sind dem Leben entnommen; die Feststellung, daß du sie anwendest, brachte die Scham in dir hoch. Als du dann ausgingst, um dir jemanden zu suchen, der den Wahnsinn mit dir teile, sagten die Leute: ›Um Gottes willen, schaut Euch Nora an!‹ Denn das Abreißen einer großen Ruine ist immer ein erhabenes und schreckliches Schauspiel. Wie kommt es, daß du mit mir sprechen willst? Weil ich die andere Frau bin, die von Gott vergessen wurde.«

»Es gibt nichts, an das man sich halten kann, Matthew«, sagte sie. »Man weiß nicht, welchen Weg man gehen soll. Ein Mann ist eine andere Person – eine Frau ist man selbst, gefangen in dem Moment, da die Panik beginnt. Auf ihrem Mund küßt man den eigenen. Wird sie einem genommen, so weint man, weil man seiner selbst beraubt wurde. Gott lacht mich aus; aber sein Lachen ist meine Liebe.«

»Für die Liebe bist du gestorben und wieder auferstanden«, sagte Matthew. »Aber anders als der Esel, der vom Markt heimkehrt, trägst du immer die gleiche Last. Ja um des holden Gottes willen, hat sie dich denn niemals angewidert? Warst du denn nicht manchmal froh, die Nacht für dich allein zu haben? Hast du dir nicht manchmal gewünscht, daß der Augenblick ihrer Rückkehr niemals käme?«

»Niemals und immer. Mir bangte davor, daß sie wieder sanft sein würde. Das«, sagte sie, »das ist eine schreckliche Angst. Angst vor dem Augenblick, da sie ihre Worte umwenden würde, so daß sie etwas zwischen uns bilden, an

dem kein andrer teilhaben könne. Angst, daß sie sagen würde: ›Du mußt bei mir bleiben, sonst kann ich nicht leben.‹ Und doch: eines Nachts, im Montparnasse-Viertel – ich war dorthin gegangen, um sie zu suchen. Jemand hatte mich angerufen und mir gesagt, sie sei krank und fände ihren Weg nach Hause nicht mehr (ich hatte es damals schon aufgegeben, mit ihr zu gehen, weil ich das ›Augenzeugnis‹ scheute) –, eines Nachts also rannte sie hinter mir her, straßenlang, fast atemlos vor Wut, und rief: ›Du bist ein Teufel! Alles ziehst du in den Schmutz!‹ Ich hatte nämlich versucht, irgend jemandes Hände von ihr wegzuziehen. Immer legten die Leute ihre Hände auf sie, wenn sie betrunken war. Sie rief: ›Deine Schuld ist es, wenn ich mir schmutzig und müde und alt vorkomme!‹
Ich drehte mich zur Mauer. Der Schutzmann kam, Passanten liefen zusammen. Mir war kalt, und ich schämte mich entsetzlich. Ich fragte: ›Ist das dein Ernst?‹, und sie rief, es sei ihr Ernst. Sie legte ihren Kopf auf die Schulter eines der Polizisten. Sie war betrunken. Er hielt sie am Handgelenk, eine Hand auf ihrem Hintern. Dazu sagte sie nichts, weil sie es nicht merkte, und fuhr fort, mir entsetzliche Anschuldigungen ins Gesicht zu spucken. Da ging ich eiligst davon. Mein Kopf schien sich in großen Räumen zu bewegen. Sie begann, hinter mir herzulaufen. Ich ging immer weiter. Mir war kalt, und mir war nicht mehr elend zumute. Sie packte mich an der Schulter, sie rempelte mich an und grinste. Sie taumelte. Ich hielt sie fest, und da sah sie eine arme alte Bettelhure und sagte: ›Gib ihr Geld – alles Geld!‹ Sie warf die Franken auf die Straße, beugte sich über das dreckige alte Weib und fing an, ihr über das Haar zu streichen, grau vom Staub der Jahre, und sagte: ›Alle sind sie von Gott verlassen, und du am verlassensten von allen, weil die anderen dir dein Glück nicht gönnen. Sie wollen nicht, daß du trinkst. Aber trink ruhig! Hier, ich gebe dir Geld und Er-

laubnis. Diese Weiber – alle sind sie wie diese da!‹ sagte sie voller Wut. ›Alle sind sie gut und wollen uns retten!‹ Und sie setzte sich neben sie.
Ich und der *garçon* brauchten eine halbe Stunde, um sie aufzuheben und ins Haus zu befördern, und als ich sie so weit hatte, begann sie, um sich zu schlagen, so daß auch ich sie plötzlich schlug; nicht mit Vorbedacht, sondern aus Schwäche und Notwehr. Und da richtete sie sich auf und lächelte und stieg mit mir die Treppe hinauf, ohne Widerspruch. Sie setzte sich im Bett auf und aß Eier und sagte: ›Du Engel, du Engel!‹ zu mir und aß meine Eier noch dazu und drehte sich um und schlief ein. Da küßte ich sie, hielt ihre Hände und Füße und sagte: › Jetzt stirb, dann wirst du ruhig sein, dann werden keine schmutzigen Hände dich mehr berühren, dann wirst du nicht mehr mein Herz und deinen Körper tragen und beides von Hunden beschnüffeln lassen – stirb jetzt –, und du gehörst mir, für immer!‹ (Welches Recht hat man dazu?)« Nach einer Pause sagte sie: »Mir gehörte sie nur, wenn sie betrunken war, Matthew – wenn sie jenseits war. Das ist eben das Schreckliche, daß sie letzten Endes nur mir gehörte, wenn sie völlig besoffen war. Ich habe ihr niemals geglaubt, daß ihr Leben wirklich das sei, was es war, und gerade die Tatsache, daß ich es nicht glaubte, beweist, daß mit mir etwas nicht in Ordnung ist. Ich sah in ihr immer ein großes Kind, den Kinderkleidern entwachsen, das laufen konnte und Schutz und Sicherheit brauchte; denn sie war eine Gestalt ihrer eigenen Alpträume. Ich versuchte, dazwischen zu treten und sie zu retten, aber ich war nur wie ein Schatten in ihrem Traum, niemals rechtzeitig an ihrer Seite; so wie der Schrei des Schläfers ohne Echo ist, war ich selbst Echo, das um Antwort kämpfte. Sie war wie ein auftauchender Schatten, der gefährlich nahe dem äußersten Schleier wandelt; und da war ich, dem Wahnsinn nahe, weil ich ihn wachend mitan-

sehen mußte, unfähig, ihn zu erreichen, unfähig, die Leute von ihm abzuwerfen. Und er bewegte sich fast ohne Schritt, mit einem Gesicht, heiligengleich und idiotisch.

Und dann der Tag, an den ich mich mein Leben lang erinnern werde, als ich sagte: ›Jetzt ist es vorbei.‹ Sie schlief und ich schlug sie wach. Ich sah sie erwachen, sah vor mir wie sie wieder zu Schmutz wurde; sie, die in diesem Schlaf hatte heil bleiben können. Matthew, um Gottes willen, sagen Sie etwas, Sie sind schrecklich genug, es auszusprechen! Sagen Sie etwas! Ich habe es nicht gewußt! Ich wußte nicht, daß es *mir* auferlegt wäre, das Furchtbare zu tun. Keine Fäulnis hatte sie bis dahin berührt, und da, vor meinen Augen, sah ich sie plötzlich verdorben, dahinwelkend, und ich wurde wahnsinnig und bin seitdem wahnsinnig geblieben, und da hilft nichts, nichts! Sie müssen etwas sagen, mein Gott, sagen Sie etwas!«

»Hör auf! Hör auf!« schrie er sie an. »Hör auf zu toben! Leg deine Hände hin! Hör auf! Du warst eine ›anständige Frau‹, und daher eine Hure auf höchster Ebene, die einzige, die Macht hatte, dich selbst und Robin zu töten. Robin befand sich außerhalb ›menschlichen Wesens‹; ein wildes Etwas, eingefangen in die Haut einer Frau, grauenhaft allein, grauenhaft vergeblich, wie der Gelähmte auf *Coney Island* – nimm einem Mann seine menschliche Zugehörigkeit, und du nimmst ihm sein Heilmittel –, der in einem Kasten auf dem Rücken liegen mußte; aber der Kasten war mit Samt tapeziert, seine Finger waren mit Juwelen beringt, und über ihm hing – niemals konnte er seine Augen davon abwenden – ein himmelblau eingefaßter Spiegel, in welchem er die eigene ›Andersartigkeit‹ voll auskosten konnte. Robin ist nicht in deinem Leben, du bist in ihrem Traum, du wirst ihm niemals entkommen. Und warum fühlt sich Robin unschuldig? Jedes Bett, das sie unbekümmert verläßt, erfüllt ihr Herz mit Frieden und Glück. Sie ist wieder ein-

mal ›entwischt‹. Das ist es, weshalb sie sich nicht selbst ›an die Stelle eines Anderen‹ versetzen kann; sie selbst ist die einzige ›Stelle‹. Deshalb wird sie böse, wenn du ihr vorwirfst, was sie getan hatte. Sie weiß, daß sie unschuldig ist, weil sie nichts in Beziehung zu irgend jemandem tun kann, außer zu sich selbst. Beinahe hättest du sie eingefangen, aber sie schob dich gewandt beiseite, indem sie dich zur Madonna machte. Was waren nun deine Geduld und deine Schrecken wert, all diese Jahre über, wenn du sie nicht zu ihrem Nutzen anwenden konntest? Mußtest du die Einsicht auf ihren Knien lernen?
Ja, um des holden Gottes willen, konntest du es denn nicht ertragen, deine Lektion dann eben nicht zu lernen? Denn die Lektion, die wir lernen, besteht ja immer darin, unserer Geliebten den Tod und ein Schwert zu reichen. Voll bis zum Rand bist du von Hochmut, ich dagegen bin ein leerer Topf, der weitertrottet und an dunklem Ort seine Gebete spricht. Denn ich weiß, daß keiner liebt, ich am wenigsten von allen, und niemand liebt mich – das ist es, was die Leute so leidenschaftlich und fröhlich macht: sie wollen lieben und geliebt sein, und wenn da auch nur ein klein wenig Lüge im Ohr sitzt, um das Ohr vergessen zu machen, was die Zeit zusammenträgt. Und so sage ich, Doktor O'Connor, zu dir: schlag dich beiseite, leise, leise, und lerne nichts, weil das, was man lernt, immer nur vom Körper eines anderen stammt! Laß dein Herz in Aktion treten und gib acht, wen du liebst; denn eine Geliebte, die stirbt – in welchem Stadium der Vergessenheit sie auch sei –, nimmt etwas von dir mit ins Grab. Sei demütig wie der Staub, so wie Gott es gewollt hat, und krieche, und schließlich wirst du kriechen bis zum Ende der Gosse, niemandes Verlust und kaum erinnert.«
»Manchmal«, sagte Nora, »saß sie den ganzen Tag zuhause, schaute aus dem Fenster oder spielte mit ihren Spielsachen:

Eisenbahnen und Tieren, Autos zum Aufziehen, mit Puppen und Murmeln und Soldaten. Aber während der ganzen Zeit beobachtete sie mich, um sich zu versichern, daß niemand mich besuchen komme, die Hausglocke nicht läute, daß ich keine Post erhalte, niemand drunten im Hof rufe – und das obgleich sie wußte, daß nichts von alledem sich ereignen könne. Mein Leben gehörte ihr.
Manchmal war sie am Abend schon betrunken; dann fand ich sie, wie sie in Knabenkleidern inmitten des Zimmers stand, von einem Fuß auf den anderen wippte und dabei die Puppe, die sie uns geschenkt hatte – ›unser Kind‹ – hoch über dem Kopf hielt, als sei sie dabei, sie zu zerschmettern, ihr Blick verzerrt von Wut. Und eines Nachts, als sie gegen drei Uhr morgens heimkam, war sie zornig, weil ich ausnahmsweise nicht die ganze Zeit zuhause geblieben war, um auf sie zu warten. Sie nahm die Puppe und schleuderte sie zu Boden, setzte ihren Fuß auf sie und zerstampfte sie mit dem Absatz. Und als ich weinend hinter ihr herlief, versetzte sie ihr einen Tritt – der Porzellankopf war schon Staub, das Röckchen zitterte in letzter Steifheit – und ließ sie quer über den Boden wirbeln, hin und her, das blaue Schleifchen bald oben, bald unten.«
Der Doktor legte seine Handflächen aneinander. »Wenn du, blutdürstig vor Liebe, sie allein gelassen hättest, was dann? Wäre ein gefallenes Mädchen zu Dantes Zeit immer noch ein gefallenes Mädchen gewesen, auch wenn er seine Augen auf sie gerichtet hätte? Man hätte sich ihrer erinnert, und die, derer man sich erinnert, legen das Kleid der Immunität an. Glaubst du denn, Robin hätte kein Recht gehabt, dich mit ihrer einzigen Waffe zu bekämpfen? Sie sah in dir das Auge, das sie für immer zur Zielscheibe machen würde. Haben nicht die Mädchen ebensoviel für die Puppe getan? Die Puppe – ja, Zielscheibe vergangener und kommender Dinge? Die letzte Puppe, dem Erwachsenen ge-

schenkt, ist das Mädchen, das ein Knabe hätte sein sollen und der Knabe, der ein Mädchen hätte sein sollen. Die Liebe zu dieser letzten Puppe war in der Liebe zur ersten schon vorgezeichnet. Die Puppe und der ungereifte Mensch haben etwas Gültiges in sich: die Puppe, weil sie dem Leben ähnlich ist, es aber nicht enthält, und das dritte Geschlecht, weil es das Leben enthält, aber der Puppe ähnlich ist. – Gesegnetes Antlitz! Es sollte nur im Profil betrachtet werden, sonst erweist es sich als die Verbindung zweier identisch gespaltener Hälften geschlechtsloser Befürchtung! Ihr Königreich ist ohne Vorbild. Warum, glaubst du, habe ich nun bald fünfzig Jahre damit verbracht, über Schanktischen zu weinen? Weil ich eine von ihnen bin! Der unbehauste Engel! Das ist es, was du immer zu erjagen gesucht hast!«

»Vielleicht, Matthew, gibt es böse Geister? Wer weiß ob es böse Geister gibt? Vielleicht haben sie in den Unbehausten Fuß gefaßt. War ich ihr böser Geist, als ich ihr Trost zu bringen suchte? Ich trete zu meinen Toten ein und bringe keinen Trost, nicht einmal in meinen Träumen. Dort in meinem Schlaf war meine Großmutter, die ich über alles liebte, zerflochten im Gras des Grabes, Blumen wucherten um sie und durch sie hindurch. Sie lag da, im Grab, im Wald, in einem Sarg aus Glas, und in tiefem Flug darüber mein Vater, der noch lebt; er tauchte tief und ging nieder ins Grab an ihre Seite, den Kopf zurückgeworfen, die Locken ausgebreitet – er kämpfte einen schrecklichen Kampf mit ihrem Tod, und ich schritt um den Grabesrand, schritt und klagte lautlos; herum und herum, und ich sah sie mit diesem Tod kämpfen, als kämpften sie mit der See und mit meinem Leben. Ich weinte und war unfähig etwas zu tun oder mich loszureißen. Da lagen sie im Glas des Grabes und im Wasser des Grabes, in den Blumen des Grabes und der Grabeszeit, einer lebte und die andere war tot und eine, die schlief. So ging es für immer weiter, obgleich es still stand; mein Vater hörte auf zu schlagen und lag nun neben ihr, schwebend, unbeweglich, dennoch Treibgut in engem Raum, und als ich erwachte, dauerte es an; es sank hinab in die dunkle Erde meines Wachens, als wolle ich sie beide mit der Erde meines verlorenen Schlafs begraben. Das also habe ich meines Vaters Mutter angetan; ich habe durch meinen Vater hindurchgeträumt und sie mit meinen Tränen und mit meinen Träumen gequält: denn wir alle vollziehen den Tod noch einmal im Schlaf eines anderen. Und das habe ich Robin angetan: nur durch mich wird sie immer und immer wieder sterben, und durch mich, als einzige meiner ganzen Familie, stirbt mein Großvater, immer und ewig. Ich erwachte und stand von meinem Bett auf und legte die Hände zwischen meine Knie und fragte: ›Was sagte der Traum? Um Gottes willen, was war das für ein Traum?‹ Denn auch von mir wollte er etwas!«

Plötzlich sagte Dr. Matthew O'Connor: »Meine Mutter ist es, die ich brauche, ohne Widerspruch!« Und dann brüllte er, so laut er konnte: »Mutter Gottes! Dein Sohn wollte ich sein! Und wäre ich auch nur der zweite gewesen – unbekannt und geliebt!«

»Ach, Matthew! Ich weiß nicht, wie ich fertig werden soll! Wohin soll ich mich wenden! Sagen Sie ihr, wenn Sie ihr jemals begegnen, daß immer nur sie in meinen Armen ist; – und so wird es ewig bleiben, bis wir sterben. Sagen Sie ihr, sie soll tun, was sie tun muß, nur nicht vergessen!«

»Erzähl es ihr doch selbst«, sagte der Doktor, »oder bleib still in deiner Misere sitzen – wie du willst! Übrigens ist es ja mit dem Hermelin dasselbe – diesem edlen, gelben Hermelin, für das die Damen einen solch hohen Preis bezahlen; wie kommt es zu dieser kostbaren Farbe? Indem es sein Leben lang im Bett sitzt, sein Leinen bepißt oder auf seine eigene Art weint. So ist es auch mit den Leuten; Wert besitzen sie nur, wenn sie sich dem ›Ärgernis‹ ausgesetzt haben – ihrem eigenen und dem der Welt. Das Ritual selbst gründet einen Lehrgang. Und so kehren wir denn zu meinem Ausgangspunkt zurück: bitte den lieben Gott, daß sie dich bewahren möge. Ich persönlich nenne ihn nämlich ›sie‹ wegen der Art, in der sie mich geschaffen hat; irgendwie gleicht es den Fehler aus.«

Er stand auf und ging zum Fenster. »Diese unschätzbare Milchstraße falscher Informationen, Geist genannt, vor diesen unentwirrbaren Zwang gespannt, den wir Seele nennen – ungeheuerlich und doch so fadenscheinig –: da kommt denn dieses Gefährt den fast überwucherten Reitpfad von Gut und Böse entlang, im Paßgang über das Gestrüpp der Willkür – das ist das heilige *habeas corpus,* die Handlung, die den Körper vor den Richter bringt. Dennoch: am Ende wird Robin dich in ein Kloster verwünschen, wo das, was sie einst liebte, durch seine Umgebung gesichert ist; denn so wie du bist, wirst du sie immer wieder ›hervorbringen‹, so wie die Kanonen Tote aus tiefem Wasser hervorbringen.«

»Und schließlich«, sagte Nora, »kamen sie zu mir, die Mädchen, die Robin rasend gemacht hatte – zu mir, um Trost!« Sie begann zu lachen. »Mein Gott«, sagte sie, »die Frauen, die ich schon auf meinen Knien gewiegt habe!«

»Frauen«, sagte der Doktor, »werden auf den Knien geboren, deshalb habe ich niemals etwas mit ihnen anfangen können, ich verbringe zuviel Zeit auf meinen eigenen.«

»Plötzlich wußte ich, was mein ganzes Leben gewesen war, Matthew, was ich in Robin erhofft hatte: die sichere Folter. Nichts Größeres können wir erhoffen – außer der Hoffnung. Wenn ich sie unter Tränen bat, nicht auszugehen, ging sie dennoch; sie ging die Treppen hinab, reicher im Herzen, weil ich es berührt hatte.«

»Über diesem Brot wachsen dem Löwen die Mähne, dem Fuchs die Zähne«, warf der Doktor ein.

»Am Anfang, als ich es noch mit Zuspruch versuchte – sich nicht zu betrinken, nicht die ganze Nacht auszubleiben und sich beschmutzen zu lassen –, da sagte sie: ›Ach, ich fühle mich so rein und froh!‹, als sei die Unterlassung dieser Schande ihr einziges Glück, ihre einzige Seelenruhe; und so kämpfte ich mit ihr, wie mit den Hindernissen in meinem eigenen vordergründigen Herzen, zog sie an den Haaren, ließ sie gegen meine Knie fallen, so wie manch einer in Not die Hände zu sanft ineinanderfallen läßt. Und als wäre es ein Spiel, hob sie ihren Kopf und schlug ihn gegen meinen Schoß, wie ein Kind in seinem Gitterbett hüpft, um sich in Erregung zu steigern, und sei es auch über einen Ermordeten am Spieß. Ich dachte, ich liebe sie um ihretwillen, und ich fand, daß es um meiner selbst willen war.«
»Ich weiß«, sagte der Doktor, »da saßest du denn, edel und erhaben, mit einem Rosenbusch im Arsch.«
Sie sah ihn an, dann lächelte sie. »Woher können Sie das wissen?«
»Ich bin eine Dame, die man nicht zu beleidigen braucht«, sagte der Doktor. »Ich weiß.«
»Ja«, sagte sie. »Sie wissen, was keiner von uns weiß, bis wir gestorben sind. Sie waren tot, von Anfang an.«
Dämmerung sank herab. Um die Straßenlampen lag schwerer Nebel. »Warum ruhst du jetzt nicht?« fragte der Doktor. »Dein Körper holt dich ein; du bist vierzig, und auch der Körper hat seine Taktik, und dazu ein Leben für sich selbst, das du gerne für dein eigenes hältst. Ich habe einmal einen Geist miauen gehört, aber ich wußte, es war ein Geheimnis, das ewig nach außen schwebte und immer vorwärts; es war nicht mein eigenes.«
»Ich weiß es«, sagte sie, *»jetzt«*. Plötzlich begann sie, zu weinen. Ihre Hände griffen ineinander. »Matthew«, sagte sie, »haben Sie jemals einen Menschen geliebt, und Sie wurden es selbst?«

Diesmal gab er keine Antwort. Er nahm die Flasche auf und hielt sie gegen das Licht.
»Robin kann überall hingehen, alles tun«, fuhr Nora fort, »weil sie vergißt; und ich nirgendwohin, weil ich mich erinnere.« Sie kam auf ihn zu. »Matthew«, sagte sie, »Sie glauben, ich sei immer so gewesen. Früher war ich unbarmherzig, aber dies ist eine andere Liebe – sie führt überall hin, für sie gibt es keinen Ort als Aufenthalt, sie läßt mich verfaulen. Wie konnte sie mir etwas sagen, wenn sie mir nichts zu sagen hatte, als das, was gegen sie selbst sprach?«
Der Doktor sagte: »Du weißt so gut wie ich, daß wir zu zwölft geboren wurden und zu dreizehnt aufwuchsen und einige von uns am Leben blieben. Mein Lieblingsbruder, den ich vier Jahre lang nicht gesehen hatte, starb, und mit wem wollte meine Mutter darüber sprechen? Mit mir! Nicht mit denen, die ihn zuletzt gesehen hatten, sondern mit mir, der ich ihn am besten gesehen hatte – als sei meine Erinnerung an ihn er selbst; und weil du Robin am besten vergißt, bist du es, an die sie sich wendet. Da kommt sie, zitternd und trotzig und kriegerisch, gewiß – auf daß du ihr sie selbst zurückgibst, so wie du sie vergessen hast. Du bist die Einzige, die stark genug war, die Anklage zu hören: dein Leben; und dahinter die erstaunliche Rechtfertigung errichtet zu haben: dein Herz!
Skalpell und Heilige Schrift haben mich das Wenige gelehrt, was ich nicht ohnehin wußte. Und mir ging es ganz gut«, sagte er scharf, »bis du daherkamst und den Stein über mir umgestoßen hast, und darunter hervor kam ich, ganz Moos und Augen; und hier sitze ich, so nackt wie es nur solche Dinge sein können, denen man ihre Häuser vom Rücken gerissen hat, um ein Fest daraus zu machen; und dabei ist es meine einzige Haut, die sich da plagt, um dich zu trösten. Bin ich denn dazu bestimmt, mein Paradies, diese köstliche Eingewöhnung, restlos hinzugeben zum Trost weinender

Weiber und heulender Knaben? Sieh dir Felix jetzt an! Was für eine Art von Jude ist das? Schlägt gegen die Tradition wie eine Fledermaus gegen die Fensterscheibe, hoch oben über der Stadt! Und sein Kind? Ein Junge; er weint ›über begrabener Hoffnung und vergangener Lust‹.
O ja – ich liebe meinen Nächsten. Wie ein verfaulter Apfel an eines verfaulten Apfels Brust gewachsen, so gehen wir zusammen unter, Verfall ohne Hemmnis; denn wenn ich eines spüre, dann stemme ich die Brust um so fester dagegen, auf daß er so schnell faule wie ich, denn danach drängt es ihn aufs Gräßlichste, oder ich mißverstehe den Schrei. Ich, mit dem es eher vorbei ist, als mit jeder Frucht! Die Hitze seiner Eiterung hat seinen Kern mit dem meinen gemischt und mein Mark bis zum Zenit spritzen lassen, vorzeitig. Die Last meiner selbst habe ich schon lange von mir geworfen, auf daß ich, Brust an Brust, mit meinen gescheiterten Freunden dahinwanke. Und lieben sie mich deswegen? Nein. So habe ich mich selbst getrennt, nicht nur weil ich so häßlich geboren wurde, wie Gott es sich nur auszumalen wagt, sondern weil ich, in wachsender Vertrautheit und Verwandtschaft mit dem Unheil, meinen eigenen Wert zerstört habe. Und der Tod? Hast du an den Tod gedacht? Welches Wagnis gehst du ein? Weißt du, wer zuerst stirbt, du oder sie? Und welcher der ärmere Teil ist, Kopf oder Fuß? Ich sage mit diesem guten Sir Anticolo: die Füße. Jedermann kann auf eines Toten Kopf blicken, doch niemand kann auf die Füße blicken. Sie sind der Erde so schrecklich entwendet. Auch darüber habe ich nachgedacht.«
Und plötzlich rief er: »Ja glaubst du denn, um des holden Christi willen, *ich* sei so glücklich, daß du mir den Hals hinabheulen kannst? Denkst du, es gibt keinen Jammer auf dieser Welt, außer dem deinen? Ist nicht irgendwo ein Heiliger mit Geduld? Gibt es denn nirgends Brot, das sich nicht mit bitterer Butter anbietet? Ich, ein so guter Katholik wie

er nur hergestellt wird, habe mich auf jede Mischung von Hoffnung eingelassen, und doch weiß ich sehr wohl, trotz Schrei und Not: wir werden für die nächste Generation nicht saftvoller Dung sein, der aus dem Dinosaurier fällt, sondern kleiner Dreck, den ein Kolibri hinterläßt; und daher stimme du unser *Chi vuol la Zingarella* an (wie die Frauen das lieben!), während ich meine *Sonate au Crépuscule* trällere, und ich gebe der Balance wegen noch den ›Erlkönig‹ drein, nicht zu reden von ›Wer ist Sylvia?‹ Wer ist man überhaupt?
Was hast du?« rief er, »ein gebrochenes Herz? Ich, ich habe Senkfüße, Kopfschorf, eine Schrumpfniere, zerrüttete Nerven *und* ein gebrochenes Herz! Und schreie ich etwa, daß ein Adler mich an den Hoden hat oder seine Austern auf mein Herz fallen läßt? Laufe ich etwa herum und brülle, daß es schmerzt, daß mein Verstand sich rückwärts bewegt? Trage ich meine Eingeweide, als wären sie ein scharfer Schwerterkranz? Und du? Du brüllst und beißt dir die Lippen und streckst deine Hände und drehst dich herum wie ein Rad! Jammere ich vielleicht zu den Bergen empor vor Leid, das mir im Tal widerfuhr? Klage ich jedem Stein über die Methode, wie er meine Knochen zerbrach, oder über jede Lüge, wie sie hinabglitt in meinen Bauch und ein Nest baute, um dort meinen Tod auszubrüten? Ist nicht ein jeder auf der Welt auf seine Weise überdreht, und bin ich nicht der Verdrehteste von allen? So daß ich daherkomme, störrisch und quiekend, wie eine Kalbin auf dem Weg zum Schlachthof, die weiß, daß ihr Protestschrei gegen den Tod nur ein paar Meter zu seinem Ziel braucht, so wie ihr Tod nur ein paar Meter braucht, um gegen ihren Schrei zu protestieren? Durchwanderst du die erhabenen Himmel ohne Schuh? Bist du vielleicht der einzige Mensch, der barfuß auf einem Nagelbrett steht? O du arme blinde Kuh! Bleib meinem Gefieder fern – du streichst es mir gegen den Strich,

flatterst darin herum und scheuchst mein Elend auf! Welches Ende ist süß? Sind die Enden der Haare süß, wenn du sie numerieren mußt?«
»Hören Sie zu!« sagte Nora. »Sie *müssen* mir zuhören! Da kam sie denn zu mir zurück, nach einer Nacht über der ganzen Stadt, legte sich neben mich und sagte: ›Ich möchte alle Menschen glücklich machen‹, und sie zog ihre Mundwinkel herab. ›Ich will, daß jeder Mensch vergnügt ist, lustig. Nur du‹, sagte sie und hielt mich fest, ›nur du, du darfst nicht froh oder glücklich sein, nicht so; für dich ist es nichts; aber für jeden anderen auf der Welt.‹ Sie wußte, daß sie mich vor Schmerz und Furcht in den Wahnsinn trieb. – Nur«, fuhr Nora fort, »konnte sie nichts tun, weil sie so weit entfernt war und auf ihren Beginn wartete. Das ist der Grund, weshalb sie jeden in ihrer Nähe haßt. Das ist es, weshalb sie sich in alles verstrickt, wie jemand im Traum. Das ist es, weshalb sie geliebt und allein gelassen werden will, alles gleichzeitig. Sie würde die Welt umbringen, um zu sich zu kommen, wenn die Welt ihr im Wege stünde, und sie *steht* ihr im Wege. Ein Schatten fiel auf sie – der meine –, und das bringt sie um den Verstand.«
Sie begann wieder, auf und ab zu gehen. »Ich bin von einem seltsamen Ding geliebt worden«, sagte sie, »und es hat mich vergessen.« Ihre Augen waren starr, und sie schien zu sich selbst zu sprechen. »*Ich* war es, die ihr Haar zu Berge stehen ließ, weil ich sie liebte. Sie wurde bitter, weil ich ihr Schicksal zu etwas Ungeheurem machte. Sie wünschte Dunkelheit für ihren Geist, damit sie einen Schatten über das werfe, was zu ändern nicht in ihrer Macht stand: ihr Leben im Laster, ihr Leben bei Nacht – und ich, ich habe es zunichte gemacht. Jetzt werden wir es niemals mehr aufklären«, sagte Nora. »Es ist zu spät. Es gibt keine letzte Abrechnung für die, welche zu lange geliebt haben, und so gibt es auch für mich kein Ende. – Nur – ich kann nicht, kann nicht ewig

warten!« rief sie in Raserei. »Ich kann nicht leben ohne mein Herz!

Am Anfang, nachdem Robin mit Jenny nach Amerika gefahren war, suchte ich nach ihr in den Häfen. Nicht wörtlich genommen – auf andere Art. Leiden ist Verfall des Herzens. Alles, was wir geliebt haben, wird zu ›Verbotenem‹, wenn wir nicht alles verstanden haben; so wie der Arme der Urgrund einer Stadt ist, da er etwas von der Stadt weiß, was die Stadt, um ihres eigenen Geschickes willen, zu vergessen sucht. Daher muß der Liebende der Natur entgegentreten, um Liebe zu finden. Ich habe Robin in Marseille gesucht, in Tanger, in Neapel – um sie zu verstehen, um meiner Angst Herr zu werden. Ich sagte zu mir: ›Ich will tun, was sie getan hat, ich will lieben, was sie geliebt hat, dann werde ich sie wiederfinden.‹ Zuerst schien es, daß ›Verderbtheit‹ das Ziel wäre, das ich zu suchen hätte; ich müsse die Mädchen finden, die sie geliebt hatte, aber ich fand nur kleine Mädchen, die sie vergessen hatte. Ich wurde Gast in allen Cafés, in denen Robin ihr Nachtleben geführt hatte; ich trank mit den Männern, tanzte mit den Frauen, aber alles, was ich erfuhr, war, daß andere mit meiner Geliebten und meinem Kind geschlafen hatten. Denn Robin bedeutet auch Inzest, das ist eine ihrer Mächte. In ihr zeichnet sich Vergangenheit ab, und Vergangenheit ist uns allen anverwandt. Und gerade weil sie nicht Familie ist, ist sie gegenwärtiger als die Familie. Ein Verwandter tritt nur in den Vordergrund, wenn er geboren wird, wenn er leidet und wenn er stirbt – es sei denn, er wird zum Geliebten: dann muß er alles vereinen, wie Robin es tat; und doch nicht so sehr wie sie, denn sie war wie eine Verwandte, die man in einer anderen Generation gefunden hat. Ich dachte: ›Ich will etwas tun, was sie niemals verzeihen kann; dann können wir von neuem beginnen, als Fremde.‹ Aber der Matrose kam nicht weiter als bis in den Vorraum. Da sagte er: *›Mon Dieu, il y a deux chevaux de bois dans la chambre à coucher.‹«*

»Jesus Christus!« murmelte der Doktor.

»Darauf«, fuhr Nora fort, »verließ ich Paris. Ich streifte durch die Straßen von Marseille, die Hafenmolen von Tanger, den *porto basso* von Neapel. In den engen Gassen von Neapel wuchsen Efeu und Blumen über zerbröckelnde Mauern. Unter ungeheuren Treppen, die sich zur Straße hin öffneten, lagen schlafend die Bettler neben den Abbildungen des heiligen Gennaro; Mädchen auf dem Weg zur Kirche, zum Gebet, riefen nach Jungen über die Plätze. In den offenen Torwegen brannten den ganzen Tag Nachtlämpchen vor grellbunten Madonnendrucken. In einem Raum, offen zur Gasse hin, vor einem Bett, mit billigem schwerem Satin bedeckt, saß im Halbdunkel ein junges Mädchen auf einem Stuhl, nach hinten geneigt; ein Arm lag quer über die Lehne, der andere hing seitwärts herab, als schliefe ihre eine Hälfte und ihre andere leide. Als sie mich sah, lachte sie wie Kinder es tun, aus Verlegenheit. Und als ich meine Augen von ihr abwandte und auf die Mutter Gottes blickte, wie sie hinter den Kerzen stand, da wußte ich plötzlich: für sie war das Bild das, was ich für Robin gewesen war; durchaus keine Heilige, sondern eine immerwährende Bestürzung, der Raum zwischen dem menschlichen und dem heiligen Haupt, der Kampfplatz des ewig ›Unzüchtigen‹. In diesem Augenblick stand ich im Mittelpunkt von Erotik und Tod. Tod, der den Toten verringert, wie ein Liebender, den man zu vergessen beginnt, dahinschwindet und verdirbt. Denn Liebe und Leben sind eine Masse, die man aus dem Körper und aus dem Herz pumpen kann; und ich wußte: in diesem Bett hätte Robin mich niederlegen sollen. In diesem Bett hätten wir unser Leben vergessen bis weit an die äußersten Grenzen der Erinnerung, unsere Teile fest ineinandergeprägt; wie Figuren

im Wachskabinett zu ihrer historischen Bedeutung zusammengeschmolzen werden, so hätten wir uns verschmolzen zu unserer Liebe.«
Der Doktor stand auf. Er schwankte, als er nach Hut und Mantel griff. Er stand in bestürztem, unglücklichem Schweigen – dann bewegte er sich auf die Türe zu. Die Klinke in der Hand, wandte er sich nach ihr um. Und er ging hinaus.

Mit hochgeschlagenem Mantelkragen betrat der Doktor das *Café de la Marie du VIe*. Er stand an der Bar, bestellte etwas zu trinken, sah auf die Leute in dem engen, rauchblauen Raum und sagte zu sich: ›Hör zu!‹ Nora quälte ihn, Noras Leben und das Leben der Leute in seinem Leben. »Eines Menschen Weg im Nebel!« sagte er. Er hängte seinen Schirm an die Theke. »Denken ist Kotzen«, sagte er zum Barmann. Der Barmann nickte.
Die Leute im Café warteten auf das, was der Doktor sagen würde. Sie sahen, daß er betrunken war und auspacken würde; in großen schmähenden Tiraden kamen seine Vertrauensbrüche hoch; niemand wußte je, was Wahrheit war und was nicht. »Wenn ihr wirklich wissen wollt, wie hart ein Preis-Boxer zuschlägt«, sagte er und sah um sich, »dann müßt ihr den Zirkel seiner Wut betreten und nicht durch verlorene Punkte enden, sondern auf der Tragbahre.«
Jemand lachte. Der Doktor wandte sich langsam um. »Wer ist da seiner so sicher? Na, warte nur, bis du dich hinter Gittern wiederfindest, wie du dir die Fußsohlen schlägst vor lauter Elend.«
Er streckte die Hand nach dem Glas aus und murmelte vor sich hin: »Matthew, du hast niemals rechtzeitig das Leben eines Menschen betreten, und man wird sich deiner niemals auch nur erinnern. Gott segne die Lücke! Selbst das beste

Instrument spielt schließlich falsch, das ist alles; das Instrument zerbricht, dessen muß ich mich erinnern, wenn mir jedermann fremd wird; es ist das Instrument, das den Ton verloren hat. Lapidar: haut das in meinen Stein, wenn Matthew erledigt ist, im Felde verloren.« Er sah umher. »Es ist das Instrument, meine Herren, das seine G-Saite verloren hat! Er hätte sonst etwas Hübsches aufgespielt, hätte sonst noch immer seinen Wind mit dem Nordwind streichen lassen – noch immer die Fingerspitze an seinen steifen Hut gelegt!

Nur die Verschmähten und die Verlachten ergeben gute Anekdoten«, fuhr er fort, ärgerlich, als er die Stammgäste lächeln sah. »Ihr könnt euch also ausrechnen, welcher Art Anekdoten ihr ergeben möget! Das Leben ist nur lang genug für *ein* Handwerk – wie wär's mit dem?«

Ein abtrünniger Priester, ein beleibter, bleicher Mann mit reich beringten Frauenhänden, ein Freund des Doktors, rief ihn an und lud ihn zum Trinken ein. Der Doktor ging zu ihm hinüber und nahm sorgfältig Schirm und Hut mit. Der Priester sagte: »Ich habe schon immer wissen wollen, ob du jemals *wirklich* verheiratet warst oder nicht.«

»Sollte ich das wissen?« fragte der Doktor. »Ich habe *gesagt*, ich wäre verheiratet, und ich gab dem Mädchen einen Namen und hatte Kinder von ihr; dann – *presto!* – habe ich es umgebracht, so leichthändig wie der sterbende Schwan. Und hat man mir diese Geschichte vorgeworfen? Jawohl! Weil selbst deine Freunde nur mit Bedauern über einen Mythos weinen, als sei das nicht praktisch das Schicksal aller Tränen auf der Welt! Und wenn nun das Mädchen meines Bruders Frau gewesen wäre? Und die Kinder meines Bruders Kinder? Als ich sie hinlegte, waren ihre Glieder so schön und still wie zwei frisch geschnittene Zweige im Mai – hat er dasselbe für sie getan? In meinem Herzen spiegelte sich ihr Bild, so rein wie ein französischer Druck: ein Mäd-

chen, bestehend aus ein wenig Busen und einem Vogelkäfig, so lag sie da, wohlig zurückgelehnt, und das Meer war ihr Hintergrund und ihre Stütze eine Girlande aus Rosen! Hat irgendein Mann seine Frau jemals besser behandelt? Wer sagt, sie sei nicht die meine gewesen, und die Kinder dazu?« Er wurde erregt; »und wer behauptet da, daß sie nicht die meinen *sind*? Ist nicht ein Bruder zugleich sein Bruder, dasselbe Blut, der Länge nach zerschnitten? Das eine Michael und das andere Matthäus genannt? Zugegeben: man wird bedudelt im Kopf, wenn man sie in verschiedenen Richtungen gehen sieht! Wer sagt da, daß ich nicht der Mann der Frau meines Bruders bin, und daß seine Kinder nicht ihren Vater in meinem Schoß erhalten haben? Gereicht es ihm nicht zur Ehre, daß er mir als ich selbst erscheint? Und als sie starb, haben meine Tränen die seinen verringert?«
Der Ex-Priester sagte: »Ja, ja, da ist etwas Wahres daran. Dennoch möchte ich wissen, wie die Sache wirklich ist.«
»Das möchtest du, was?« sagte der Doktor. »Na gut, und deshalb bist du da wo du jetzt bist, mitten im Dreck, ohne eine Feder am Leib, mit der du fliegen kannst. Genau wie die Enten im Golden-Gate-Park – der größte Park in Gefangenschaft. Die Leute mit ihrer verdammten Tierliebe haben sie gefüttert, das ganze Jahr hindurch, und sie damit ruiniert. Wenn die Zeit kommt, in der sie südwärts ziehen wollen, stehen sie da, vor bitteren Rätseln; zu fett sind sie und zu schwer, um sich über das Wasser zu erheben; und, mein Gott, wie sie da mit den Flügeln schlagen und flattern, im Herbst, – durch den ganzen Park geht es, unter Wehklagen und Haarausreißen, denn ihre Natur ist überladen mit Brot und ihre Wanderung verscherzt von Krumen. Du ringst die Hände bei diesem Anblick, und das wieder ist eine Illustration der Liebe; am Ende bist du zu schwer, um dich zu rühren, vor lauter Gier im Bauch. Und«, sagte der Doktor, »so wäre es auch mit mir, wenn ich es dazu kommen

ließe! Nämlich mit dem Wind auf der einen und dem Wirbelsturm auf der anderen Seite. Und doch: da sind ein paar, die ich vernachlässigt habe, um meines geistigen Wohles willen – die alte königliche Garde zum Beispiel und die Wächter vom Tower in London, wegen ihrer kalten Nieren und grauen Haare; und dann den Typ von Knaben, der nur zwei Formen der Existenz kennt: sich selbst im Spiegel, von hinten und von vorne.« Inzwischen war er völlig betrunken. Er schaute im Café umher und sah, wie jemand einen anderen anstieß. Er wandte sich dem Ex-Priester zu und fluchte. »Was sind das für Leute! Alle andersherum, und das auf schreckliche Weise. Da gab es einmal ein paar Leute auf dieser Welt, die waren andersherum, aber sie waren *gut*. Von euch«, rief er und wandte sich den Gästen zu, »wird keiner sie jemals kennenlernen. Ihr glaubt, ihr seid ganz mit Brillanten besetzt, was? Na gut, schiebt die Brillanten beiseite, und ihr findet Schneckenfleisch. – Mein Gott«, sagte er und sah sich im Kreis um, »wenn ich nachdenke!« Er begann mit seinem Glas auf den Tisch zu hauen. »Verflucht sollen sie sein, alle! Die Menschen in meinem Leben, die mein Leben so jammervoll gemacht haben, kommen zu mir um von Erniedrigung und von Nacht zu lernen. Nora schlägt mit dem Kopf gegen ihr Herz; in sich selbst verknotet – ihr Geist verstöpselt ihr das Leben wie der Verschluß an einem Fächer –, bis in die Knochen zerfressen von Liebe zu Robin. Mein Gott, wie diese Frau sich an eine Idee klammern kann! Und diese alte Wachtel, Jenny! Ja, das ist eine lange und böse Geschichte, und wer sagt da, ich sei ein Verleumder? Ich sage immer: erzählt der Welt ihre Geschichte!«

»Ein trauriges und korruptes Zeitalter!« sagte der Ex-Priester.

Matthew O'Connor rief nach mehr zu trinken. »Wozu kommen sie alle zu mir? Warum erzählen mir alle alles und

erwarten, daß es sich lautlos in mir niederlege, wie ein Kaninchen, das heimgeht, um zu sterben? Und dieser Baron Felix – kaum ein Wort hat er in seinem Leben hervorgebracht, und doch brütet sein Schweigen weiter, wie Schaum auf stehenden Gewässern; und dieser seltsame Sohn, den er von Robin hat, Guido, der versucht, über die Donau zu blicken, mit Tränen in den Augen, und Felix umklammert seine Hand, und der Junge umklammert das Bild der Jungfrau an einem dunkelnden roten Band und zieht aus dem Metall heiligen Beistand und nennt es Mutter – und ich, der ich nicht einmal weiß, aus welcher Richtung mein Ende kommt! Und als Felix mich fragte: ›Ist das Kind krankhaft?‹ sagte ich: ›War der verrückte Bayernkönig krankhaft?‹ Ich bin nicht einer, der den Knoten zerschneidet, indem er sich selbst in irgendeinem Wasserkörper ertränkt, noch nicht einmal im Abdruck eines Pferdehufs, und mag es noch so heftig geregnet haben!«
Die Leute begannen zu flüstern, die Kellner rückten näher und sahen zu. Der Ex-Priester lächelte vor sich hin, aber O'Connor schien nichts zu sehen, nichts zu hören als sein eigenes Herz. »Manche Leute«, sagte er, »stürzen sich Kopf voran in jeden beliebigen Wasserkörper, und sechs Gläser später erkrankt irgend jemand in Haarlem an Typhus, weil er ihr Elend getrunken hat. Gott, nimm mich an der Hand und zieh mich heraus aus diesem großen Streit – je mehr du gegen deine Natur angehst, desto besser wirst du sie kennen lernen –, erhör mich, Himmel! Ich habe alles getan und bin alles gewesen, was ich nicht sein und nicht tun wollte – Herr, lösche das Licht aus! –, hier steh ich, geprügelt und geschunden und weinend! Ich weiß, daß ich nicht das bin, was ich dachte: ein guter Mensch, der Falsches tut, sondern der falsche Mensch, der nichts Besonderes tut; und ich würde dir nichts davon sagen, spräche ich nicht zu mir selbst. Ich rede zu viel, weil das, was du verschweigst, mich so unglück-

lich gemacht hat. Ich bin eine alte abgetakelte Löwin, eine Memme in meiner Ecke, – um meiner Tapferkeit willen bin ich niemals irgend etwas gewesen, was ich bin, denn ich wollte selbst finden, was ich bin! Hier ruht der Himmelskörper! Die Klage der Spottdrossel klingt durch die Säulen des Paradieses, o Herr! Der Tod in den Himmeln ruht auf einem Lager von Schäfchenwolken, einen Helm auf seiner Brust und zu seinen Füßen ein Fohlen mit einer stillen Mähne aus Marmor. Nächtlicher Schlaf liegt schwer auf seinen Augen.«

»Komischer kleiner Mann«, sagte jemand; »redet in einem fort, bringt immer alle in Verlegenheit, indem er sie entschuldigt, weil er sich selbst nicht entschuldigen kann. Ein Tier auf der Lauer, bei Nacht kommt es hervor.«

Er brach ab, und man hörte wieder die Stimme des Doktors: »Und was bin ich? Ich bin verflucht und öffentlich genau bekannt!«

Er fingerte nach einer Zigarette, fand sie und zündete sie an. »Vor langer Zeit, da stand ich einmal und hörte einem Hokus-Pokus-Quacksalber von Medizinmann zu, der sagte: ›Und nun, meine Damen und Herren, bevor ich den kleinen Knaben köpfe, will ich versuchen, ihre geschätzte Aufmerksamkeit mit einigen amüsanten Kunststücken zu belohnen.‹ Er hatte einen Turban keck übers Auge gezogen und einen Pfeifton in seiner linken Herzkammer, um das Wimmern von Tophet plastisch darzustellen, und ein Lendentuch, das war so groß wie ein Zelt und verbarg etwa ebensoviel. Na ja, – er begann, seine Kunststückchen vorzuführen: ließ einen Baum aus seiner linken Schulter wachsen und schüttelte zwei Kaninchen aus seinen Manschetten und balancierte drei Eier auf seiner Nase. Ein Priester, der unter der Menge stand, begann zu lachen, und wenn ich einen Priester lachen höre, dann packt mich der Zweifel so stark, daß ich die Hände ringen muß. Das andere Mal war, als Katharina die Große nach mir sandte, damit ich sie zur Ader lasse. Sie griff nach dem Blutegel mit brutaler, sächsischer Begierde und sagte: ›Laß ihn trinken! Ich habe mir mein ganzes Leben lang gewünscht an zwei Orten zugleich zu sein!‹«

»Um Gottes willen«, sagte der Ex-Priester. »Bleib wenigstens in deinem Jahrhundert!«

Einen Augenblick sah ihn der Doktor böse an. »Hör mal!« sagte er, »unterbrich mich nicht. Der Grund, warum ich so bemerkenswert bin, ist, daß ich mich eines jeden erinnere, selbst wenn er nicht in der Nähe ist. Es sind die Knaben, die so unschuldig aussehen wie der Boden eines Tellers, die das Unheil über dich bringen, nicht ein Mann mit einem prähistorischen Gedächtnis.«

»Auch Frauen können Unheil stiften«, entgegnete der Ex-Priester lahm.

»Das ist eine andere Geschichte«, sagte der Doktor. »Was hat Jenny jemals anderes getan, und was hat Robin je anderes getan? Und Nora, was hat sie denn anderes getan, als Unheil auszulösen, wenn sie es bei Nacht mit ins Haus nahm, wie einen Hühnerkorb? Und ich selbst? Ich wünschte, ich hätte nie einen Knopf gehabt, dort unter meiner Mitte – denn was ich getan und was ich gelassen habe – alles führt darauf zurück; – um entdeckt zu werden sollte ein Juwel in einem weiten offenen Feld liegen; ich aber glitzere nur vergebens im Unterholz! Wer nicht leiden will, der soll sich in Stücke reißen. Werden denn nicht die einzelnen Teile der Karoline von Habsburg absichtlich auf drei bedeutungsschwere Haufen verteilt? Ihr Herz in der Augustinerkirche, ihre Eingeweide im Stephansdom und die anderen leiblichen Reste in der Kapuzinergruft? Durch Trennung gerettet! Aber ich bin ganz aus einem Stück! Ach, die neue Möndin!« rief er. »Wann zieht sie herauf?«

»Besoffen – läßt die Welt seine Meinung hören!« sagte je-

mand. Der Doktor hörte es, aber er war schon zu weit fortgeschritten, um sich daran zu stoßen; sein Geist zu verwirrt, um zu entgegnen; er weinte schon.
»Komm!« sagte der Ex-Priester, »ich bringe dich nach Hause.« Der Doktor hob den Arm. »Rache ist für diejenigen, die sich ein wenig herumgeliebt haben; wer mehr als das getan hat, für den ist Gerechtigkeit kaum genug. Eines Tages wanke ich nach Lourdes und krieche in die vorderste Reihe und erzähle von euch allen.« Seine Augen waren fast geschlossen. Er öffnete sie, sah um sich und Zorn kam über ihn. »Allmächtiger Christus!« sagte er. »Warum lassen sie mich nicht allein, alle zusammen?«
Der Ex-Priester wiederholte: »Komm! Ich bringe dich heim.« Der Doktor versuchte aufzustehen. Er war übermäßig betrunken, und ganz plötzlich wurde er sehr zornig. Mit dem Arm wehrte er sich gegen die helfende Hand, zerbrach sein Glas und warf den Schirm zu Boden. »Raus! Raus!« sagte er. »Dieses verfluchte Jahr, diese verfluchte Zeit! Wie konnte es geschehen, woher ist es gekommen?«
Unter schluchzendem Lachen brüllte er: »Auf mich einreden – alle von ihnen –, auf mir sitzen, wie auf einem Lastpferd – reden und reden! Liebe fällt Butterseite nach unten – Schicksal fällt Arsch nach oben! Warum weiß denn niemand, wann alles vorbei ist, außer mir? Diese Närrin Nora, klammert sich mit Zähnen fest, kehrt um und sucht nach Robin! – Und Felix – Ewigkeit ist gerade ewig genug für einen Juden! – Aber da ist doch noch jemand, wer war es, verdammt nochmal – wer war es noch? Ich habe jeden gekannt«, rief er, »jeden!« Er sank herab auf den Tisch mit seinem ganzen Gewicht, die Arme ausgebreitet, den Kopf dazwischen, die weinenden Augen weit geöffnet, und starrte über den Tisch, auf dem die Asche unter seinem keuchenden Atem wehte und flatterte. »Um des holden Christi willen!« sagte er, und seine Stimme war ein Flü-

stern. »Nun habt ihr alles gehört was ihr hören wolltet, könnt ihr mich jetzt nicht loslassen, mich gehen lassen? Ich habe nicht nur mein Leben umsonst gelebt, ich habe es auch umsonst erzählt – der Widerwärtigste unter den Beschmutzten! – Ich weiß, es ist vorbei, alles vorbei, und niemand weiß es: nur ich – besoffen wie eine Sumpfhure – schon zu lange –«. Er versuchte, auf die Füße zu kommen, gab es auf. »Jetzt –«, sagte er, »– das Ende – denkt daran – jetzt *nichts als Wut und Weinen!*«

Als Robin, von Jenny Petherbridge begleitet, in New York ankam, schien sie verstört. Sie wollte von Jennys Vorschlag, auf dem Lande Wohnung zu nehmen, nichts hören. Sie sagte, ein Hotel sei ›gut genug‹. Jenny konnte nichts mit ihr anfangen. Es war, als sei die treibende Kraft erlahmt, die Robins Leben, ihren Tag wie ihre Nacht, gelenkt hatte. Ein paar Wochen lang wollte sie nicht ausgehen; dann, im Glauben sie sei allein, zog es sie zu den Bahnhöfen, wo sie Züge nach verschiedenen Teilen des Landes nahm. Ohne Plan streifte sie umher, betrat viele abgelegene Kirchen, saß in der dunkelsten Ecke oder stand an die Mauer gelehnt, den einen Fuß der Spitze des anderen zugekehrt, die Hände der Länge nach gefaltet, den Kopf gesenkt. Lange zuvor hatte sie den katholischen Glauben angenommen, und nun kam sie in die Kirche wie eine, die sich von etwas lossagt. Die Hände vor dem Gesicht, kniete sie, die Zähne auf die Handballen gepreßt, erstarrt in plötzlicher Gedankenleere, gleich jemandem, der unvorbereitet von einem Tod hört. Tod, der keine Form finden kann, bis die entsetzte Zunge ihre Genehmigung erteilt hat. Wie eine Hausfrau, die gekommen ist, um in einem unbekannten Haus aufzuräumen, bewegte sie sich, wenn sie mit ihrem brennenden Wachsstock nach vorn kam, ihn aufsteckte, sich umwandte, ihre dicken weißen Handschuhe anzog und in ihrem langsamen schwerfälligen Schritt die Kirche verließ. Jenny war ihr gefolgt; und um sich blickend, damit sie sicher sei, daß niemand sie beobachte, fiel sie einen Augenblick später über den Lichthalter her, riß die Kerze vom Dorn, blies sie aus, entzündete sie wieder und steckte sie zurück.

Auf dieselbe Weise durchstreifte Robin das offene Land,

zupfte an den Blumen, sprach mit leiser Stimme zu den Tieren. Solche, die ihr nahe kamen, packte sie, zog ihnen das Fell zurück bis die Augen sich verengten, die Zähne sich entblößten; auch ihre eigenen Zähne zeigten sich dann entblößt, als läge ihre Hand auch auf dem eigenen Nacken.

Über Robins Verabredungen mit unsichtbaren Partnern, über der verzweifelten Anonymität ihrer Rede und ihrer Gesten wurde Jenny hysterisch. Sie beschuldigte Robin einer ›sinnlichen Verbindung mit unreinen Geistern‹. Und indem sie ihre Verworfenheit in Worte faßte, verwarf sie sich selbst. Sie verstand nichts von dem, was Robin fühlte oder tat, und das war unerträglicher als ihre Abwesenheit. Jenny lief in ihrem verdunkelten Hotelzimmer auf und ab, heulend und stolpernd.

Robin näherte sich nunmehr dem Teil des Landes, wo Nora lebte. Ihre Kreise wurden enger und enger. Manchmal schlief sie in den Wäldern. Ihr Eintritt verursachte Schweigen, einmal kurz noch gebrochen von Insekt oder Vogel im Rückflug; er löschte sie aus, sie, die alsbald in erstarrter Stille ihr Eindringen in Vergessenheit geraten ließ wie ein Tropfen Wasser, der von dem Teich, in den er fällt, anonym gemacht wird. Manchmal schlief sie auf einer Bank im Verfall der Kapelle – sie brachte einige ihrer Sachen hierher –, aber weiter ging sie niemals. Eines Nachts erwachte sie von Bellen ganz in der Ferne; Noras Hund. Wie sie die Wälder durch ihren Atem in erschrockenes Schweigen versetzt hatte, so ließ sie nun das Bellen des Hundes aufhorchen, starr und still.

Einen halben Morgen entfernt, hob Nora, die bei einer Kerosinlampe saß, ihren Kopf. Der Hund lief um das Haus. Sie hörte ihn zuerst auf der einen, dann auf der anderen Seite; er winselte im Laufen. Sie hörte ihn bellen und winseln, indem er sich weiter und weiter entfernte. Nora beugte sich vor und lauschte; sie begann zu frösteln. Nach einem

Augenblick stand sie auf und entriegelte Türen und Fenster. Dann setzte sie sich und legte die Hände auf die Knie. Aber sie konnte nicht warten. Sie ging hinaus. Die Nacht war schon vorgerückt. Sie konnte nichts sehen. Sie begann zu gehen, dem Hügel zu. Sie hörte den Hund nicht mehr, aber sie ging weiter. Eine Stufe über sich hörte sie Dinge im Gras rascheln. Sie strauchelte im Dorn, aber sie rief nicht.

Auf der Kuppe des Hügels konnte sie, schwach gegen den Himmel abgesetzt, das verwitterte Weiß der Kapelle sehen. Ein Licht sickerte durch den Türspalt. Sie begann zu rennen, fluchend und heulend, und blindlings stürzte sie zwischen die Pfosten der Kapellentür.

Auf einem selbstgemachten Altar, vor einer Madonna, brannten zwei Kerzen. Ihr Licht fiel über den Boden, über die staubigen Bänke. Vor dem Bild lagen Blumen und Spielzeug. Vor ihnen, in ihren Knabenhosen, stand Robin. Ihre Bewegung war im Schreck abgebrochen und an dem Punkt erstarrt, da die Hand beinahe ihre Schulter erreicht hatte. Und in dem Augenblick, da Noras Körper gegen das Holz schlug, begann Robin niederzugehen. Sie glitt hinab, immer tiefer hinab, das Haar pendelte, die Arme waren ausgestreckt. Und da stand der Hund, bäumte sich zurück, die Vorderläufe schräg gestemmt; seine Pfoten zitterten mit dem Zittern seines Hinterkörpers, sein Haar stellte sich auf; die Schnauze stand offen, die Zunge hing seitwärts über die scharfen leuchtenden Zähne hinab; er winselte und wartete. Und nieder ging sie, bis ihr Kopf neben dem seinen hing, bis sie da lag auf allen vieren, die Knie angezogen. Bis die Adern hervortraten, im Nacken, unter den Ohren, in den Armen anschwollen und breit und pochend in die Finger stiegen, während sie sich vorwärts schob.

Der Hund, bebend in jedem Muskel, sprang zurück, die Lefzen verzerrt, seine Zunge ein steifer, krummer Schrekken im Maul. Rückwärts bewegte er sich, zurück, als sie näher kroch, nun auch sie winselnd, sich vorwärtswälzend, den Kopf krampfhaft seitwärts gedreht, grinsend und winselnd. In die entfernteste Ecke gezwängt, bäumte sich der Hund auf, als wolle er einer Gefahr weichen, die ihn mit solchem Grauen erfülle, daß er sich schwebend über den Fußboden erheben müsse; dann sank er ab, krallte sich seitwärts in die Wand, auf der seine erhobenen Vorderpfoten abrutschten. Und Kopf nach unten, die Stirnlocken durch den Staub schleifend, fiel sie gegen seine Seite. Er stieß einen einzigen Klageton aus und schnappte nach ihr, hüpfte bellend um sie her; und wie er von Seite zu Seite sprang, den Kopf ihr zugewandt, schlug sein Körper gegen die Wand, jetzt an dieser, jetzt an der anderen Seite.

Da begann auch sie zu bellen. Hinter ihm herkriechend bellte sie, zwischen Krämpfen von Gelächter, abstoßend und ergreifend. Der Hund begann zu jaulen, rannte mit ihr, sein Kopf direkt neben dem ihren, als wolle er sie überlisten; weich und langsam liefen seine Pfoten. Er rannte hierhin und dorthin, ein Jammern tief unten in seiner Kehle; und sie grinste und heulte mit ihm. Ihr Schluchzen kam in immer kürzeren Abständen. So krochen sie Kopf an Kopf, bis sie es aufgab und ausgestreckt liegen blieb, die Hände neben sich, das Gesicht abgewandt und weinend. Nun gab es auch der Hund auf. Er legte sich nieder, seine Augen blutunterlaufen, sein Kopf flach über ihren Knien ausgestreckt.

Nachwort
(1971)

Seit dem ersten Erscheinen dieses Buches sind fünfunddreißig Jahre vergangen. Ort und Zeit seiner Entstehung, das Paris der späten zwanziger und der frühen dreißiger Jahre als temporäre Wahlheimat amerikanischer, englischer und irischer Schriftsteller, ist inzwischen eine Legende geworden, die viele der dort und damals erschienenen Werke überlebt. Für viele war es amüsanter, *über* Gertrude Stein zu lesen als ihre Bücher. Das Nachleben Scott Fitzgeralds und selbst Hemingways wird durch Biographisches künstlich genährt. Beckett war damals ›ein begabter junger Mann‹ (Joyce zu Carola Giedion-Welcker), seine Dimensionen offenbarten sich viel später. So bleibt Joyce der große Überlebende, und neben ihm bleibt Djuna Barnes, deren Größe bisher zwar verborgen aber nicht bestreitbar ist. Sie hat es dem Leser nicht leicht gemacht. Eine Randfigur in allen literarischen Kreisen war sie – und ist sie – stolz, abweisend und elitär. Sie hat sich zu ihrem, kaum achthundert Seiten umfassenden, oeuvre niemals geäußert, hat es zum Teil sogar anonym und als Privatdruck publiziert. Sie war eine kurze Zeit mit Joyce befreundet, doch erwähnt Ellmanns Biographie nur, was er ihr, und nicht was sie ihm gesagt hat. (Ihre Bemerkung *über* den damaligen Joyce: ›. . . sowohl traurig als auch müde, aber es ist die Traurigkeit eines Mannes, der einen mittelalterlichen Leidensfreibrief erwirkt hat, außerhalb der Zeit und nirgendwo . . .‹ beweist, daß der Stil von ›Nightwood‹ ihr natürlicher Ausdrucksmodus war.) Bei Gertrude Stein ist sie nur ein einziges Mal erwähnt: vielleicht witterte die eloquente Salon-Inhaberin in ihr eine Rivalin, einen ›miglior fabbro‹. In einem Brief an den Übersetzer nannte sie sich ›die berühmteste Unbekannte ihrer Zeit‹, die sich immer gefragt habe, ob es sich überhaupt lohne, zu publizieren. Sie wurde in mehrere Sprachen übersetzt und wird in deren Ländern von eminenten Literaten verehrt. Unter ihren Bewunderern waren Faulkner, Ezra Pound, Eliot, Ernst Robert Curtius, William Carlos Williams, Dylan Thomas. Ein Geheimtip ist sie geblieben.

Die Ursache dieser ›unberühmten Berühmtheit‹, zumal ihres Hauptwerkes ›Nightwood‹ ist nicht recht erklärlich. Nachdem die Psychoanalyse, zumindest in ihren Erkenntnissen, Allgemeingut geworden ist, sollte es nicht mehr schwer sein, sich mit den Gestalten dieses Buches und ihren diversen Anomalien zu identifizieren. Für den Puritaner T. S. Eliot waren sie 1937 noch das Objekt einer etwas umständlichen Apologie, die er allerdings in einer Adnote zum Vorwort der zweiten Auflage 1949 als ›unreif‹ bezeichnete. (Dennoch ließ er das Vorwort stehen, da er, mit Recht, annahm, es könne Lesehilfe leisten.) Gewiß gehören die Figuren einer vergangenen Periode an, aber doch nur in ihrem Gewand und ihrem environment, aus dem sie sich im rezeptiven Vollzug leicht lösen lassen. Die souveräne Mißachtung aller ›Regeln‹ des Romans, das Außer-Acht-Lassen der temporalen Folge tut der Kontinuität des Gesamten keinerlei Abbruch: zum Schluß werden alle zeitlichen Bezüge geklärt. Die Sprache, ihre Metaphorik und Metonymie, diese von Gleichnissen trächtige Suada, Elemente, die Eliot, ebenfalls zu Recht, noch erläutern zu müssen glaubte, bereiten dem fortgeschrittenen, etwa an Joyce oder auch nur an Arno Schmidt geschulten Leser keinerlei Schwierigkeiten.

Gewiß ist ›Nightwood‹, wie Eliot andeutet, ein Buch das sich (wie übrigens alle großen Bücher) erst nach mehrmaligem Lesen vollends erschließt. Erst allmählich beginnen wir, diese Figuren als das zu sehen, was sie sind, nämlich Archetypen psychologischer Erkenntnis, festgehalten in einem – an Ewigkeit gemessen – kurzen Stadium ihrer Metempsychose: indem sie sprechen, artikulieren sie – außer der beinah sprachlosen Robin – Erfahrungen früherer Stadien und Wandlungen. Da der Text zum überwiegenden Teil aus direkter Rede besteht, ist der Leser gezwungen, mehrfach aufzunehmen, das Referierte, das in Gleichnissen oder Bildern ausgedrückte Erinnerte und, darunter, das Geschehen selbst.

Orte der Handlung sind die seltsam und traumhaft entvölkerten Hauptstädte Europas, vor allem Paris. Zeit der Handlung: die Zwanzigerjahre. Aber dies sind nur Vorwände. ›In Wirklichkeit‹ sind sowohl Ort als auch Zeit der Handlung die Nachtseite menschlicher Existenz. Die Personen, drei Amerikanerinnen, ein irisch-amerikanischer Arzt, ein österreichischer Pseudobaron, erscheinen durch die Spannung zwischen Herkunft und Veranlagung dem ›normalen‹ Leben entfremdet. Doch die Entfremdung ist nur ein extremer Fall der unseren, ihre Perversion unsere unbewußte, zumindest uneingestandene Nachtseite, die im Dunkel ein verhohlenes Eigenleben führt. Joyce hat zu Djuna Barnes geäußert: ›Ein Schriftsteller sollte nie über das Außergewöhnliche schreiben. Das ist etwas für Journalisten.‹ Ob er recht hatte, soll hier nicht beurteilt werden; ›Finnegans Wake‹ hatte er damals noch nicht geschrieben. Doch wenn wir uns Leopold Bloom und Felix Volkbein, – zwei Figuren, die mehr als ihr Jude-sein gemeinsam haben – im Licht dieser Bemerkung so genau betrachten, daß unter dem ›wie?‹ das ›wer?‹ erscheint, so stellen wir fest, daß sowohl Joyce als auch Djuna Barnes sich danach gerichtet haben.

Stellte das Buch aber nichts anderes dar als die Enthüllung individueller Schichten, so wäre es nicht mehr – freilich auch nicht weniger – als seine beispielreiche Ergänzungschronik zur Psychopathologie des Alltagslebens. Doch es ist weit mehr. Der Künstler, meinte Paul Klee, – denn zu seiner Zeit durfte man derartiges ungerügt aussprechen – sei der Schöpfung ein wenig näher als andere. Ersetzen wir das Pathos der ›Schöpfung‹ durch die vorgegebenen, negativen wie positiven, Bedingungen des Lebens, so möchte man sagen, daß es das Kriterium des Dichters ist, wie nah er ihren Auswirkungen in der Psyche des Menschen kommt; wie weit er in Ahnung und im Ausdruck dieser Ahnung dem Wissenschaftler voraus ist. Djuna Barnes ignoriert die Wissenschaft, verachtet die Psychoanalyse, (obgleich sie ihr viel zu verdanken hat,) und verschmäht ihr Vokabular, (wie auch Eliot es sein Leben lang getan hat.) Sie schafft sich ihr eigenes Analogon und damit ihren eigenen Wortschatz, der die Dinge nicht beim Namen nennt. Damit begibt sie sich nicht nur jenseits der Begriffswelt der Wissenschaft sondern auch der Fiktionen: jener untransponierten Deskription, wie sie, trotz der großen Abweicher wie Joyce, bis heute Orgelpunkt der Tagesbelletristik geblieben ist. Das als einleuchtend sich anbietende Bild kennt sie nicht, sie kennt nur ihre eigene Metaphorik, die aus scheinbar ungereimten Elementen sich in einer tieferen Schicht des Lesers zu exakter Tektonik aufbaut. Nach ›Nighwood‹, dessen Figuren ›bis in die Knochen zerfressen von Liebe‹ sind, gehört der ›Liebesroman‹ der Trivialliteratur an.

Das Generalthema also ist die Nacht um uns und in uns, der wir, obgleich zum Teil von uns geschaffen und verschuldet, ausgeliefert sind. Ihr gelten die Wortfluten des Gewaltigen Redners und Lügners aus Verzweiflung, Doktor Matthew-Mighty-grain-of-salt-Dante-O'Connor; auch einer, welcher der Schöpfung näher stand als andere, aber von ihr verstoßen wurde, verdammt wie die anderen Agierenden: ›Baron‹ Felix Volkbein, Opfer einer für ewig un-

heilbaren Entwurzelung, verurteilt zum permanenten Versuch, das als unerreichbar erkannte Ziel zu erreichen. Und die drei Lesbierinnen: zwar materiell unabhängig genug, um nicht unter den gesellschaftlichen Auswirkungen ihrer Anomalie leiden zu müssen, gehen sie an den dadurch bedingten Interrelationen zugrunde: Nora, der Engel, der nicht fallen kann; die dauernd in egozentrischer Erregung befangene Jenny, zu tief, um zu fallen; und Robin, zu je einem Drittel Kind, Tier und Unwesen, deren Wertfremdheit und Amoralität von solcherart Tragik ist, daß selbst Tiere bei ihrem Anblick weinen.
Im Licht dieser Gestalten erhellt sich die Skala nächtlicher Aspekte, von zartester Nachtigallen-Idylle bis zum Grauen der elisabethanischen Tragödie, (das in einem viel später entstandenen zweiten großen Werk, dem Schauspiel ›The Antiphon‹ kulminiert.) Das Sprachregister wird auf die Handvoll Sprecher verteilt; damit wird die Identität der Personen subjektiv verwischt, allerdings die Versuchung der objektiven Identifikation durch den Leser nicht gelöscht, (denn auch Matthew hat existiert.) Es ist ein Register, das von Sprödheit, von monotoner Anapher bis zu üppigster Bildhaftigkeit reicht, einer aktiven Phantasie, die in kühner Katachrese bis an die Grenzen der Möglichkeiten sprachlichen Ausdrucks dringt.

Wolfgang Hildesheimer

Bibliothek Suhrkamp

Verzeichnis der letzten Nummern

548 Bohumil Hrabal, Tanzstunden für Erwachsene und Fortgeschrittene
549 Nelly Sachs, Gedichte
550 Ernst Penzoldt, Kleiner Erdenwurm
551 Octavio Paz, Gedichte
552 Luigi Pirandello, Einer, Keiner, Hunderttausend
553 Strindberg, Traumspiel
554 Carl Seelig, Wanderungen mit Robert Walser
555 Gershom Scholem, Von Berlin nach Jerusalem
556 Thomas Bernhard, Immanuel Kant
557 Ludwig Hohl, Varia
559 Raymond Roussel, Locus Solus
560 Jean Gebser, Rilke und Spanien
561 Stanisław Lem, Die Maske · Herr F.
562 Raymond Chandler, Straßenbekanntschaft Noon Street
563 Konstantin Paustowskij, Erzählungen vom Leben
564 Rudolf Kassner, Zahl und Gesicht
565 Hugo von Hofmannsthal, Das Salzburger große Welttheater
567 Siegfried Kracauer, Georg
568 Valery Larbaud, Glückliche Liebende ...
570 Graciliano Ramos, Angst
571 Karl Kraus, Über die Sprache
572 Rudolf Alexander Schröder, Ausgewählte Gedichte
573 Hans Carossa, Rumänisches Tagebuch
574 Marcel Proust, Combray
575 Theodor W. Adorno, Berg
576 Vladislav Vančura, Der Bäcker Jan Marhoul
577 Mircea Eliade, Die drei Grazien
578 Georg Kaiser, Villa Aurea
580 Elias Canetti, Aufzeichnungen
581 Max Frisch, Montauk
582 Samuel Beckett, Um abermals zu enden
583 Mao Tse-tung, 39 Gedichte
584 Ernst Kreuder, Die Gesellschaft vom Dachboden
585 Peter Weiss, Der Schatten des Körpers des Kutschers
586 Herman Bang, Das weiße Haus
587 Herman Bang, Das graue Haus
588 Hermann Broch, Menschenrecht und Demokratie
591 André Gide, Die Rückkehr des verlorenen Sohnes
593 Robert Walser, Der Spaziergang
594 Natalia Ginzburg, Caro Michele
600 Thomas Bernhard, Ja

Bibliothek Suhrkamp

Alphabetisches Verzeichnis